EL DIRECTOR
总编先生

David Jiménez

[西]大卫·希梅内斯 著

张澜 译

人民文学出版社

著作权合同登记号 图字 01-2021-0724

Copyright © David Jiménez 2019
Originally published in Spanish by Libros del KO in 2019
This translation is published with arrangement of Oh! Books Agencia Literaria & Peony Literary Agency
Simplified Chinese edition copyright © 2022 by Shanghai 99 Readers' Culture Co., Ltd.
All rights reserved.

图书在版编目(CIP)数据

总编先生/(西)大卫·希梅内斯著;张澜译. —
北京:人民文学出版社,2022
ISBN 978-7-02-017421-8

Ⅰ. ①总… Ⅱ. ①大… ②张… Ⅲ. ①纪实文学-西班牙-现代 Ⅳ. ①I551.55

中国版本图书馆CIP数据核字(2022)第153369号

责任编辑	卜艳冰　胡晓明
封面设计	钱　珺

出版发行	人民文学出版社
社　　址	北京市朝内大街166号
邮政编码	100705
印　　制	山东新华印务有限公司
经　　销	全国新华书店等
字　　数	197千字
开　　本	787毫米×1092毫米　1/32
印　　张	10.375
版　　次	2022年10月北京第1版
印　　次	2022年10月第1次印刷
书　　号	978-7-02-017421-8
定　　价	79.00元

如有印装质量问题,请与本社图书销售中心调换。电话:010-65233595

献给未来的记者

目　录

1
第一章　总编办公室

13
第二章　贵族

24
第三章　宫殿

37
第四章　首相

57
第五章　流弹

73
第六章　死亡诗社

97
第七章　愤怒的读者

113
第八章　协议

132
第九章　黑手党

146
第十章　火星

161
第十一章　冬季

176
第十二章　系统

195
第十三章　编辑部的老鼠

212
第十四章　王后

228
第十五章　工会主席

244
第十六章 泽西岛

259
第十七章 街垒

277
第十八章 葬礼

294
第十九章 背叛

307
第二十章 总编

第一章　总编办公室

保安抬头询问我来访的目的。在过去的十八年里我都远离编辑部在外做驻地记者,因此他并不知道我是《世界报》[①]的记者。他还要我出示身份证件,我摸了一下口袋发觉没有随身带着。

"哎呀,"我说道,"我把钱夹落在家里了。"

"您要是没有证件的话就不能进来。您有预约吗?"

"您看,我来其实是为了……"

报社娱乐新闻部的主编"闲话家"突然出现,夸张地喊道:"这是新来的总编!新来的总编!"

秘书向我们跑来消除误会。此时保安只想找个地洞钻下去。我忍不住自问,这是不是所有事情都会比我预想的要更艰难的征兆?毕竟,这个在门口被人拦下的家伙,可以说是这个国家最不可能成为《世界报》总编的人选。

要想成为国家级别的日报总编,得在权力中心摸爬滚打多

[①] 本书中的《世界报》指西班牙《世界报》(*El Mundo*),而非法国《世界报》(*Le Monde*)。——如无特别说明,以下均为译者注

年以打造自己的政治形象，或者一辈子都待在编辑部里，通过各种诡计和竞争慢慢爬上去。我过去从穷乡僻壤寄来新闻通稿，记录那些被人们遗忘的战争或是从来没有成果的革命，陪伴我的只有一本记事本和一台老旧的尼康相机。我从来没有组织过小团体，也没有任何一个政客或企业家的电话号码。我一直对办公室里的工作不屑一顾，因为我坚信一个人可以相对成功地度过一生而不必指使任何人，同时也没有任何人可以指使你。

但此时此刻我站在这里，要走进的恐怕也不是随便一间办公室，而是总编独有的那一间。

报社这个最神圣的角落，曾做出过许多决定，这些决定断送过许多人的事业（当然也让另一些人的事业得到重生），揭露过许多重要机密，也曾推出过近三十年来最重要的独家新闻。《世界报》的总编办公室一直以来都是西班牙最有影响力的中心，受到过国王、法官、部长、名人、作家、歌手、权贵和采购商的巴结。尽管最近几年有点儿失去原来的地位，但仍然可以算作被权贵忌惮的少数场所之一。

我的到来恰逢《世界报》最糟糕的时刻。在过去的七年中，报纸发行量下降了60%多，一半的版面都留给了广告。我们的经济状况像在战争时期，为了不支付记者的打车费甚至可以不报道新闻。

尽管我们曾是西班牙报业数字化的先驱之一，但现在《国家报》^①已经夺走了我们在互联网上的领先地位。不景气的编辑部多年来一直在减薪和裁员。不过,没有人比《世界报》的创始人和报社前十五年的总编佩德罗·霍塔·拉米雷斯遭受的痛苦更深了。卡西米罗·加西亚·阿巴迪洛因为多年都未能接替霍塔的位子,被人戏称为"查尔斯王子",当他终于能够进入总编办公室时,却只待了十五个月。此外,国家正处于民主过渡以来最紧张的时刻,经济不堪重负,精英人士惧怕失去特权,一些大众媒体也向权贵屈膝。利用此时的脆弱性,某些人甚至发起了自佛朗哥^②独裁统治结束以来对新闻自由最大最有组织的攻击。

还有什么能比这更糟吗?

和保安的误会消除后,我走向编辑部,突然感到一阵忐忑不安。这种感觉在我之前做记者时也出现过,特别是当我做出那些最愚蠢但可能也是最英明的决定时:当我第一次被调去做新闻时,"希梅内斯,卡拉班切区发生了游行,你赶紧去那里报道";当我准备在香港建立亚洲分社时;当我怀揣着从电影《危险年代》^③里剽窃来的幻想,穿着电影主角的同款背心,去

---

① 《国家报》(*El País*),西班牙一家综合性日报,创立于1976年。
② 弗朗西斯科·佛朗哥(Francisco Franco y Bahamonde,1892—1975),曾任西班牙首相、西班牙长枪党领袖,独裁统治西班牙长达三十多年。
③ 《危险年代》,1982年的澳大利亚电影,讲述了一群身处雅加达的外国记者的故事。

报道我第一次遇见的起义、自然灾害和战争时。没过多久，我发觉自己选择了一份足以改变人生的工作，而我一旦疏忽的话，就无法预知它将从哪一方面改变我。我从印尼回来后，脑海中不禁跳出这样的疑问：下一次屠杀发生时，我还能像这次一样感到恐惧吗？我又想，自己在印度洋海啸过后被尸体包围了好几天，到最后我都可以忍受这些尸体的腐臭味了，那么我是否还会在乎每一个我将要继续讲述的发生了悲剧的个体呢？如果我在被那些混蛋控制的地区生活了太长时间，那里连曾经相互借盐的邻居后来都在互相残杀，那么我会把多少黑暗带回家呢？

然而，与我当时的想法相反，一位记者真正的考验并不在阿富汗的村庄、缅甸的骚乱或苏门答腊的废墟中，而是在这间办公室里，这间我将拥有无与伦比的条件来窥探权力并感受权力是如何影响人的办公室。我会和之前我所见到的那些人一样，为了保护自己小小的地盘而勾结叛变吗？我会将私利与报社必需的项目混淆吗？我最后也会变成他们中的一员吗？

在给编辑部人员的致辞中，我提到了刚刚想要进入报社大门时遇到的阻拦。保安每天在我进来前都把我拦下，询问我是谁以及来干什么，似乎并不是一件坏事。这也许会让我谨记，自己始终只是一名新闻工作者，而不是什么经理或政客。要是我的屁股太适合这把新交椅的话，那我将会沦落为后者。我承认自己竞选总编时有种种短处：跟很多同事都不认识，没有和西班牙一直保持联系,比我经验丰富的候选人当然也有很多。但我承诺我会迅速学习,并且不丢掉那些或许能补偿我不足的优点。我得到总编这个职位并没有欠任何人人情,当然也没有任何人欠我的。

"我从这扇门走出去的那一天,"我说,"我身上的背包将会和今天来时一样轻。"

我在致辞的结尾处承诺将永远对我的记者和读者保持赤诚之心。然后,在毫无预备的情况下,我转向站在我两侧的报社领导成员,提醒他们,这个承诺也将高于他们的一切。"红衣主教"①的脸色突然变了,但很快就用一个假笑敷衍了过去。当天下午,在"红衣主教"位于二楼的办公室,我们开了第一次会。在评论我的演讲时他尽量显得友善谦逊。

"相信我,我理解你所说的一切。这样做很聪明,因为现在赢得人们的信任非常重要,这就是你必须要做的。"

"事实上,"我说,"我也相信我所说的话。"

"好吧,好吧……这一切都不错,但是不久之后你就会发觉在现实世界里,一切都没那么容易。我会在所有事情上帮助你的。"

"知道吗?"我提出了一个自己觉得为时尚早的话题,"我从来没想过你居然这么有胆量。"

"什么胆量?"

---

① 该报社领导的绰号。后文在提到某些人物时,也会用绰号来代替,不再一一作注。

"聘请我,在一家传统的报社进行改革。在这个国家没人敢做这样的事。"

"红衣主教"笑了,并没有隐瞒他对我这个评价的喜欢。

"这是因为你还不了解我。别忘了我们在一条船上。如果你仔细考虑一下的话,比起我能为你做的,你可以为我做更多。你是我的最后一颗子弹。"

"红衣主教"试图告诉我的是,如果我们最后还是把事情办砸了的话,那些意大利老板会要了他的脑袋,而不是我的。他在不到两年的时间里辞退了之前的两任总编,支付给了他们遣散费,这使得报社的情况非常不稳定,因此把事情办砸的过错继续推给第三任总编将没那么容易。事实上,所有知道公司历史的人都没指望赢过这位从米兰来的"红衣主教"。他成功地摆脱了所有的危机,赢得了所有的内部斗争,并消灭了所有的竞争对手,无论是真实的还是想象中的,为的就是在裁员浪潮、破产威胁和政治围困中保住其领导地位。他毫不费力地做到了这一切,没有弄皱衣服,没有对任何人吼叫,也没有和任何人交恶。"红衣主教"用极其谨慎的不透明的手段操纵并摆脱了对手。他总是能够找到迷宫的出口,而其他人则迷失其中。在编辑部流传着一个笑话:如果发生核灾难,那么第二天我们将会打开一份长达五栏的报纸,标题是《蟑螂和"红衣主教"得以幸存》。

此前的十八年间,"红衣主教"和我只见过三次面。第三次见面是他来聘请我主编《世界报》。他坐飞机来美国找我。我当时获得了哈佛大学的尼曼奖学金①,学习完之后,一直处于休假状态。陪同"红衣主教"的是一名刚从加利福尼亚州招聘来的年轻高管,他刚接手了一份负责公司现代化进程的工作,随即他便拥有了"硅谷先生"的绰号。在纽约万豪酒店那次安排了一切事务的会议上,他们告诉我日报正面临的种种严重困难,所谓的失去方向以及进行彻底改革的必要性。他们说我是自己人,但又处于内部权力斗争的边缘。我在世界各地写的新闻报道赢得了编辑部成员的敬佩,他们对此也表示了敬意,并且我还拥有需要长时间才能完成的国际化和数字化的培训经历。我告诉他们我对日报是如何规划的,在此过程中我们可能会遇到哪些困难,以及他们是否真的准备好要进行这个至少耗时三年的转型计划。这个计划会遇到强大的阻力,并且意味着要将已经持续了几十年的模式推倒重来。"红衣主教"看向"硅谷先生":

"我和你说过,他就是我们要找的人!"

"我向你保证,"他说道,"公司会给你推行计划所需的任何支持,包括政策和资金。"

我知道我不会收到任何支持,但即使这样,我还是会接受这份工作,因为这意味着我可以领导这个我从获得奖学金以来

---

① 哈佛大学专为新闻工作者设置的奖学金。

就一直在做的项目。而且，一个人偶尔听听他人的虚假诺言，也许在人生中能做出什么有趣的事来。

"让我们来进行革命吧！"当我们在曼哈顿漫步时，"红衣主教"说道。

"让我们来进行革命吧！""硅谷先生"重复道。

"一起干吧！"我说。

事情就是这样在纽约的小雨中尘埃落定的。一个记者就这么轻率地变成了总编。

总编办公室占据了大楼一角的一个大房间，彩色窗户面向街道。没有人可以从外面看到总编，但总编可以从里面看到谁来了，可以看到编辑们在休息时间出去吸烟，或者看到"红衣主教"离开大楼与某个部长碰面。除了彩色地毯和一幅并不怎么好看的画，办公室里没有留下任何前两任总编的回忆。不过，第二任总编卡西米罗·加西亚·阿巴迪洛给我留下了一样好东西：我的秘书阿梅利亚。阿梅利亚是秘书团的成员之一——自报纸创办以来，她们一直负责在新闻编辑部的混乱中维持一定的秩序。她们接听电话，组织旅行，分发圣诞彩票，管理着这个国家最有用的联络人的名单，并为重要死者的葬礼送花（包括那些此前与报社交恶的人）。尽管秘书团里有一些新人，但是大部分人在我还是个孩子时就认识我，在我当驻外记者的那些年里，她们比起秘书身份来更像我的母亲。阿梅利亚曾在我好几天都不见踪影的情况下，打电话给我家人，告诉他们我还安好，当时我正在一个没人愿意过夜的地方度过长夜；她也曾在我缺钱的时候给我寄过钱，而没有问我到底把钱用在了贿赂边境哨兵还是用来去酒吧买酒；她也曾在我没办法给报社寄通讯稿时，听写下我的稿件。因此我看到她坐在我办公室的接待桌旁时，感到一阵宽慰，这感觉像一个独自赴宴的人突然看到一张熟悉的面孔。

"你不知道我有多高兴见到你。"我说道。

"你终于和我们在一起了，"她在浇灭我的激动前说道，"你知道我愿意在所有事情上帮你，但我只能在你安顿下来之前和你一起工作。我需要利用下午的时间处理个人事务。你需要一个全职秘书，你可以和她们中的某一个一起工作，她们每个人都是很棒的。"

"当然……"

阿梅利亚告诉我需要装饰一下办公室。

"太空了，真让人难过，给人一种临时的感觉。既然你来了，对吧？"

"可以放一张我和我的孩子们一起微笑的家庭照，办公室的主人们不都是这么装饰的吗？"

这时我们科学新闻部的主编巴勃罗·雅鲁吉突然出现。他给我带来了一份欢迎的礼物：一张写有"阿波罗计划"飞行总监吉恩·克兰兹曾说过的"失败不是一个选择"[①]的贴纸。

"失败不是一个选择,失败不是一个选择!"我一边重复着这句话,一边将贴纸贴在我书桌前的衣柜上,这样所有人都能看到它了,"办公室装饰好了!"

阿梅利亚向我投以鄙夷的眼神。

"好吧,好吧。我保证等有时间我会重新装饰办公室的。"

同事们都来祝贺我,从我离开报社做驻外记者前认识的报社老人开始。我的任命对他们来说意味着突然的等级混乱。我成了上司们的上司,成了和我一起开始工作的朋友们的上司,成了一小群想要占据总编办公室的候选人的上司。这些人觉得我不配得到这个位子,我越过了他们在办公室几十年的辛勤工作和他们的野心得到了它。但是无所谓,因为我认为我还是同一个人,或者我在心里还不认为自己是个总编。不过,我立即察觉到我们之间的等级已经拉开了,这感觉一直持续到我们最优秀的新闻写作者"记者"出现。他一进来就开始观察所有的事物,上上下下,左左右右,好像这是他第一次踏进这个办公室一样。他笑了,说道:

"妈的。"

"没错,"我说,"他妈的。"

当我们还是新人时我们就成了好朋友。那时候我们会一大

---

① 原文为英语"Failure is not an option"。

早就出现在新闻编辑部,寄希望于某个老记者睡过头了,让我们有机会去报道某个西班牙的犯罪事件、一场山火爆发或是最近的一次毒品犯罪。当我前往亚洲去报道马尼拉贫民窟的穷困时,他去了马德里一个叫作"拉蒙德叔叔的井"①的边缘社区发掘故事;当我报道拉瓦尔品第②残疾的圣战主义者时,他去报道最新的海洛因受害者的故事;当我报道中国经济爆炸式的繁荣时,他讲述的则是那些因西班牙经济危机而失业的人的故事。每次我回到马德里度假,我们都会和驻罗马的记者伊雷内·埃尔南德斯·贝拉斯科一起,聚在一家叫作"十九世纪"的炸糕铺,谈论我们为之奉献了最好年华的日报正在遭受的创伤。在上一次见面的最后,我们掏出一张餐巾纸,在上面草拟了我们想象中的报纸的创始文件。这份报纸就像每个年轻记者所梦想的那样:独立开放、清正廉洁、海纳百川。它会讲述人们真正关心的故事,会为伟大的故事去冒险。我们把这份文件称作"准则"。

"你还有那张餐巾纸吗?""记者"问我。

"我还留着。"我答道。

"总编先生,"他说,就好像我们仍坐在炸糕铺里一样,"我知道我应当尊重你,我也对你非常尊重。但是如果你允

---

① 马德里贫民窟所在地,该地区毒品泛滥,混乱不堪。
② 巴基斯坦主要的工商业城市。

许，而且你也认为我这样做是对的，那么我将继续诚实地告诉你一切。我认为如果我不像大部分人那样拍你马屁，我会有用得多。"

"很好，"我说，"但是你也要知道，今后我会继续告诉你我对你报道的真实看法。"

"成交。"

"如果你的故事糟糕透顶，我是不会客气的。"

"你真是个混蛋。"

"你也不要期望我这个总编会给你特权或者增加工资。"

"记者"从来不期望除了故事讲述者以外的其他位置，同时他也知道我绝不会给他其他岗位的。

"你知道我担心的是什么吗？"他变得严肃起来，"我了解你，我担心你不知道自己插手了什么事情。你在国外好多年了，你不了解这里。就这个位子而言，你可能还不够混蛋。当然我这么说不是让你变成混蛋。"

"是吗？"我说，"那就让我们一起来实现'准则'吧！"

"没问题，总编先生，"他离开时说，"我把门打开还是关上？"

"开着吧，谢谢！"

第二章 贵族

技术人员过来给我更新电脑和电子邮箱。他们给了我一部手机、一台平板电脑和一张信用卡，告诉我需要外出时我的司机会等待指示的。

"司机？"我问道，"我有司机？"

我给人力资源部打电话询问是否可以把司机换成一个记者。我听到了电话那头隐忍的笑声，这让我意识到自己刚刚做了一个坏交易：当然了，节俭是危机时期公司的政策，他们很感激我放弃私人司机，但现在他们也不能再增加工作人员了。

我身边最后既没有司机也没有记者。

工人们布置完办公室，我才第一次在我的新工作地逛了一圈。我需要问别人才知道厕所在哪里。他们在我驻香港时把报社迁到了圣路易斯街，因此我觉得这里的一切都很陌生。我的记忆还停留在普拉迪洛街上的那些老办公室里。我第一次去那里时还是个新闻专业的学生。办公室笼罩在一团烟云中（那时候还允许吸烟），记者和摄影师从房间的一端踱步到另一端，墙上装饰着头条新闻头版的复制品，报社领导们则在"鱼缸"大厅里激烈地讨论着（"鱼缸"大厅是人们专门用来决定头版主题的玻璃大厅）。你可以闭着眼睛进入那个地方，仅仅通过声音就能辨认出你身处的地方是不是编辑部：电传打字机不断吐出新闻的"嗒嗒"声，复印机旁人们谈话的喧嚣声，催着截稿的吵闹声，领导们桌子上半导体收音机里的声音，以及总编正在骂一名记者是"混蛋"的咆哮声，而对方只是在描述自己去报道新闻的地方环境太恶劣了。

"那你去写该死的占星文章啊！"

我那时二十二岁，无法想象还有比这里更好的开启职业生涯的地方。

《世界报》那时候是一份充满反叛精神的报纸，每个新闻专业的学生都以把《世界报》夹在胳膊底下为荣。佩德罗·霍塔·拉米雷斯被《16日报》[①]辞退后，与一群跟随他的记者于1989年创立了《世界报》。《世界报》的头条新闻很快就在调查和揭发滥用职权方面取得了成就，因为他们经常报道别人不想报道或不敢报道的东西。他们的大胆和更为现代的设计，与年轻的团队不无关系，在他们那里很难找到超过三十岁的记者。新兴的城市中产人群以及出生于六七十年代繁荣时期的年轻读者，都将《世界报》视为一缕新鲜空气。左派和右派的专栏作家也都在报纸上发表文章，报纸不为任何政党辩护（问题总是在为某个政党辩护时才出现）。报社试图站在中间位置并捍卫

---

① 《16日报》(*Diario 16*)，西班牙日报，于1976年创立，2001年解散。

改革派的自由主义，而这种自由主义打破了西班牙新闻界主流的意识形态。更更要的是，它是一份个人化的报纸，由一位汇集了自我、野心和才华的总编主导。霍塔那时候比起总编来更像个精神导师：如果他不打算从事新闻工作，而是决定将整个编辑部的人拖去瓜达拉玛山集体自杀，估计也不会有什么问题。他通过别人对他的敬意和对他传奇吼叫的恐惧来树立自己的权威。每次他靠近编辑部，都会先传来一阵反复的干咳声。最聒噪的记者在见到他之后也会陷入死一般的安静，还有一些编辑部的领导会在他面前浑身发抖。他对西班牙政治产生了任何其他总编都无法想象的影响，尤其是在 1996 年，报社的调查对由费利佩·冈萨雷斯领导的工人社会党① 政府的垮台和保守派领导人何塞·玛丽亚·阿兹纳尔的上台具有决定性的意义。充满感激的新首相在议会上逐字逐句地重复了前一夜总编通过电话向他建议说的话，他的部长们则像《教父》中的第一个场景那样，在总编办公室点头哈腰寻求保护。当副首相弗朗西斯科·阿尔瓦雷斯-卡斯科斯充满怒气地出现在报社时，我刚刚被聘为记者。副首相为了一名二十二岁的年轻女学生抛弃了自己的妻子，他担心这会让他在他那个清教徒般的党派中陷入不利局面。

"如果你能和首相谈一谈或是为我求情的话……"副首相

---

① 工人社会党（Partido Socialista Obrero Español，简称 POSE），西班牙中左派执政党，成立于 1879 年。

向总编请求道。

"我看看我能做什么……"

新闻界正处于九十年代的繁荣期，那时候仿佛一切都不会出错。我们的报纸发行量达到每天三十三万份，大型独家报道的日子里发行量更是翻一番。广告业务不断增加，广告商为了在周日的奇数页面上刊登广告支付了巨额费用。报社员工的工资上涨（每年员工可以拿十六个月的工资），新员工不断增加，晋升机会增多。你可以申请去西伯利亚旅行，写一些关于冰上游牧民族生活的报道，当然鱼子酱和香槟的消费是包含在内的，那时候没人会对此感到震惊。

我最初在报社工作时几乎干了所有的活：报道街道居民的抗议活动和圣诞节的彩票抽奖活动；调查太平间的死者以及边缘社区的警察腐败；我曾打扮成医生采访了一位"埃塔"[①]袭击事件的幸存者；我也曾在巴达霍斯[②]地区的洪水中第一次看到尸体，好在泥土把尸体全部遮住了，减弱了对我的冲击；还有一次，我被选中去完成一次"微妙的任务"，在随后几天跟踪了国王胡安·卡洛斯一世的前情人芭芭拉·雷伊，她涉嫌用性爱录像带勒索国王。但这些只是乏味工作中的偶尔冒险。实际上，可能连着好几周我都在做和新闻采访没什么关系的工作，

---

① "埃塔"（Euskadi ta Askatasuna，简称 ETA），西班牙巴斯克地区的一个恐怖组织。
② 西班牙西北部的一座城市，紧邻葡萄牙。

比如编辑驻外记者发来的稿件。我嫉妒他们可以四处行动的工作，而我只能写一些关于天气和假日交通堵塞的无聊新闻。编辑部在那时就已经是一个艰难的充满竞争的地方了，展现出过度的主动性可能会被报社的老人视作越界，踩他们的地盘代价会非常惨重。年轻人的热情被压制，我们只能去参加那些甚至都不值得发简报的新闻发布会。对我来说，遵守规矩、执行严格的时间表并尊重等级制度尤其艰难。我希望他们能让我去报道一些重要的东西，我的领导们却派我去看看能不能挖掘出什么 "Pi 3.14" 工作的那间被人遗忘的房间的秘密。"Pi 3.14" 之所以有这个绰号，是因为她每个月能赚三十一万四千比塞塔[①]，有流言称这和她与副总编之间的风流韵事有关。她的工作就是整理整理从自动打字机中不断吐出的消息，然后将它们成堆地分发给各个部门。房间的墙壁上挂着报纸特别报道的头版以及一张巨大的世界地图。有一天，我观察着地图，想看看还有什么地方我们没有派设驻外记者，结果发现只剩下远东地区了。

编辑部秘书和所有新人的教母玛丽·卡门鼓励我向前一步："大卫，你不值得耗在编辑部里，尽你所能地去远方吧！"

我走进霍塔的办公室，自愿请缨开启我们在亚洲的第一个分社。

"你去过那里吗？"总编问道。

---

① 西班牙在 2002 年欧元流通前使用的货币。

"没有。"

"你有分社的收支计划吗?"

"没有。"

"你是否了解或知晓这个地区?"

"不了解。"

"那你去吧,"他说,"我们可以试六个月。"

我十八年之后才回来……为了接替他的位子。

但是我回到的编辑部已经不再是记忆里那个年轻的、充满激情和活力的地方了。现在你闭着眼睛走进去,都不知道自己身处的是报社还是保险公司。领导们说现在噪音少了是因为圣路易斯牌的大地毯吸收了噪音。但是,还有别的原因造成了普拉迪洛街精神的陨落:某些人未得到满足的野心,以及另一些人未解决的敌意;荒唐的公司决定,以及做出这些决定的人的晋升;内部权力斗争造成的附带损害,他们要求别人忠诚,自己却并不衷心;希望被侵蚀,直到幻灭;经济危机使得我们的发行、收入和精神都沉到了谷底。在连续不断的裁员浪潮中,野心已从晋升转为生存。每当因《就业调整计划》[①]造成的伤疤快痊愈的时候,公司就会进行下一轮的裁员。同事情谊正受到前所未有的挑战,因为坐在你身边的同事的被解雇,增加了你

---

① 《就业调整计划》(Expendiente de Regulación de Empleo,简称 ERE),指经济状况不佳的公司申请临时削减或者解雇员工的程序。

自己在裁员中得救的机会，也增加了你继续为房子和孩子学校付款的机会。

现在，编辑们都开始有贷款和孩子了。

同事收拾东西离开的场景每天都在发生，这让我感到痛苦，而更令人痛苦的是裁员的方式。裁员通常都是在不考虑员工绩效的情况下进行的，会议上领导们根据私人爱好和利益关系决定了记者、排版师和摄影师的命运。最后牺牲的都是那些优秀的专业人员，他们没有花足够的时间在办公室里建立安全网。激励性自愿离职的政策则被最聪明的人利用，以获得一大笔钱去寻找新的工作。我们的才能一点点都被消耗殆尽了。《世界报》仍然有优秀的记者，对新闻的不懈追求已经刻在他们的骨子里，但我们还有很长的路要走。在争执、嫉妒，以及想在头版上印上自己的名字或是占据大楼角落的某个办公室的激烈竞争中，那些我们对于新闻的归属感超越作为记者的虚荣心的日子，已经一去不复返了。

公司也不再举行传统的圣诞节聚餐了。

我在每个部门停下，问候老同事并向陌生的同事介绍自己。我不在编辑部的这段时间里，陌生的面孔成了大多数。名叫"鱼缸"的会议大厅将整层楼分为两部分：一侧是核心部门，包括西班牙国内新闻部、国际新闻部、经济新闻部、社会新闻部、科学新闻部、马德里新闻部以及网络要闻部（我上任不久就把该部门搬到了楼层的中心）；另一侧是文化新闻部、增刊部以及设计部，设计部包括了插画师、排版师以及新闻图表组的成员。秘书处在柱子后面一个最不舒服、最隐秘的地方。她们搬到圣路易斯街遭受的损伤最大，但她们的角落并没有失去作为报社"长沙发"休息角的功能。记者们到那里释放挫败感，寻求谅解，咨询关于家庭纠纷的建议，或是展示他们的孩子领圣餐的照片。那里是一个中立的远离纷争的空间：秘书处没有人夸耀自己的野心。没有比秘书处更好的地方来了解编辑部的氛围了。

"你们这待的是什么破地方！"我进来的时候说道。

"他们想把我们藏起来。"有人开玩笑说。

"搬到圣路易斯街之后一切都变了，"另一个人说，"我感觉这个地方被诅咒了。什么都不像以前了。但愿你能处理好这一切，大卫。"

第一次参观整个报社，让我意识到，在我缺席的日子里报社发生了多么大的变化，只是我一直身处遥远的远东分社，这一切变化仿佛都与我无关。而在时间的流逝、危机以及裁员中，唯一不变的就是这个地方的等级制度。西班牙国内新闻部的等级是最高的，他们对我的到来抱持最大的怀疑态度。在这些报社老人的眼里，我的履历在国内政治上有很大的缺陷。难道不是西班牙国内新闻部给我们带来了最好的光辉岁月，揭露了足以让政府垮台的丑闻并曝光了他们的腐败行径的吗？难道领导层不应该是在编辑部里才能得到锻炼，并在同事中获得合法性吗？一个没有像他们那样在政治上打拼过的人怎么能主编报纸呢？

西班牙国内新闻部的记者们离总编办公室最近，可以和总编及其副手直接沟通。在该部门工作了多年的曼努埃尔·桑切斯在他的《新闻在酒吧》一书中将该部门描述为"报社真正的力量"。国内新闻部的记者人数是国际新闻部或文化新闻部等部门的四倍，纸质报纸的页面分配是根据他们的需求来决定的，每当报社需要撰写评论或招聘新员工时，唯一会咨询的也是国内新闻部的记者。他们同时也是收入最高的人群：包括他们的调查组在内，共有八人担任领导。而我们的明星政治新闻记者"端庄女士"，能力优于他们所有人，地位和影响力却无法和他们相比。

"你必须赢得她的信任。"这是我在踏上马德里之前收到的最多的建议。

"端庄女士"和我在这家公司一起工作已经二十年了，但我们之间从未交谈过。一开始，我保持尊敬并从远处观察她，我一般都远距离观察那些能与总编接触并能在讨论头版的会议上抬高嗓门的人。她是少数能在报社升上去的女性，因为每当女员工们怀孕或是想要平衡家庭生活时，领导都会将她们送去文献资料室工作。这就是为什么有一天，当她已经爬到了报社的高层,却宣布要去首相何塞·玛丽亚·阿兹纳尔的新闻处工作时,我们如此震惊。这引起了轩然大波,因为在那个时候,人们仍然认为新闻工作者的政治之旅有去无回。那些试图从某个政党退出的人会一直活在令人质疑的阴影下:假如他们不再为曾给他们面包的政党工作,那么将终其一生难以撇清与该政党的关系。"端庄女士"不久之后重返报社,却丝毫无损她的道德地位,她宣称自己从未改变过批判的精神和对真相的坚守。她毫不掩饰地发挥她的影响力,在编辑部大声说话,总是带着刺耳的语调,并且从来没把等级秩序当回事。每当有重大事件发生,她的声音总是第一个被大家听到,我任命的消息也不例外。在宣布我就职的大会上,她负责表达报社"贵族"们的不满,并试图发起抗议。

"那个将要主编《世界报》的小子是谁?"她问道。

我想我应当邀请她喝杯咖啡,并向她解释一下了。

我们约在了位于阿图罗·索里亚广场一家名叫"VAIT"的咖啡馆。一坐下来,我就向她重复了一遍我的新闻理想主义,以及我对主编《世界报》的打算(这些一般都受到了我的倾听者们的嘲讽和怀疑)。他们中的大部分人都将我的理想主义归因于我在担任驻外记者以及在哈佛大学学习期间所拥有的浪漫情怀。他们预测只要我意识到报社的政治、商业和新闻环境,我就会立刻被打回现实。然而令我惊奇的是,"端庄女士"充满热情地倾听了我说的话。

我们过去就算有放纵和过失、利益和纽带，在民主时代仍然算得上是最有勇气的报纸。然而，我们现在越来越难承认，我们还和九十年代一样，是一家没有特定意识形态的、宽容的、具有革新精神的报纸了。

"公司支持你完成你所说的这一切吗？"当我向她讲述我的计划时，她问道。

"他们来找我时就承诺我可以在报社进行改革，而这正是我们要做的。他们明白，如果还不做出改变的话，我们就会慢慢死去。"

"听上去过于美好了。编辑部已经伤痕累累了，大卫。裁员、经济缩减、佩德罗·霍塔的离开……这几年都非常艰难。你没有经历过这些。你不知道我们经历了什么。"

"我们会回到从前的，"我说，"我之后可以找你谈话吗？"

"当然，我会尽可能在所有事情上帮你的。"

第三章　宫殿

国庆节①，在马德里皇宫举办的传统招待会上，我需要向西班牙的政治团体宣布我的就职。"端庄女士"愿意成为我的女伴。

"这算是约会吗？"我开玩笑说。

"我想让你了解刚刚过去的那个西班牙。"她回答道。

我们在东方广场碰面，步行几米之后进入了皇宫，一进皇宫我们仿佛回到了几十年前。

每年的这一天，西班牙的政治、司法、社会和商业领域的人士都会汇聚一堂，仪式以吻手礼开始。国王和王后在王位厅中挨个接待一千七百位来宾。王位厅中装饰着热那亚红色的天鹅绒挂毯、镀金的青铜狮子以及提埃坡罗②于1764年绘制的代表"伟大的西班牙君主制"的穹顶。来宾们在开胃酒典礼中都穿得极其隆重，他们排着队与君主握手，香水味使气氛迷醉起来。在等待时人们开始讲起了私房话：你听说部长和他秘书的事了吗？王后真苗条，对吧？听说王后有厌食症；政府的改组

---

① 西班牙的国庆节为10月12日。
② 乔凡尼·巴蒂斯塔·提埃坡罗（Giovanni Battista Tiepolo），17世纪意大利著名画家。

迫在眉睫了；你知道的，我的消息从来没有不准过……

向国王和王后致意过后，他们进入下一个房间，开始集体跳起舞来。总有一些人想用胳膊肘插入围绕国王和王后或是当下知名人物的圈子里。我过了好一会儿才意识到自己也是他们中的一员——承诺要改革新闻业的战地记者出身的《世界报》新总编。部长、国会议员和政客们的前额上流着汗，他们给我留下了名片并邀请我吃饭。不管看向哪里，我都有一种被一群在我离开这个国家前就存在的老面孔包围的感觉。西莉亚·比亚洛沃斯和我打招呼，仿佛我们早就认识一样。她三十年来几乎都在做人民党①的议员，她对做了这么久的工作感到如此厌烦，以至于在几个月前的国家状况辩论大会②上（一年中最重要的政治场合），她被发现正在玩电子游戏。

"总编们真是越来越年轻了。"她看到我时说道，语气听上去像长辈在责备晚辈。

这位女议员曾是人民党与众不同的一员，她随时准备执行党的命令来捍卫自己的信念。但是今天西莉亚已然活成了过去讽刺的人物，紧抓着位子、工资和名望不放。她对想推动改革的人持怀疑态度，并让这些人意识到他们的最终目标应该是让

---

① 人民党（Partido Popular，简称PP），西班牙中间偏右的保守主义政党，成立于1977年。
② 西班牙每年会在议会大厅举行的讨论一年中政府作为和失误的会议。

一切维持原状。尽管她还拥有一定老辣的政治手腕，并带着安达卢西亚人的那种幽默感，但同时她也象征着一个急需新鲜血液的政党的衰落。"端庄女士"好像很享受自己作为女伴的角色，每次看到一个她认为是"旧政权"的代表人物时，她都会说那个人缺乏革新精神，并与我的任命比较一番。

"我向你们介绍一下'新闻界的阿道弗·苏亚雷斯[1]'。""端庄女士"说道。

安娜·罗梅罗曾是《世界报》社会新闻部的主编，是她给我提供了在报社工作的第一份合同，不过在我就任总编不久前她已经辞职了。她听到"端庄女士"说的话后，立即向我招手让我离开一下圆舞圈，抓住我的手臂把我带到了另一边。时光好像倒退了二十年，我还是那个听从她命令的新人记者：

"'新闻界的阿道弗·苏亚雷斯'！'新闻界的阿道弗·苏亚雷斯'！哎呀，我的小伙子，"她用掺着加的斯[2]口音的西班牙语说道，"不要忘了你的朋友，但也要小心那些拍马屁的人，有一天这些人会反对你的。"

此时，有人从我背后走近并在耳边小声说道：

"大卫，国王和王后想认识你。"

圆舞圈变窄了，那些在这一方面更有经验的人挪动了起

---

[1] 阿道弗·苏亚雷斯（Adolfo Suárez），佛朗哥独裁统治后西班牙的第一个民选首相，1976年至1981年在位。

[2] 西班牙南部安达卢西亚自治区的一座滨海城市。

来，让我可以和菲利普六世、莱蒂西亚王后会面。但这就像要在缅甸的丛林中突围一样，每当我似乎要接近目标了，总有某位先生用力把自己推到前面，或是某位女士将自己的手肘弯成一个圈，又或是一组"朝臣"们以协调的方式一齐前进，挡在路当中。

"我们想认识一下你。"当我们终于见到面时，国王用非正式的语气说道。

国王对我在国外的旅行和报道感兴趣，王后则询问了我有关搬家、我的妻子以及我的孩子们是否适应西班牙的事情。我们约了一个更为隐蔽的场合见面，然后我把自己的位置留给了那些不耐烦的人，我都能感受到他们在我背后的呼吸声。他们似乎是在间接地说："嘿，轮到我了。"我开始寻找与我更相似的那些过来报道此次活动的记者。他们中的一些人对我说了些加油鼓劲的话，另一些人向我讨要工作机会，有些人则对"我们中的一个"最终会占据一整间办公室的想法感到兴奋。大卫·西斯塔乌[①]是新一代的如同摇滚明星一般的知名专栏作家，他走近我说想加入我的项目。

"你看到我工作的那家报纸的头版了吗？我再也受不了了。"他说。

---

① 大卫·西斯塔乌（David Gistau），西班牙著名记者、编剧、专栏作家和小说家。

我已经看过了:《ABC报》①为了纪念西班牙国庆日推出了头版,上面的插画是穿着传统服装的妇女,配文是"《ABC报》展示出我们的国家既是单一的也是多元的"。

西斯塔乌和我约定在第三电视台播放的《公共的镜子》②节目的一场座谈会上将他的工作合同带来,尽管我暗示他很难在《世界报》获得和之前相同的待遇。西班牙的评论专栏多年来一直青黄不接,固守着那个以弗朗西斯科·翁布拉尔③为首的大师辈出的时代——他们写出了很多天才的作品,不用说出很多东西,就成功把读者吸引去了报刊亭。新一代的模仿者接替了他们,依然写得不多,但失去了前辈们所拥有的才华,就再也没办法吸引更多的读者了。这些"有天赋的记者"从很年轻的时候就开始写专栏了,他们那时还没有足够的旅行经历和生活经验。他们互相赞扬彼此的观点,去新闻学院也希望被小团体拥护,同时还希望能有什么重要人士可以给他们留下电话号码。收入最高的那群人躺在家里穿着晨袍写的那四百个字(被翁布拉尔称为"该死的那一页")所赚的钱,超过了一个自由记者在叙利亚前线赌上性命赚取的一个月的收入。他们在新闻编辑部的影

---

① 《ABC报》创刊于1903年,西班牙最古老的报纸之一,在政治上偏保守。
② 在西班牙第三电视台播放的一个政经类时事节目。
③ 弗朗西斯科·翁布拉尔(Francisco Umbral),西班牙著名诗人、记者、小说家和散文作家。

响力很大，并且得到公司高管的保护，领导对他们非常宠爱，因为这些人可以在晚宴上愉悦宾客并假装听取自己的意见。

大卫·西斯塔乌算是一个还没有与这些人同流合污的专栏作家，他写作很大胆，甚至会写与其工作的日报领导相左的观点。另一个是放荡不羁的加利西亚①人马努埃尔·哈布伊斯，他拥有写专栏的天赋，并且比他同时代的人更能抵抗住使那些"有天赋的记者"深受折磨的虚荣心。这两个人在分别前往《ABC报》和《国家报》工作之前都曾献身过《世界报》，在报社持续多年的不景气中，他们选择了离开。报社聘请了一位年轻的保守派专栏作家代替了哈布伊斯，他深受"红衣主教"和当时的首相马里亚诺·拉霍伊的喜爱。但这位作家并没有给我们带来辉煌。而面对西斯塔乌的离开，报社则试图用萨尔瓦多·索斯特雷斯②来代替他。霍塔在"布利"餐厅的厕所中招聘了索斯特雷斯，为的是将我们的报社路线保守化，这样就能把《ABC报》的读者吸引到我们的报纸上来。索斯特雷斯是一位优秀的加泰罗尼亚政治的分析专家，但他其余的文章前所未有地污染了我们的报社。我尤其记得他于2010年在二十万人不幸死去的海地地震后写的那篇文章：

---

① 位于西班牙西北部自治区，与葡萄牙接壤。
② 萨尔瓦多·索斯特雷斯（Salvador Sostres），西班牙专栏作家，政治上偏保守，与《ABC报》立场一致。

"我对海地发生的悲剧并不感到高兴，但这些事情就是会发生，并且平衡了我们的地球。大部分可能不同意这类评论的人都是饿得要死的穷人，他们很幸运，这些比他们更饥饿的人时不时会被一阵大风带走……海地发生的事有点麻烦，但这也是一种方式，一种清理地球的方式……"

我在担任总编的第一周就解雇了索斯特雷斯，他之后去了《ABC报》。在我看来，只要薪资合理，把他换成西斯塔乌是一桩好交易。然而，在我们约定的西斯塔乌给我展示合同的那一天，电视台的人跟我说他拒绝了出席《公共的镜子》座谈会，当我尝试和他重新约一次时，他也没有回复。他最后用一篇专栏文章回应了我，文章中严厉地批评了我们的一页头版（可能他已经克服了自家日报那张如此民俗化的头版），就这样他公开指责了这位在不久之前的国庆节他还准备投入其怀抱的总编。我想他可能克服了自己的任性，也可能是故意接近我以便给自己的合同加码——这两件事，任性和想要涨工资而（差点）投敌，都是专栏作家经常干的事。从积极的角度看待这个问题：我用这笔钱为六个在艰苦地区工作的自由记者提供了更好的条件，他们的收入加起来也比"有天赋的记者"中最没天赋的那个人要少。

我在宫殿里仅仅待了一个小时，就对这些礼仪和摆拍感到无法忍受，昏昏欲睡。我开始计划如何逃走。但这是个有黏性的世界，逃脱并不是件简单的事。每当我准备寻找出口时，总有某个人抓着我的手臂把我带去另一个圆舞圈，让我认识一些我"不能错过"的"极其有趣"的人。我陷入了一场由重要机构的前部长们和秘书们组成的谈话，他们讨论着政治和新闻业尚未发生的变化。这时我发觉我的机会到了。我询问洗手间的位置，差点迷失在某条走廊上。在摆脱了领带的束缚后，我加快了脚步，终于走到出口时，立即呼吸了一大口新鲜空气。那天早上，我只试图吸引某几个人的注意力：刚坐上王位希望改革君主制的国王和王后；工人社会党的新领袖佩德罗·桑切斯，他被寄希望于复兴一个有百年历史的正在衰弱的党派；年轻的政治明星阿尔伯特·里维拉，他被寄希望于对政治运作方式进行改革。在一个汇聚了毫无变化的老旧西班牙的十八世纪的房间里，新的事物似乎有足够的力量压倒旧的事物。在这样的气氛下，人们很难不被改革的希望所感染，甚至真的认为改革是有可能的。像"端庄女士"这样的人想当然地会把那些曾经在媒体、政治和经济方面主导了国家命运的精英分子判处死刑，但他们低估了这些人要捍卫旧时代的决心，精英们总是害怕这个时代会从他们的指尖溜走。

我们报社也有一些抗拒改革的"机构"。事实上，编辑部被这些人的办公室紧紧包围了。这些办公室大小不一，其中小一些的甚至只能够放一张桌子和一两把椅子。还有一些则是空房间：它们的主人几乎从来没出现过。繁荣时期的晋升制度增加了一大批领导，在巅峰时期，领导层包括了总编、副总编、总编代理、代理总编（我从来没分清过这两个职位有什么区别）、各部门主编以及分社领导。

"工会主席"向我致敬时说道："我们每三个员工中就有一个是领导。"

我从进入报社初期就认识这位劳资委员会的主席，并与他保持了良好的关系。他告诉我，大裁员时期代表员工坚持拒绝接受更多的裁员是多么艰难。

"是谁说公司会解雇员工的？"我问道。

"一直都有传言，人们都很紧张。"

"谁都没有跟我提过裁员的事。他们承诺会给我足够的时间和资源来带领公司往前走，但他们没跟我说过裁员的事。"

"那还好，那还好。你是我们中的一员，你是在这个编辑部而不是办公室成长起来的。如果你帮我们的话，我们也会帮你的。你不能让我们失望。"

领导的"通货膨胀"是员工紧张的根源，我们变得不再有效率了。一些处心积虑的领导在自己周围建立起小地盘，他们维护自己的领地，获取别人的忠诚，并密谋干倒潜在对手。平庸之人开始寻求保护，因为他们知道在职业生涯中，在一间办公室里工作明显更有利可图。最好的天赋在这种利益网络中也寸步难行，我们甚至有为了避免自己被视作威胁而隐藏自己才能的员工。

一位新总编的到来被视为办公室人员轮换的好机会，各种请愿者很快就出现在了我面前。编辑部的人都急切盼望着我宣布新的领导名单，流言四起，几乎都是为了帮扶某一些候选人以及中伤另一拨人。"端庄女士"认为自己也在名单之中，她向我提了无数次她不想要某个职位，让我明白了那正是她想要的。如果我是"新闻界的阿道弗·苏亚雷斯"，那么她可以充当"副首相"的职位。我和她说我对她没有这样大的野心感到欣慰，正是大选之年，我们没法失去她撰写的政治评论。尽管她已经多年没做新闻了，只是专注于那些不怎么需要接触外界的分析类稿件，但她有很好的消息来源，写得也很不错，比任何人都了解政治家们的心理、动机、忧虑和阴谋。

"你得记录不久之后到来的历史性巨变。"我说道。

"红衣主教"和"硅谷先生"一直在敦促我尽快做决定，这与我一开始的想法相悖，我想先等六个月，更充分地认识编辑部的人之后，再从中选择我的团队。他们告诉我没有从外部引进员工的预算，尽管我认为这很有必要。但我最后向压力屈服了，在报社的老人中选择了我的副手，由此犯下了我总编生涯中的一个大错误。我原以为那些曾有野心获得我这个位子的人，会在参与项目之后接受他们所在的职务，我也曾以为那些对改革持反对态度的人会被有着光明前途的未来所吸引,我甚至以为我的反对者会在我们这样紧急的脆弱局面前停下来。但是这一切都没有发生。我让"艺术家"继续掌管设计部,他也许是世界上最好的报纸设计师,但也是最反对改革的领导之一。理查·基尔,我们老练的副总编,有些姑娘认为他和与他同名的美国演员长得有些许相似,他仍然是周末增刊的负责人。我还将佩德罗·库尔坦戈升职为评论部的主编,他是杰出的知识分子,也是撰写报社大部分评论的人。我与这两位在阴谋诡计方面毫无兴趣的领导在不同的事务上都有交谈。此外,我加强了报社的数字化团队,这是我唯一可以从外部聘请人员的机会:弗吉尼亚·佩雷斯·阿隆索,她完成了《20分钟报》[①]的数字化转型,对我们数字化项目的快速发展至关重要。至于"二把手",我选择了一直负责我们报纸网站的一位老同事,在他还担任周日增刊《报道》的主编时,他是我接触最多的领导之一,我当时是那个接受了他最多疯狂提议的驻外记者。我的这位新副手非常喜欢让我回忆那天他安排我去印度报道当地火车的逸事。那天我买了一张玛哈拉贾号火车票,火车将穿越北方邦[②],当我到达火车站时,我想为什么不像当地人那样坐在车厢顶上呢?但我一上车顶就发现上面根本没有什么可以抓住的东西,而且火车顶的边缘是有弧度的,因此人很

---

① 《20分钟报》(*20 minutos*),西班牙发行量最大的免费线上报纸。
② 位于印度北部,与尼泊尔接壤。

难在火车行进时保持身体平衡。当火车开始启动并加速时，我决定从车顶上下来。印度人看到我脸朝下趴着，并用手掌紧贴着光滑的金属车顶，都笑了起来。他们非常轻松地盘腿坐在车顶，打着牌，站起来伸展四肢。我想这会是一张很棒的照片，于是放开一只手去按快门，但火车一阵突然的摇晃把我甩到了边缘，一个胡子留到肚脐的家伙在最后一刻抓住了我。

"拜你所赐，我差点像傻瓜一样死掉，而不是作为一名记者在前线或是在某次重要革命中光荣殉职。"

"拜我所赐，你拥有了一次绝妙的体验，不是吗？"他回答道。

我的"二把手"在那个年代是一位优秀的编辑，大家可以相信文章在他手上一定会得到优化。我们那时讨论了很多关于报纸的问题，以及那些我们认为应当完成的事。当得知自己的任命时，我从哈佛写信给他，告诉他我一直惦记着他，我们将一起完成这件伟大的事情。他的回信让我感到惊讶：他说他已经厌倦了报纸行业，他为我感到高兴，但是他觉得没人感激他这二十五年来在报社的辛勤付出，他已经失去希望了。我一直不理解他的反应，直到有人告诉我，他曾希望自己能成为新任总编，部分原因是，在所有的领导中他与"红衣主教"的关系最为亲密。尽管我有所顾虑，但还是给了他副总编的职位，不过我向他提了两个条件：

"第一，你不能搞什么阴谋诡计，你是所有员工的副总编；

第二,你得永远忠于总编。假如某天你不同意这两个条件了,请你告诉我,但是永远不要违背我们的约定。"

我的选择让编辑部的很多人感到不满,特别是"贵族"们,因为这意味着我罢免了他们最信任的前副总编,同时他们对我突然的任命和情绪化的选择感到怀疑。"端庄女士"带着明显的不满走进了我的办公室,这是我们融洽的同事关系中,她第一次公开表现出失望。

"你是总编,你可以选择你的团队,但是你犯下了一个严重的错误。"她说。

"为什么这么说?"我问道。我不知道她和我的新任副总编之间互相厌恶到了什么程度。

"因为没人比他更渴望你这个位子了。"

第四章　首相

每天，阿梅利亚都会在我的办公桌上留下一堆IBEX①公司的总裁、政界人士、名人和其他各种我没听说过但是看上去非常重要的人士的来信，这些信都是对我的任命表示祝贺的。这个国家所有的重要人士，或是自认为重要的人士，都对我的就任表示欢迎并约我见面。最早的来信是西班牙营建公司的女主人、国家最富有的女性之一埃丝特·科普洛维兹的。我刚读完这封信，我们的明星调查记者"伍德沃德"②就走进了办公室，告诉我他发掘出一条独家新闻，是关于一家大公司支付给加泰罗尼亚前主席乔迪·普约尔团队一大笔手续费的事。

这家大公司正是西班牙营建公司。

"我刚刚收到一份来自埃丝特·科普洛维兹的祝贺信。"

"她之后会'感谢'你给她的这份'绝妙'的回礼的。"

我们开始讨论"伍德沃德"的调查，我发现他有着把握机

---

① IBEX是Indice Bursatil Espanol的缩写，指西班牙马德里证券交易所的基准股市指数。
② "伍德沃德"为其绰号，名字取自揭露了"水门事件"的《华盛顿邮报》著名记者鲍勃·伍德沃德。

会的天赋。我能想象科普洛维兹女士一大早一边读着我们的报纸一边想：

"真是个大混蛋，我刚刚祝贺了他的就任，这就是他给我的回复？"

阿梅利亚试图尽其所能地处理好会议的预约请求。对于某些政府部长来说，这些预约请求已经退化为一场超现实的竞争，他们就想看看谁能第一个认识《世界报》的新总编。当给他们安排的日子太过靠后的时候，他们就会反问说："难道总编不知道我是谁吗？"

最能干的那批人会利用他们在编辑部里的关系来缩短等待的时间。"端庄女士"组织了一场和公共事务部长安娜·帕斯托尔会面的午餐会。会议开始时，有一件趣事表明了我对于西班牙政界来说算多大程度上的新人。每个人的座位旁边都有一张卡片，上面写着参加午餐会的人员的名字，我的卡片上写着"大卫·佩雷斯"[1]。

"部长女士，"我说道，"我叫希梅内斯。"

"哎呀，怎么会这样。"部长笑着说。不过，她在午餐会上一直处于误会之中，每次问我对这对那的看法时，都会称呼我"佩雷斯先生"。

---

[1] 作者名为大卫·希梅内斯（David Jiménez），卡片上错写成大卫·佩雷斯（David Pérez）。

几个月后,当我去到公共事务部与她第二次吃饭时,发现这个错误已经被改正过来了,对此我表现出了失望之情:

"请叫我佩雷斯,部长女士。看到我的名字被拼写正确了,我会觉得自己已经成了政府部门的一分子。"

国家会在几个月内举行选举,此时政府正处于脆弱之中。在"我们能"党[1]的民粹主义支持者的推动下,该政党在闯入欧洲大选后继续在民意测验中不断壮大;而年轻的阿尔伯特·里维拉和他领导的公民党[2]在思想上更接近于人民党,因此直接威胁到了人民党在中间偏右立场上的霸主地位。自费利佩·冈萨雷斯领导的时代起,人民党就积累了巨大的权力:该政党控制着国家大多数的自治政府和市政府、上下议会,并在中央政府中占多数席位。法官们认为,人民党这种压倒性的权力、过于薄弱的监督机制以及根深蒂固的"作弊文化",使得该党不断堕落,在马德里和瓦伦西亚,该党的运作方式仿佛就是一个"犯罪团体"。五十多起丑闻案件堆在法官的办公室里,这些案件包括"古特尔案""布匿案""巴塞纳斯案"以及"诺斯案"。腐败蔓延到王室,克里斯蒂娜公主及其丈夫伊纳基·乌丹加林也牵涉其中。执政党对此的回应则是隐瞒证据,

---

[1] "我们能"党(Podemos),西班牙左翼政党,成立于2014年。
[2] 公民党(Ciudadanos),西班牙右翼政党,成立于2006年。

阻拦可疑的指控，暗中替换掉那些令他们不舒服的法官，并骚扰诸如《世界报》这样调查他们丑闻的媒体。对新闻界的操控已然成为常态。

与我见面的部长们都用十分相似的话语向我传达了极其相似的信息，以至于我得出一个结论：他们都是战略协调的一部分。《世界报》和政府曾经有过分歧（政府大部分的腐败案都是由我们报社的记者挖掘出来的），但现在到了"和解"的时候。西班牙正处于关键时期，民粹主义的出现不仅威胁到了经济复苏，同时也威胁到了国家正义和宪法原则。蒙克洛亚宫①方面希望我们的报纸采取支持其候选人的"爱国"立场。内政部长豪尔赫·费尔南德斯·迪亚兹对我说："现在不是保持中立的时候。"他的同事后来也好几次重复了他的这句话。

与内政部长的会面是由一位绰号为"内政人士"的记者组织的，他是报社"贵族"的一员，也是负责报道警方新闻的人。这位部长因为放弃了从前放纵的生活而成了内阁成员中最虔诚的人士。他的前政党同僚豪尔赫·韦斯特林格曾在《记录》②中讲述了他俩一起去巴塞罗那一家妓院的事，此后韦斯特林格还在某次去拉斯维加斯的旅途中再次与费尔南德斯相遇。费尔南德斯曾向圣母玛利亚颁发过警察功绩金牌；他反对同性

---

① 位于西班牙首都马德里的一座建筑。自1977年开始，该建筑就是西班牙首相的官邸。
② 《记录》(*Jot Down*)，西班牙文化类杂志，于2011年创刊。

恋婚姻，理由是它威胁到了"人类物种的生存"；他还声称自己得到了一位名叫马塞洛的守护天使的帮助，这位天使在内政部门的各项事务中都为他指引方向。我的就任碰巧遇上了他最近的丑闻：反对党要求他就利用官方飞机私自运输他的一条名叫"洛拉"的狗的事情给出解释。

我以为我们的碰面会非常有趣。

"内政人士"告诉我，如果有哪位部长可以提供我们感兴趣的消息，那么就只有费尔南德斯了，因为警察是在他的指挥下负责调查贪腐、恐怖主义和有组织犯罪的。但是，一旦我们开始谈话，当我试图将对话引到我感兴趣的那些领域上时，部长都会把话题转到他邀请我的真正目的上：歌手、娱乐新闻和全国娱乐节目的主角伊莎贝尔·潘多哈。这位民谣歌手因为洗钱罪在瓜代拉堡的监狱服刑两年，但我们发布了一篇文章揭露她在监狱中得到了包括拥有洗衣女佣这样的特殊待遇。这位部长试图表明他已经进行了"非常严肃"的内部调查，并预备好向新闻界宣布他的处理结果了。

"好吧，"我想，"这不是水门事件，但也有其相似之处。"

不过，部长并不打算提供任何关于此案的报告，他只是一遍又一遍地问我：是应该由他本人还是他的一位工作人员来宣布调查结果？是应该通过新闻发布会还是通过公告发布？是应该安排在上午还是下午？

像关禁闭一样开了两个小时会之后，我看了看表，对部长说我必须得回去接受另一个会面了。费尔南德斯坚持要领我转转内政部门的各个房间。我们参观了他的办公室，办公室里装饰着各种宗教元素；我们回顾了他前往梵蒂冈旅行时的照片，并倾听了他的朝圣历险记，在那里他再次找到了通往美德的途径。此时我们已经互相用"你"而不是"您"来称呼彼此了，亲密到好像能够分享伊莎贝尔·潘多哈的私密事了。当我们从楼梯下到出口时，我以为终于可以逃脱了。这时部长在我耳边低语了另一个令他担心的问题：

"你知道吗？"他说，"在接下来的选举中我们党派的处境会非常艰难。民意测验的结果对我们不利。为什么《世界报》要如此恶劣地对待我们呢？"

"我们对待任何党派的态度都是一样的，部长先生。"

"我们并不担心《理性报》[1]和《ABC报》。我们知道这两份报纸与我们站在一边，他们会说我们做得棒极了。但是你们可以左右选举结果，不确定因素恰好就在你们这里，在《世界报》。"

"不，"我说，"选举还取决于电视报道。"

"没错，你们和第三电视台都有决定权。你们都是与政府息息相关的媒体。我的问题是：我们可以指望你们吗？国家正

---

[1] 《理性报》(*La Razón*)，西班牙报纸，由路易斯·玛丽亚·安森（Luis María Anson）于1998年创立，总部位于马德里。

面对着危险的敌人,现在不是保持中立的时候。"

我得尝试整理出一个合理的回应。我在国外待了二十多年了,对任何政党都没有什么归属感。当然了,部长可能会从我这里得到一个公正的待遇,但这并不代表对他有利,《世界报》还是会继续报道与人民党贪污有关的新闻,因为这就是我们的工作内容。

"一份独立的报纸对于政府而言就像一个免费的内政部门,"我说,"我们也在做你们的工作,并且会把烂苹果从好苹果中挑出来。我想,部长先生,这是看待事情最好的方式。"

但我这是在浪费时间。在过去的三年中,政府主导了针对民主新闻界最大规模的攻击,内政部长积极参与了这场由四位女士带头的行动,这四位女士分别是:副首相索拉亚·萨恩斯·德·圣玛丽亚、幕僚长玛丽亚·冈萨雷斯·皮克、通信部秘书长卡门·马丁内斯·卡斯特罗,以及和她们一起发起行动的人民党的秘书长玛丽亚·多洛雷斯·德·科斯佩达尔。

人民党成员坐拥权力之后的所作所为,与许多其他的政府和党派一样,都是在公共媒体上进行大清洗。西班牙广播电视台领导人何塞·安东尼奥·桑切斯是出现在巴塞纳斯受贿名单中的一员,据称他从执政党那里收了一大笔钱。西班牙广播信息服务部门主管弗兰·洛伦特被解雇了,西班牙广播驻各个城市的主管也被撤职了,一批人民党的政治委员代替了他们的位置。他们解雇了那些拒绝将西班牙广播变成政府新闻办公室的记者，同时成立了一个平行的新闻编辑部，随时准备进行肮脏的工作。私人媒体最终都屈服于政府"打一巴掌再给颗糖"的政策。蒙克洛亚宫迫使报社解雇了那些令他们感到不舒服的记者，利用政府出资的广告来惩罚不听话的人，并控制广播和电视上的政治节目，因为广播和电视已然成为西班牙政治辩论的中心，吸引了大批观众。

当我开始收到广播和电视节目的邀请时，我才逐渐了解了他们是如何分配嘉宾阵容的。"红衣主教"坚持让我与A3M公司旗下的媒体合作，他说这样我们今后有机会结成同盟。我认为这是一个不错的选择，因为邀请我参加的节目，第三电视台的《公共的镜子》和零波电台的《不止一个》，都是由我敬重的记者主持的。我被告知自己将作为"自由嘉宾"参与节目，也就是说，我被排在那些由政府和媒体巨鳄安排好的傀儡和打手之后。A3M公司，包括其旗下正蓬勃发展的第六频道[①]，他们的嘉宾分配是由公司顾问毛里西奥·卡萨斯负责的。自从担任《理性报》总裁以来，他就一直暗中在做政府的牵线人，并因卷入人民党的腐败案正在接受调查。据说在节目摄影棚中，大家会争相恳求这位"黑暗王子"——他在自己的公司里被称为"黑暗王子"——不要把自己从节目的嘉宾席上移走。如果

[①] A3M公司旗下的西班牙数字电视频道，以幽默和娱乐节目为主，也有政经类评论节目。

在节目中踩到红线的话，他们就得表明自己的后悔之情，并承诺会在未来做得更好。"黑暗王子"不属于左派也不属于右派，他属于权力。他曾经说服前政府取消在西班牙广播电视台上投放广告，这意味着几百万欧元将注入双头垄断的 A3M 公司和 Mediaset 公司。现在，这位"黑暗王子"又开始服务于保守党了，他设置了报纸的评论审查制度，并担任起执政党中间人的角色。没人比他在这个国家能获得更多的信息了，但是也没人再想阅读他手底下的《理性报》了。

政府的控制已经到了这样的地步：由圣玛丽亚副首相以及人民党秘书长科斯佩达尔分别领导的两大主要派系，正努力在政治集会上安插更多的自己人，以便互相攻讦。这恰恰证明了在政治上最致命的火焰永远来自朋友。在这场战争中，政客们给参加电视政治辩论的嘉宾们发消息让他们不断重复某些标语，要求他们盲目地表忠。这些政客可以随意摧毁某些人的事业并让另一些人平步青云，这些人当中就包括那些"有天赋的记者"，他们是一群通过模仿前辈给自己开路的新一代专栏作家。我们新加入的同事，拉霍伊首相的首席撰稿人，就是一个很好的例子。大约两年前他曾失业过，并在人民党周围找工作，最终他们给了他一份在公共电台工作的机会，想看看他表现如何。他完成得很不错，渐渐得到了重用，前总编卡西米罗将他签约到了《世界报》，想以此来弥补我们失去专栏作家哈布伊斯的损失。我们的这位新同事（最终有一天他会事业有成，成为评论部的主编）与编辑部的保守派人士相处得很好。他完全属于右翼，因为他早已得出结论，选边站是发达起来的最快方法，但他不知道一旦将脚铐戴上想要再摘下来将有多么困难。西斯塔乌在一篇专栏中提到，他曾在国会大厅的走廊上看到副首相的幕僚长、政治辩论节目嘉宾的负责人玛丽亚·皮克对我们这位新同事生气地大喊道："你得记住是谁让你得到了这个位置。"这句话足以定义我作为记者的那个时代。

另一位负责在电视政治辩论节目上安排"权力家族"嘉宾席位的人是马丁内斯·卡斯特罗，她因为对媒体主管和记者的斥责而获得了"蒙克里亚宫的斗牛犬"的绰号。她给媒体发的消息总是名声在外，我没过多久就收到了她的第一个消息，抱怨我们报纸的喜剧漫画二人组"加利西亚&雷伊"画了一幅嘲讽首相拉霍伊与人民党贪腐案之间关系的漫画。

这位通信部门的秘书长在这篇缺少重音符号的消息中说道："这有什么现实意义？它在影射什么有新闻价值的东西？这幅小插画有什么幽默感？我只看到了对首相的诋毁，而且是在首相先生的行为举止与之毫无关系、毫无根据的情况下。"

当我跟我的工作人员讨论这件事时，他们告诉我，他们觉得这个消息算是温和的了。对于卡斯特罗来说，正常情况下她会加上些侮辱性的话，但她对我还有些信任，因此比较"温柔"。我已经十八年没在国内做新闻记者了，但没过多久我就明白过来，在我不在这个国家时，某些事情已经发生了根本性的变化。权力不再害怕新闻，现在轮到新闻恐惧权力。国内新闻界充斥着一群被驯服的野兽，正如赫克托·阿吉拉尔·卡宾①在小说《财富的阴谋》中借某个人物之口所说的那样："他们舔着给他们食物的手，手让他们咬什么他们就咬什么。"

《世界报》已经失去了过去的勇敢无畏，同时还被过去的鲁莽拖累着，现在它需要新的动力了。不过《世界报》依然准备继续撕咬。政府已经成功驯服了马德里四大报纸中的三家——"我们并不担心《理性报》和《ABC报》"，在普利沙集团②总裁胡安·路易斯·塞伯里安上任之后，被驯服的名单中又加上了《国家报》。普利沙集团的创始人赫苏斯·波兰科在2007年经济大萧条前夕去世时，把公司传到了塞伯里安的手上。事情本来应该是没问题的，因为新老板曾是一名新闻工作者，也是《国家报》的第一任总编，是他把《国家报》变成了西班牙语国家的参考媒体。毫无疑问，人们认为当他站在权力与真相、金钱和新闻、私人利益和报纸利益的十字路口时，他一定会选择后者。但他选择了前者。塞伯里安在接下来的十年里使这家欧洲通信巨头空前地衰落了下去。普利沙集团的市

---

① 赫克托·阿吉拉尔·卡宾（Héctor Aguilar Camín），墨西哥记者、小说家及历史学家。
② 普利沙集团（PRISA），西班牙最重要的媒体集团，旗下拥有西班牙发行量最大的报纸《国家报》。

值下跌了99%，并且产生了难以偿还的债务，这让它落入了西班牙电信等跨国公司、桑坦德银行或汇丰银行等大型银行以及卡塔尔和美国等国外投资基金会的手中。拯救公司的行动是由副首相圣玛丽亚帮忙的（这使得塞伯里安变得极其富有，一年中公司亏损了4.5亿欧元，塞伯里安却赚了1200万欧元），附加条件是让《国家报》进行不可思议的转型，从西班牙最主要的进步报纸之一变成一个支持保守党政府的右派报纸，而圣玛利亚副首相则成了那个"碰不得"的人。副首相不喜欢的记者被迫从编辑部转到国外做驻外记者或是被边缘化；那些试图进行新闻调查的记者则被降职到不那么"令人心烦"的岗位；那些有名望的专栏作家，比如费尔南多·加里亚，则被迫离开"才能继续撰写有关政治的文章"。在米格尔·尤斯特街[①]，人们为报社所遭受的打击感到悲伤，总编安东尼奥·卡尼奥主动辞职以示抗议。我上任的第一个月里，《国家报》最好的六位记者就过来申请与我们一起工作，这在几年前是无法想象的。如果当时条件允许的话，我会把他们都留下来。

政府即将完成对马德里新闻界的全面控制，而一位既没有背景也没有经验的《世界报》新总编的到来，被视作完成这个任务的绝佳机会。在受到四分之一个世纪的打击之后，我们将在接下来的几个月里对报社的独立自由进行最后的捍卫。这

---

① 《国家报》总部所在街道。

次，权力有了一个宝贵的盟友：他就坐在圣路易斯街报社大楼二层的一间办公室里，恰好在我办公室的正上方。

"红衣主教"打电话给我，宣称他也相信与政府和解的时机已经到来。

"现在不是保持中立的时候。"他说。

"好吧，"我想，"我此前在哪儿也听到过这句话？"

蒙克洛亚宫愿意给我们报社从零开始的机会，两年前的事也可以一笔勾销。两年前我们曝光了首相马里亚诺·拉霍伊发给路易斯·巴塞纳斯的一条私人信息，"我懂的，路易斯。你要坚强起来"。而那时人们正好发现人民党的前司库在瑞士藏了一大笔钱。这条信息揭露了拉霍伊首相是人民党腐败案的同谋，他还准备掩盖此事。这条收在《"巴塞纳斯案"调查报告》中的信息，在世界其他任何地方都足以让其国家领导人下台。但在西班牙，这只能加速让公布这些信息的报纸总编离职：《国家报》的哈维尔·莫雷诺（这是在塞伯里安领导下该报发布的最后一次重大调查报告）以及《世界报》的佩德罗·霍塔。

"红衣主教"告诉我，我们的和解将在一场纪念典礼上私下进行，这场典礼是为了庆祝西班牙头号经济报《拓展报》[①]成立二十九周年。接下来的几天里，他都像策划自己亲生女

[①] 《拓展报》(*Expansión*)，1986年成立的西班牙经济类报纸。

儿的婚礼一般策划这场活动,每次某个部长确定要来参会时他都激动地给我打电话,并提醒我每一步对事情的发展都至关重要。

"你不会相信的,"当他拟好了最终参会的名单时说道,"首相、副首相以及七个部长都要来!七个!马德里大区的主席,IBEX 公司的总裁……"

我很难理解为什么一个所谓的独立媒体要以这样的方式去款待政府,而这个政府正在竭尽其所能破坏包括我们在内的新闻自由。"红衣主教"努力唤起我的激情:"首相期待与你见面,这将是一个绝佳的场合。你们总不能还没有见过彼此。"

"告诉他这是我的荣幸。"

活动在中午举行,那天我很早就去报社了。看到"伍德沃德"已经到了,我感到很吃惊。新闻记者不会早起,调查组早起的人就更少了。

"我有重要的事情。"他说道。

"说吧。"

"我们有了巴塞纳斯的证词。他确认人民党的四大主席,包括首相拉霍伊在内,都知道党内小金库的存在。这些钱来自企业家们的贿赂。他们用这些钱来举办竞选活动并支付领导们的超额工资。"

"糟了!"

"怎么了?"

"你可以忍到明天再说吗?"

"为什么?"

"过一会儿,我就要去参加《拓展报》的纪念典礼了,拉霍伊和半个政府班子都会到场。"

"这样的话别的报纸就可能赶在我们前面发布了。"

我读了读这篇文章:这个在过去二十年掌握着人民党账本的男人指控他的领导人,包括做了首相的拉霍伊和何塞·玛丽亚·阿兹纳尔,是党内腐败团体的一分子。我快速翻到文章的最后几行:

"全文刊登!"

当我告诉出租车司机前往马德里的艺术大楼①时,部长和大人物们开始入场了,我的手机突然响起来。我没有接电话,因为我知道"红衣主教"想问什么,但我没办法答应他。我下了出租车,开始登上入口处的台阶。在台阶上头我看见了"红衣主教",他正在等待首相的到来。一个人一生中不会忘记的三到四张面孔,这将是其中之一:"红衣主教"的脸色就像警察局刚告知他儿子被捕了。我继续往上走,经过他时,我在他耳边小声说道:"我只能这么做。"

我和几位商人、银行家和政府成员坐在一张餐桌上,离

---

① 艺术大楼(Círculo de Bellas Artes),一家私人非盈利的文化机构,总部位于西班牙马德里的阿尔卡拉大街。

"红衣主教"和拉霍伊坐的位置相隔不远。政府内阁的某位成员走近我，询问我能不能至少"为了尊重首相先生"，把那条新闻放在网站"不那么引人注目"的地方。我说我感到很抱歉，但不能这么做。拉霍伊发表完讲话，没有按照我们预期的那样认识彼此就离开了。在整场活动中，"红衣主教"一直在避开我，直到下午那场需要决定我们第二天报纸头条新闻的会议前，我才再次碰见他。

"我不知道你是否意识到今天发生了什么。我做了多少努力才吸引来半个政府班子，今天有多么重要！而你的决定损害了公司的利益。"

"我能做什么呢？"我坚持道，"我们有一条独家新闻，那么就应该发布它。"

"至少可以等等。"

"别人可能会抢先我们发布。这是一条爆炸新闻。执政党多年来一直开设着平行账户，收取公司的贿赂，并把钱分给他们的领导人。我们是一家报社，不能把这样的新闻藏在抽屉里。"

"好吧，好吧，现在什么也改变不了了。我只想请求你一件事：明天不要在纸质报纸上太过强调这条新闻。今天的数字版上它已经占据一整天的头条了。首相今天拜访了我们，我们应该对他尊重些。他今天宣布了一些重要的经济措施。我们曾请求他给我们一条新闻，现在他给了。"

为了避免做出承诺，我回答道："我还没看过今天的报纸，但我会考虑的。"

"你会考虑的？我应该提醒你这家报社是不属于你的吗？"

"我对报纸的内容负责。"我知道我正在就日报的编辑控制权进行首次对抗。

"而我对报纸的生存负责。你还不明白吗？一份报纸只有存活下来才有能力讲述真相。我也希望你能做出一份独立的报纸，但如果我们死了，一切都不可能了。你的前辈们理解这一点。这世界上所有的总编理解这一点。我们想要的都是一样的。我甚至没请求你不要发布这条新闻，我说的是把它发在不那么显眼的地方。"

"我说了会考虑一下的。"

秘书处提醒我领导们已经在"鱼缸"大厅等着开决定头版主题的会议了。"艺术家"准备了白纸和笔来画报纸的头版。摄影师把当天最好的照片留在了桌子上。报纸各个部门的负责人带来了他们的报道和新闻，并准备好按照严格的等级秩序从报社的"贵族"开始依次展示。总编在听取各个部门领导的提议后，像报业的恺撒大帝一样，向上或朝下竖起大拇指，并决定哪个部门的记者能在报纸上拥有那个最神圣的位置。报社老人认为头版（至少是头版的一部分）会是他们的，而那些新人则梦想着取代他们，即使只是在很偶尔的情况下。驻外记者在远处等候着，想看看他们来自北京、贝鲁特或是利马的报道能否发表在报纸最显眼的地方。专栏作家打来电话想知道能否发表他们当天的分析文章,哪怕是放在页脚也行……但是头版太小了,没法容纳编辑部里所有人的自负,这张纸注定会引发大家的嫉妒、竞争和挫败。

一旦确定了当天的故事和作者,被选中的人会分配头版的空间并选择把新闻设为一列、两列或三列。每条新闻最多可以放宽到四列或五列。会议由此进入了令人昏昏欲睡的词语的舞蹈阶段,我们要把标题嵌入预留的空间里。领导们低下头开始计算每个字符所占的空间,这种做法在平淡无奇的日子里使会议显得没有尽头。当坐上总编的位子时,我做的第一个决定就是取消在"鱼缸"大厅举行的一些仪式。晨会上,我们不再浏览纸质报纸的每一页,因为在这种场合总编不出意外会抱怨各个负责人犯的错误。取而代之的是,我们将一起讨论当前在数字平台上办什么样的报纸以及如何改进它。我邀请视频、社交媒体以及网站优化的负责人也加入到会议中。我安装了一个巨大的屏幕来展示我们的网站,并连接了流量数据、阅读时间以及其他量化指标,与此同时,我们也在努力扩大网站内容的覆盖范围。我试图加快进行每天下午举行的会议,并取消了清点字符数的环节,因为很多时候清点字符数没什么意义,有时我们刚刚离开"鱼缸"大厅,就有新的新闻迫使我们更改一切。这些都不是革命性的,也没有与那些极少更新的日报相差多少。但是,保守派会认为这是一种侮辱,因为它改变了这个他们眼中的神圣之所。

我请他们打电话给"伍德沃德",看看他的"巴塞纳斯案"有什么新的消息。

"就是今天早上的那些,"他说,"但仍然是今天非常重要的主题。"

各部门负责人介绍了各自的新闻,没什么重大的事:热浪席卷欧洲;拉法·纳达尔在温网第二轮比赛中倒下;拉霍伊在我们举办的活动中宣布减税。"红衣主教"希望将最后一条当作头版新闻。摄影师则展示了人民党受贿的转账凭证的复制品。

"头条放哪个?"国内新闻部主任"沉默者"问道。

他是一个审慎而严谨的人,有时他说话嗓音太低,以至于我们在会议上都不知道他在说什么。他从没有过什么伟大的激情,无论是出于支持还是反对,也许正是因为这一点他才能在管理报社"贵族"的艰难任务中幸免于难。他的目标之一是避免圣路易斯街编辑部那些最自负的人之间起冲突,尽管并不总是成功,但他温和的性格会使他们平静下来。

我沉默了几秒钟,同时得决定:是让"红衣主教"失望还是让自己失望?是接受他的建议损害我们报纸的独立性,还是维护报纸的战斗精神?是避免与我的职位所依靠的人发生冲突,还是向他发送明确的信号,即我将永远不会退让给他哪怕一毫米的编辑控制权?我担任总编还没到两个月,但我认为现在就制定我和"红衣主教"之间的规则不算太早。我无法想象有比眼前的这张报纸更好的制定规则的地方了。在这张报纸上,我们总是表现出自己最好的一面。我曾经多少次在报纸上找寻自己的名字,而现在我得决定自己要成为什么样的人了。

"大开页四列,腐败案!"我从桌上抬起头来说道。

"标题?"

"《巴塞纳斯暗示所有人民党的领导人都知道党内小金库的存在》。"

第五章　流弹

"伍德沃德"在写下他最后的独家新闻的几天后，走进了我的办公室，告诉我他要离开《世界报》了。他在佩德罗·霍塔办的《西班牙人报》有了份新工作。与我认识后不久，他就表达了自己打算离开的意愿，这证明他对在我领导下的报纸是否会继续保持独立持有怀疑态度。

"让我们一起做一件事，"我当时对他这么说道，"请你等一段时间再来判断，我们是否还是那个你希望继续为之工作的报社。"

我问他我是否已经履行了自己的承诺。

"你已经超额完成了，"他说，"我所有的新闻都被发表了，我有被你支持的感觉。事实上我的担心不在你这儿，我担心的是他们会阻止你做事。"

"所以呢？"

"我需要新的动力、新的挑战。好多年我都在调查相同的腐败案，现在案件快要枯竭了。是时候从零开始在其他地方、在新的工作线上着手新的调查了。"

我没有再向他提供更好的合同或升职的建议。我祝他好运,并告诉他,他会在自己的预期之前就回到这里的,《世界报》的大门会永远向他敞开。六个月后,他向我请求能把他签回来。

"伍德沃德"带走了报纸一些主要的调查报告以及他进行调查的消息来源,这些消息的来源不完全是干净的。像许多记者一样,他的消息主要来自替政府干一些肮脏之事的"爱国警察",这是一个内政部长为消灭敌人和推进政府计划而建立的平行机构。这个组织的领导人之一是局长何塞·曼努埃尔·比利亚雷霍。我第一次听说他的名字是在上任总编不久之后。我们的两位记者告诉我,至少二十年来,此人一直是《世界报》调查报告的主要来源之一,也是我们大多数独家报道的促成者。我的前任总编们与他一直保持着密切的联系,现在他想在继续合作之前先与我会个面。我们的会面将在马德里查马丁地区一家名叫埃斯坎普的饭馆进行。

比利亚雷霍看起来像八十年代警察电影里的角色。他在独裁统治的最后阶段开始了警察的职业生涯,通过信息交易赢得了政客、新闻工作者和商人的青睐。他像自由专员一样行动,只对自己和政府内部与之共谋的部长做出回应,而不在乎他们属于哪个党派。他一见到我就和我说我这个人口碑不错。他回忆起他为我们报纸提供的"服务",并表示愿意继续为我们工作,但是有一个条件:我们应该让绰号为"内政人士"的记者停止在警局内部继续进行调查,因为此人正在发布对局长有害的信息。警察局长没有给我提供任何细节,他确信我知道他在说什么，但其实我在西班牙才待了一个月，完全不知道他的话是什么意思。一位副主编当天下午为我解释了其中的内情。他告诉我，根据警局对立派系间的消息，比利亚雷霍激起了"伍德沃德"和"内政人士"之间的对立。

"每个派系都要求他们中的一个成员发布对另一个派系有害的新闻，以此作为继续提供报告的条件。这是一场不可持续的内部战争。"

"利用报纸吗？"

"某种程度上说，是的。"

"因此'伍德沃德'和'内政人士'之间并不互相通信？"

"没错。"

"当我们结束与比利亚雷霍的会面时，其中一个在会面上讲了话的记者问我，是否看见比利亚雷霍从外套里伸出来的录音机？"

"录音机？"

"是的，他把一切都录下来了。"

"他把一切都录下来了？你怎么现在才告诉我？"

我已经初步了解了这些肮脏之事是如何运行的，以及他们污染西班牙新闻界的方式。他们的泄密可能起源于实际的或虚假的调查，他们的报告可能是有据可查的，也可能是伪造的，但其意图或多或少都是腐败的。不同的是，"伍德沃德"至少试图将真假消息区分开来，但整整一代所谓的调查记者都在购买他们早知有缺陷的消息，并因此出了名，在这场买卖人情的游戏中，真相是一个麻烦。局长手下有很多线人，他巩固了其中一些人的职业生涯，但以同样的方式，他也掌握了使他们沉沦下去的信息和音频。他们困在局长织就的网中，成了"他的男孩和女孩"。

几周后，比利亚雷霍希望与我进行第二次会面，但我没有回复他的消息。"伍德沃德"的离开使我们有机会永远打破这个可能是报社有史以来最重要的、但同时也是最有毒的消息来源。如果我们的代价是，一些头条新闻将外流到我们的竞争对手那里，那我愿意付出这个代价。直到两年后局长被捕，我才知道我在多大程度上做出了正确的决定。他被指控利用他的职位获取机密并将其提供给出价最高的人。他也为国家一些有权有势的人做事，后者雇用他来解决问题或是清除对手。警局内政部门的专员在他位于毕加索大厦的办公室里以及位于博阿迪利亚-德尔蒙特[1]的别墅中，缉获了数百件关于政客、商人以及记者的视频、音频和档案。几十年来，这些材料都被他视作自己的生命保险，随着时间的变化，它们都可以作为推翻西班牙一些最有影响力的政客和商人的工具。

为了替代我们的明星调查记者，我选择了"斯塔斯基和哈奇"[2]这一对年轻的记者，他们一直一起工作，并且远离国家政

---

[1] 西班牙马德里自治区的一个市镇。
[2] 这对年轻调查员的绰号，名字取自70年代美国同名警匪连续剧。

治的腐败，在报道地方事件、犯罪以及腐败方面非常老练。他们到我的办公室来请求给一个机会，于是我就给他们了，正如二十年前我进入霍塔的办公室请求他给我一个机会一样。

当时霍塔也给了我一次机会。

我想加强调查团队并组建一个新的报道小组，这个小组的成员将免于繁重的编辑任务和身为领导的痛苦。我们的报社有许多优秀的记者，但这些记者被提拔后就成了糟糕的领导，因为多年来提高工资的唯一方法就是接受一些中层职位，以及成为稿件的奴隶。我急于把事情做得更好，但我知道时间不站在我这边。我们的报纸缺乏像竞争对手那样清晰的意识形态，没有像《国家报》那样有广播或促销的支持，也没有《ABC报》那样忠诚的传统读者群体。我们的信息源历来是"不稳定"的，这还是从"不稳定"这个词最好的意义上说：我们的日报总是打击完这一批人又打击另一批人，唯一保留下的传统是总编可以在同一天之内收获不同政党的抱怨。在一个充满了"战壕"的国家，人们的狂热就在于定义他人的意识形态。而宗派主义造成了社会巨大的鸿沟，小到酒吧间的谈话，大到电视上的政治辩论，都被宗派主义所污染，《世界报》总是处于一种可敬的不利地位。

新的记者团队在几天之内就运转起来。这个团队由国家最好的一批记者组成。我让过去二十年间最杰出的专栏作家恩里克·冈萨雷斯加入了团队，此前他一直浪费时间在写专栏。我从巴黎调回来了伊雷内·埃尔南德斯·贝拉斯科,她曾与"记者"和我在那家名叫"十九世纪"的炸糕铺中,一起在那张写下"准则"的重要餐巾纸上签下自己的名字。我对她感到有一丝内疚,因为我利用了我们的友谊,并改变了她作为驻外记者的生涯。我知道国外是新闻工作者最好的避难所,而编辑部则可能成为记者的墓地。在这里,官僚主义、编辑奴隶制以及内部对抗,已经埋没了我们中最好的一批记者的才华。我和伊雷内很早就是好友了,当时我们一起赶报纸第二版的截稿时间,一直写到深夜,我们利用自己在社会新闻部的次要地位筛选那些最离经叛道的故事,并向自己不断暗示,我们拥有世界上最好的工作,我们相信这有助于改变一些事情。伊雷内同意回到编辑部,她说:"我不会为任何事情错过这份邀请的。"我还在团队中增加了报社最好的一名记者,他多年来一直在为周日增刊撰写评论。我也邀请了"记者",但他有些没耐心,总是没过多久就来问我,什么时候可以实施我们的"准则"。

我回复说:"在'准则'被实施之前,他们可能已经把你踢出团队了。"

我认为这个"梦想记者团"是可以实现自我管理的。其实,我更担心的是调查团队在失去"伍德沃德"后如何运作,因为其中一位顶尖的调查记者正在休产假,而"斯塔斯基和哈奇"还需要花一些时间来建立联系人以及消息来源网络。我试图减轻他们的压力:失去耐心以及过早"开枪"曾让报社犯下严重的错误。我告诉他们这是一场长期的赌注，他们不需要担心得花多长时间才能给我带来重大的新闻。我给他们的承诺中包括了一段时间后他们可以分开工作。他们在一起写稿久了，以至于变得彼此之间难以区分。关于两人之中哪一个才是更好的调查记者，大家的意见存在分歧，我收到的反馈也互相矛盾。或许"斯塔斯基和哈奇"两人都很好，而我们则很幸运：不久之后就以雇用一位的价格拥有了两位出色的调查记者。

创建一份更加严格、有道德感和独立的报纸的愿望似乎是合理的，但每次提到这件事，我都会得到相同的答案：记者们都认为我们已经拥有了所有的这些特质。这或许是真的，如果用西班牙报业的参考标准来看的话，因为我们是全欧洲标准最低的国家。我坚信我们可以做得更好。

《世界报》的报纸文化有其优点也有其缺点，这些优缺点都是从佩德罗·霍塔二十五年的领导中继承过来的。他鼓起勇气去刊登那些别人不敢发表的东西，并热衷于寻找独家新闻。权力应当惧怕新闻，而不是与之相反。但霍塔同时还创造了一个环境，在此环境中唯一重要的就是寻找独家新闻，却不对调查手段进行任何道德约束，并且对"作弊文化"有着很高的容忍度。这些手段包括：派遣特使还没被派出时，新闻就已经发布了；在新闻未得到充分确认之前就发布了；或是抢先摘去对手的成果而不加以引述。我们当时很自然地接受了这位拥有双重性格的总编,他混合了本·布莱德利①对"水门事件"调查到底的勇气,以及拥有脆弱道德观的沃尔特·伯恩斯②的性格特点,伯恩斯是《头版》报社的总编,他愿意为了新闻付出一切。

某天晚上我和伊雷内在编辑部外面的酒吧,我们听到《国家报》提前告诉电台播报员说他们头条新闻的标题将是《最高法院将判处巴里奥努埃沃和维拉十三年监禁》。该判决将涉嫌参与针对恐怖组织"埃塔"进行的"肮脏战争"③的前高级国家安全官员送往监狱。我们当时已经用时任首相阿兹纳尔的一些声明结束了本期报纸,但当霍塔看到竞争对手的头条新闻时,他下令改变计划。曾协助揭露国家恐怖主义的副总编看上去压力很大,他开始抄袭《国家报》的评论,同时设计师开始重新

---

① 本·布莱德利(Ben Bradlee),美国著名报人,1968年至1991年间担任《华盛顿邮报》总编。他曾主导了该报对"水门事件"的报道。
② 沃尔特·伯恩斯(Walter Burns),1974年美国电影《满城风雨》(*The Front Page*)的主角,是一个无情而自私的人,愿意用一切手段得到独家新闻。
③ 反恐怖主义解放团在西班牙内政部的支持下,配合政府军警部门开展打击"埃塔"的活动,从1983年至1987年总共参与了30起以上的绑架、爆破、暗杀等案件,共造成27人遇难、26人受伤,其中一些不乏普通市民、记者等与"埃塔"组织毫无关联的人物,因此常在西班牙史上被称作"肮脏战争"。

设计版面，负责晚报的编辑则努力掩饰自己的尴尬。我们的新头版，在没有引用对手《国家报》的情况下，标题几乎与他们一模一样：《最高法院可能会判处巴里奥努埃沃和维拉十三年徒刑》。霍塔曾经有勇气面对一切，他指控国家利用绑架、酷刑和谋杀来对待"埃塔"的嫌疑人，抵抗住了权力的侵扰，而《国家报》则因为与当时费利佩·冈萨雷斯领导的政府靠得很近停止了调查。如今，却轮到《国家报》来报道这个故事的尾声，而这本来应该是"我们的故事"，如果没有霍塔总编的努力，正义就不会到来，这是个令人难以接受的事实。我们的反应折射出以后将给我们带来巨大危害的一个缺陷：作为一家报社，我们不知道怎么输的。

  数年后的 2004 年 3 月 11 日，恐怖分子在马德里进行了大屠杀①，我们优缺点之间的平衡被打破了，落到了缺陷的那一头，犯下了足以永远标志《世界报》的重大错误。我们与人民党政府靠得过近（霍塔当时与首相一起打网球，并应邀参加他女儿的婚礼），政府试图将此次恐怖袭击归咎于恐怖组织"埃塔"。几个月前，政府同意让西班牙参加伊拉克战争的决定非常不受人们欢迎，首相阿兹纳尔担心如果始作俑者是中东恐怖主义的话，他们将输掉三天后举行的选举。霍塔相信了政府的

---

① 指马德里 3·11 连环爆炸案（Atentados del 11 de marzo de 2004，常被简称为 11-M），是一系列发生在 2004 年 3 月 11 日针对马德里市郊铁路系统的恐怖主义炸弹袭击，最终造成了 191 人死亡。

说法。当现实表明情况并非如此时,我们并没有纠正错误,而是继续犯错,在接下来的好几年里,我们发布了所谓的调查报道以加强我们的阴谋论。在编辑部中很难找到一个认为我们所做的事有意义的人,而更难的是要找到一个有胆量告诉总编的人。我们所有人,从那些离总编办公室最近的人到其他人,比如处在驻外记者舒服区中的我本人,都选择了沉默。与此同时,报社将一些巧合转变为证据,依靠的是来自警局内部的一些非常不可靠的消息,这些警局内部最后都变成了肮脏之地。报社夸大了任何支持其阴谋论的消息(并隐藏了可能与之矛盾的数据),目击者则被用来支持我们的消息。我们还试图破坏任何没有与我们保持一致的人的名誉,包括法官、警察或新闻工作者。那些持反对意见的人,比如辛多·拉富恩特以及博尔哈·埃切韦里亚,拒绝将那些消息转移到《世界报》的网络版上,因此遭到了清洗。那些最热衷于加入主编幻想的人则得到了晋升。依靠个人的灵光一现、专制化的领导以及缺乏管理的结构所产生的弊端是显而易见的。霍塔永远不会成功证明自己的结论,无论是那些相信他阴谋论的人还是那些从来不信他的人,都对此感到失望。我们的国内新闻部主任"沉默者"在某次"鱼缸"大厅召开的会议上,定义了在我们身上发生的事:"我们被困在了一个谎言里,无论一开始是否相信它。一旦身处这个谎言里,我们就不想或是不知道如何从谎言中离开了。"

十年后,这个谎言继续困扰着我们。每次我去某个关于新闻行业复兴的论坛时，都会有人提醒我，我们是那个从未得到证实的马德里恐怖袭击案阴谋论的代言人。我曾想为此公开道歉，以摆脱这个我们最黑暗的"遗产"，但我不想公开批评我前任总编的工作。当然我下定决心，再也不会做类似的事情了。

报社的律师来找我。其中一位是一个年轻而勤奋的女律师，她位于二楼的办公室在所有人下班后仍然亮着灯，另一位则是一位法学家的儿子，他从报社成立初期就开始为《世界报》工作。他们给我带来了最近几个月人们对报社提起诉讼的清单。

"一次比一次多。我们得做些什么了。"

想要把新闻做得更快更多，导致我们丢失了曾在新闻学院学到的基本准则，例如对信息的各种来源进行验证，或履行从事件受影响者收集信息的义务。他们从增刊《其他纪事》①的文章中举了一个例子，该文披露了足球运动员克里斯蒂亚诺·罗纳尔多的前女友伊莉娜·沙伊克与比她大五十岁的国际足联主席约瑟夫·布拉特有染。爆炸性头条新闻，但是有一个小问题：这是假的。

该俄罗斯模特威胁我们说，如果不纠正这条新闻的话，就

---

① 《其他纪事》(*La Otra Crónica*)，《世界报》的社会纪事和娱乐新闻增刊。

让我们赔偿一百万美元。因此我们一个逗号也没有改地发布了她写给我们的声明:"应伊莉娜·沙伊克的要求,为了避免法院提起诉讼,《世界报》承认这是假消息,因此该新闻不是真的……"这篇文章的作者(她是我们驻柏林的记者)是否认为她写的东西不太重要,因此连最低限度的新闻核实都没有完成,利用第三方消息和谣言来撰写她的新闻。她的领导既没有读过这条新闻也没有问过任何问题。没有人编辑或核实过这篇新闻。

《世界报》大部分的新闻工作者都很诚实,但就像在每个家庭中都会有叛逆的孩子一样,"传统上将新闻业定义为道德感最薄弱的行业",而有些记者就如传统上定义的那般工作:别让事实阻止你讲一个好故事。

问题是,与德国或美国不同,我们没有避免报道像"沙伊克和布拉特"这种假新闻的机制。这是一个西班牙新闻界存在已久的普遍缺陷。在我们报社,九十年代末就有一位年轻的美国女记者戴尔·福克斯为此警告过我们。没人知道她如何以及为何会在我们报社的社会新闻部工作,尽管当时流传的说法是领导觉得在我们的记者队伍中加上一个美国人显得很有异国情调。这是错误的猜测,因为福克斯受过比我们更严格的新闻专业训练。她带来了她在哥伦比亚大学学习的专业手册:如果你妈妈和你说她爱你,你就得证实它。没过多久她就让我们难堪了起来。在她入职数月后,她为庞特新闻学院[1]撰写了一篇关于我们报社的文章，在该文中她以我们的一位社会新闻记者犯下的一个错误为例，该记者混淆了两位医生的名字，并指责另外一位医生犯下了导致患者过失死亡的错误。"内容编辑在哪里？主编在哪里？有人说过那三个魔法词汇'有反馈'[2]了吗？"我们的美国记者问道。她在文中将我们描述为一家极其独立的报纸，这在西班牙好战的新闻界非常罕见，但是我们报社的新闻工作者非常随意地就撰写新闻了，领导们也不够严格，他们甚至没有对她写的新闻进行过编辑，因为她是用她还未完全掌握的第二语言进行写作的。福克斯以为她的文章会被报社视为建设性批评意见，并将引导报社进行新的新闻监督。

结果，她被辞退了。

对"沙伊克和布拉特"的新闻进行整改的几周之后，一名摄影师向我们提起了投诉，他指控我们未经他允许就使用他的照片来报道柏林最新的列宁纪念碑。被告则是写过罗纳尔多前女友虚假恋情新闻的那个记者。她否认了一切，但从我委托进行的图像分析来看，那些照片确实是她剽窃来的。最引起我注意的是，与国际新闻部主编谈论到此事时，他丝毫没有感到惊

---

[1] 庞特新闻学院（Poynter Institute for Media Studies），一家非营利性的新闻学院和研究机构，位于佛罗里达州。
[2] 原文为"Consigue una reacción"。

讯。剽窃国外报纸的内容已经成了几十年来西班牙报纸的潜规则，因为国外报纸此前没有登陆西班牙，同时也几乎没有人会去读。有些记者的职业生涯就是靠东抄《纽约时报》一段，西抄法国版《世界报》一段，但没有人注意到这些。我原以为这些都是过去的事了，因为现在所有人都有途径访问国外媒体的数字版，抄袭被发现的可能性要高得多。

"多年来，我们一直收到来自德国的由剽窃引起的投诉，"国际新闻部的主编说，"我们已经通知过领导层很多次了，但是他们从未做出任何决定。"

我和他说，给那位驻柏林的记者打电话，告诉她不用再给《世界报》写文章了。一群编辑出现在我的办公室，要求我重新考虑我的决定。每个人不都应该有第二次机会吗？任何人都会犯错的吧？在我们报社的阅览室里有一些我写的文章，其中包括一篇关于某次从未发生过的太空飞行任务的新闻。我那时刚开始从事新闻工作。我们接到一个来自人造卫星基金会的邀请，他们是专门研究俄罗斯太空竞赛的机构。我被派去报道那次新闻发布会，回来后我写了一篇详细的报告，报告中指出苏联人是如何在1968年的一次任务中隐瞒宇航员伊万·伊斯托希尼科夫和一条名叫"克洛卡"的狗的失踪的。"宇航员伊万·伊斯托希尼科夫实际上从未存在过……"我用文字游戏开始了我这篇关于苏联宣传谎言的报告。实际上，无论是伊斯托希尼科夫还是他的太空宠物都不存在。我参加的新闻发布会是艺术家琼·冯特库伯塔展览的一部分，他用假照片和假模型完成了他的这项娱乐活动。当接到领导的电话要求我对此做出解释时，那种恶心的感觉仿佛还在昨日，我感觉我做了世界上最荒唐的事。令我感到痛苦的是经过印刷机的报纸是不可能撤回的，报纸已经开始由报刊亭发售了。我的身体要求我立刻跑出门，一直跑到西班牙最边远的报刊亭，然后一把火烧掉那些已经永远被印成白纸黑字的报纸，这是我作为记者的失败。我的一位领导安慰我：我们这个职业的优势在于，一旦下一版报纸被印刷出来，那些失败和胜利就都消失了。

如果我本人在职业生涯中犯过严重的错误，那么为什么不能接受编辑们对该驻德国记者的求情呢？我尝试解释其中的不同：她那篇关于"沙伊克和布拉特"的独家报道我可以对其警告不予追责，尽管对于任何其他严肃的报纸来说，这种错误足以让她和该部门的其他人丢掉工作了，但对其他新闻业同行的抄袭就不仅仅是个错误了，这是在蓄意欺骗读者。我的决定被认为是不适宜的，这恰恰表明了我们需要在多大程度上重新审视我们的工作。"端庄女士"当天下午走进我的办公室，我以为她也是来驳斥我辞退该记者的决定的。

"祝贺你，"她说，"你成功地惹恼了人们。"

我回答道："这不是我的意图。"

"但是这件事传达了一个重要的信号。别人说什么并不重要。有人离开总是艰难的，但也是必要的。"

我与律师们达成一致，即组织研讨会来帮助人们记住一些必须要完成的工作，例如比对各种信息的来源，让那些受事件影响的人有机会提供他们的版本，或者每当我们搞砸什么的时候就立刻改正，而不是等到被起诉时再说。正如我在纽约第一次会议上对"红衣主教"所说的那样，我坚信我们的救赎是通过不断提升自己获得的，这样我们就能和其他报社区分开来，我们决不向下进行比较。我召集了一些不太严谨的部门告知他们，从现在开始，我们对新闻疏忽、作假以及剽窃零容忍。为了追求真相，我们不会采取捷径。不管是政治上的独家新闻还是体育新闻，或是费尔南德斯部长最喜欢的歌手伊莎贝尔·潘多哈的娱乐新闻，没有实实在在地确认过的新闻，我们不会发布。如果竞争对手抢先一步发布了，那我们就得接受，并对他们的新闻进行引用。律师给我递来了那些习惯剽窃的记者名单，他们身上都背有无可辩驳的指控。他们是我们的流弹。我打电话警告了他们。他们只有最后一次机会了。我们不会再作弊了，尽管这意味着可能会丢失一些独家新闻，或是当人们打开报纸时，会读到类似于"松鼠的风湿病疗法"这样的无聊新闻。这不仅仅是因为作弊会对我们造成伤害，违背我们想要建立的项目，而且还因为我们已经拥有足够的能力，不靠作弊就能改革我们的报纸。

第六章　死亡诗社

编辑部在八月的假期里空无一人。我决定留下从事两个项目，这将定义我作为总编的开端：发布新的周日版报纸，以及更新我们的网站。我希望我们能重新获得西班牙报业数字化的领先地位。而那些二楼的高管正在海滩上度假。没人想念他们。

我们的网站主编维提让我在截稿后与他的团队喝一杯。他是一个勤奋的人，有很好的新闻判断力，斗牛赛和足球赛是他的两大爱好。他是报社培养过的最优秀的实习生之一。他们是一群各有特色的年龄在四十岁左右的记者，每个人都有自己的特殊魅力。一位来自要闻部的女编辑将这群人戏称为"死亡诗社"，这或许是因为他们在她身边展现出来了最放荡不羁的一面，也可能是因为这群人让她想起了彼得·威尔[1]那部电影的主角，亦或仅仅是因为编辑部里唯一的诗人就在他们中间，而诗人的身份让他在一群记者中间显得格格不入。

---

[1] 彼得·威尔（Peter Weir），澳大利亚电影导演，代表作有《死亡诗社》《楚门的世界》等。

该团队的成员名单取决于你问的人是谁，但是基本包括：哈维·戈麦斯，他是我们夏天过后准备新上市的周日增刊的主编；周日增刊项目的"二把手"，早在那些"数字大师"让大数据新闻变得流行起来之前，他就已经进行了非常多的探索；"非洲人"，一位在编辑部办公桌上被浪费了的优秀的国际新闻记者；"斯塔斯基和哈奇"，取代了"伍德沃德"的两位年轻的调查记者；维提本人，他除了负责协调网站的工作之外，还负责组织成员们的夜间活动。他们这一代人中还包括了一些优秀的女记者，她们使报纸保持新鲜感，给报纸带来创造力，并努力减少报纸中过于男性化的内容。我们已经度过了那个当女性提出要平衡工作和家庭生活时，就被送往资料管理室的艰难年代，但还是被一种长期存在的、更微妙的大男子主义所压制：女性，特别是那些年轻女性，她们的工作评价会被加上同情分，而她们的晋升机会却很渺茫。我在"鱼缸"大厅举行的第一次头版大会有二十多位领导参加，其中只有一位是女性。在重组过程中，我的第一个决定就包括：任命弗吉尼亚·佩雷斯·阿隆索为副总编，将我们的一位女记者提升为主编，以及无限期聘用了三位证明了自己的价值、但工作职位很不稳定的女记者。提拔有才华的女性不仅仅是为了公平正义，也是报纸的利益所在。公司的市场研究表明，我们的报纸内容疏远了一些潜在的女性读者，但周六发布的女性增刊《我，唐娜》①以及《其他纪事》都拥有众多女读者。女记者们推动了诸如教育、社会不平等以及医疗方面的新闻报道，关于政治问题的报道，也不再只是领导人之间的争吵，她们给我们带来了更亲民的聚焦点。我所追寻的改革和更新，只有在女性能够扮演重要角色、并参与编辑决策的情况下，才可以实现。

"死亡诗社"的成员是唯一一批还保留着我记忆中普拉迪洛街编辑们社交方式的人。那时候我们在截稿之后，会去"Pop & Roll"酒吧喝上几杯。这是一家"男人G"乐队鼓手哈维·莫利纳开在报社旁的酒吧。一些领导为了与女实习生约会，也加入了我们的行列，因为那个年代等级制度还没有定义我们的关系，派别也还没有形成。混乱的夜间活动助长了办公室里的玩乐气氛，人们都有各式各样的借口不来上班。我们曾经历过一次地狱般的截稿事件，必须在最后一刻更改版面，而该死的电脑系统再次崩溃了。报社里也有过几段广为人知的恋情，其中的某几对最后还成了严肃的恋爱关系，但随着时间的推移，最后都令人尴尬地破裂了。对于记者来说，总是倾向于找同行做男女朋友，因为对方了解这个生活紊乱、有着情绪风暴的职业。他们之间充斥着无政府主义，有着严重的信息依赖

---

① 《我，唐娜》(*Yo Dona*)，《世界报》每周六发布的女性增刊，包括美容、时尚、星座等栏目。

症，同时拥有令人无法忍受的浪漫化的自我主义，并且对自己的工作有着夸张的自信心，他们甚至可以牺牲所有，就为了追寻一条可能第二天就被大家忘光的头条新闻。那些在"Pop & Roll"酒吧度过的夜晚，有着与报纸上最新发布的失业数据一样可预测的结局：一些人最后找到了另一半，另一些人则对混乱的生活感到不满，他们不断重复表达着无论在何时何地新闻总是追着自己跑的厌倦之情，然而事实恰恰相反，是他们毕生在追逐新闻。

我接受了维提截稿后一起去喝一杯的提议。一开始我们只是单纯地去喝一杯，结果一直喝到黎明时分，到拜伦街一家名叫"反对俱乐部"的酒吧才结束。大概有三十个记者在一起，他们变得越来越活跃，我的权威性则随着时间的流逝变得越来越低。每次去下一家酒吧都会让我多忘记一点自己是总编这件事，只要环顾四周，就会发现我的记者们身上也在发生类似的事。有些人说话过多，暴露了他们内心憎恨和竞争的念头。另一些人则借此机会想要公司提拔自己，他们幻想着我还能在第二天记住他们的请求。当事情变得复杂起来时，我离开了酒吧。第二天所有人都在添油加醋地传着总编夜游这件事，记者们有这个能力。我开始在各个部门巡视，并停在每一个看到我之后都把头低下的记者面前，他们都在试图撇清自己昨晚说过的话。

"怎么了？您对您做过的什么事感到后悔吗？"我问道。

我再也没和编辑部的记者们一起出去过，我和他们保持了距离，一个晚上足以让我了解到记者们身上有些事总编是没必要知道的。

夏季的乏味成了编辑部的主基调，头版会议看上去像葬礼，政客们都休假了，新闻议程也暂停了，没有什么骚乱、政府危机或王室婚礼之类的新闻可以放在头版上。"内政人士"，那位我们安插在警局里的人，把我从昏昏欲睡中唤醒，走入办公室和我说，有人悄悄告诉他内政部长豪尔赫·费尔南德斯在他的办公室里秘密会见了前副首相罗德里戈·拉托，后者可能会因腐败入狱。我们的新闻激怒了这位部长，仅仅一个月前，他还在与我分享关于伊莎贝尔·潘多哈的新闻，以及对新闻独立的信心。费尔南德斯下令将"内政人士"排除在可以从他的部门获取泄露消息的记者名单之外。几周过去，我们这位报道内政事务的记者开始感到绝望。当我经过他办公桌时，我问他事情进展得如何，他耸了耸肩说道：

"我们还在黑名单上。"

我与"红衣主教"讨论了这个情况，他立即同意与部长进行和解。这成了我与费尔南德斯第一次会面后的续集，我又听了一遍他关于圣女、奇迹和英雄朝圣的故事。我自问我们国家的安全怎么会落到这种人的手上。部长说，与拉托会面的新闻真的让他很生气。我一开始以为他生气的原因是那些因这条新闻而激起的怀疑。

"首相给我打电话了，"他说，说清了让他生气的原因，"我不得不取消我的假期去国会作证。八月中旬！在我的假期期间！"

"红衣主教"有着外交天赋，理解这些与他类似的政治人物的内心需求。经过一个小时的献殷勤，以及对部长的无数奉承，他成功地软化了部长。我们请求部长重新开放我们与警方的联系，于是费尔南德斯要求他手下致电安全国务秘书弗朗西斯科·马丁内斯。

"喂，帕科[①]，有什么新闻可以给我们《世界报》的朋友吗？你安排一下，和他们报社的人重新联络起来。"

"我们有关于加泰罗尼亚的新闻，部长先生。"

"好的，好的。那就把这条新闻说给报社的这些先生听吧。"

这是一条关于加泰罗尼亚民族主义的一些领导人被指控腐败和收取非法佣金的新闻。想要获得他们透露的文件，部长提了两个条件。他提到新闻界对他授予某些警官勋章的事报道很少，因此他欢迎我们发布关于这件事的新闻。另外，他要求从今往后"内政人士"停止报道关于内政事务的新闻。

我开始对政客们这种喜欢控制别人的癖好感到厌烦。我刚

---

① 帕科（Paco）是西语中弗朗西斯科（Francisco）的昵称。

刚回到编辑部,"红衣主教"就给我展示了早上印好的报纸,并用红线画出了他认为对拉霍伊首相不公正的政治报道。

"你读过这个了吗?"

"对,怎么了?"

"都是关于首相的负面新闻。这篇文章充斥着价值判断和观点。你自己都说过,一篇报道不应该带有个人观点。"

"确实如此。"

"所以呢?"

这篇报道的第一段有一个形容词确实是多余的,其余的部分无可厚非。

"哪个记者没有过多写一个形容词的情况呢?这是编辑的问题。"

"不,这是一个迫害和恶意的问题。"

"红衣主教"开始在办公室里来回走动,仿佛在考虑如何用最好的方式说出我不喜欢听的话。

"政府想要我们换一个报道人民党的人。他们认为自己正在受到不公正的待遇。"

"你是在让我……"

"不,不,我不是要你开除她,我只是向你传达他们内部给我递来的消息。蒙克洛亚宫会把这看作一个开启全新阶段的举动。这只是一次变动,没别的。"

"是从什么时候开始由政党决定谁来报道他们的?"

"不要这样,我只是在传达他们给你的建议。你想做什么都行。你是总编,最终决定权在你。"

那天下午,我来到那个报道人民党女记者的办公桌旁。我们从没说过话,我还不知道她是如此优秀。我告诉她政府对她的工作有所抱怨,我担心的是可能有一天就不仅仅是抱怨这么简单了。我给她指出了文章中那个多余的形容词,并要她多加注意,确保她发表的新闻仅仅是说明性的。

自独裁统治以来,政客们就有收集记者"人头"的爱好。某次他们给了《人民报》①的总编埃米利奥·罗梅罗一张名单,上面列出了他应该辞退的记者名单,罗梅罗说名单上还差一个名字:他自己。如果他们还在继续做这种事的话,那是因为总有总编愿意服从命令。不仅那些被副首相斥责"你得记住是谁把你放到了这样的位置"的电视辩论嘉宾身处危险之中,就连那些普通的编辑、议会报道记者、电视新闻记者甚至驻外记者都有危险。里卡多·奥尔特加,在报道了车臣以及阿富汗等战争之后,被认为是西班牙最伟大的记者之一。我们曾共同住在一位参加过贾拉拉巴德战役的将军住所报道新闻。他后来失去了第三电视台驻纽约负责人的工作,因为当时的首相何塞·玛丽亚·阿兹纳尔不喜欢他关于伊拉克战争筹备工作的评论文章。里卡多所做的唯一的事情就是质疑大规模杀伤性武器的存

---

① 《人民报》(*Pueblo*),佛朗哥专政时期的西班牙早报。

在，这种武器从来没被发现过，而美军以此作为入侵伊拉克的正当理由。他被解雇几个月之后，在2004年3月7日，作为一名自由记者，在报道一场反对海地总统让-贝特朗·阿里斯蒂德的示威游行中被枪杀。把他解雇了的领导们参加了他的葬礼，对他的去世发表了冠冕堂皇的声明，还以他的名义建立了基金会。这些伪善的人赞美他无法被收买的独立性，但这些人从未到过前线，也从未听过子弹的呼啸声，他们甚至没有勇气在他们舒适安全的办公室里捍卫里卡多。

我告诉部长，满足他的第一个条件没有任何问题，即发布他给警员们颁奖的新闻，但是我很遗憾没法满足他的第二个要求，"内政人士"还是会为我们继续报道关于内政部门的新闻。费尔南德斯说他理解这一点。我感觉双方在走出会议室的时候都达成了互相理解。"红衣主教"估计也是这么想的，因为在我们回圣路易斯街的时候，他不停地重复"一切进展得是多么顺利"这句话。他试图使我相信在各个机构间游走并说些对部长们奉承的话有诸多好处，他认为这些比我"用独家新闻来摧毁政府"这种冒失的癖好可以走得更远。我们发布了那条部长想要发布的新闻，而"内政人士"则等待着第二天他们承诺过的要发给他的关于加泰罗尼亚的独家新闻，这块土地即将因为那些颇具攻击性的加泰罗尼亚独立分子而燃烧起来。但是几个小时过去了，文件还是没传到。当我们终于有机会阅读到这条新闻的时候，它已经被发布在了《ABC报》的头版上。

"真是个混蛋！"我想，"他把我们给耍了。"

我们做了件蠢事，补了一条不可信的新闻，结果后来这条新闻的来源让报纸陷入了严重的麻烦。尽管我们已经切断了与泄露政府"肮脏事"的警察局长比利亚雷霍的关系，但他仍然是一些重大新闻的主要提供者，例如关于加泰罗尼亚或恐怖主义的消息。根据"厨房案"[①]的线索，内政部可能动用了公共资金以支付警察和中间人为政党"工作"的费用，这些工作包括偷窃巴塞纳斯的一些物品，作为其非法融资和支付超额工资的证据。位于卡斯蒂利亚大道的装饰有圣母像和教皇照片的部长办公室里，散发出阵阵令人难以忍受的"恶臭"，这使得人们越来越难以区分哪些是真实的消息，哪些则是受到污染的消息。只有少数记者做好了区分这些消息的准备，其中就包括"蚂蚁女士"。我们这位严谨的调查记者对记者团队的整体偏航感到难过。她不接受泄露的消息，可以花上好几个月研究一条新闻。我去看她时，发现她正在墙上手工绘制着什么，墙上贴着几张纸，上面画着错综复杂的情节以及腐败案的主角们之间的关系。领导们很绝望，因为他们已经习惯了有人将消息透露

---

① "厨房案"（Caso Kitchen），由西班牙反腐检查办公室启动的一项公开调查，调查包括了针对前警察局长比利亚雷霍以及其他一些内政部门官员的贪腐案件。

给他们，并发布所有接收到的信息。有一次"蚂蚁女士"非常气愤地来找我，因为费尔南德斯属下的警察正在向媒体提供一份"专门制作"的关于"我们能"党的所谓海外资产的报告。

"这份报告真的存在吗？""蚂蚁女士"曾这么问过他们。

"会存在的。"他们这么和她说。这意味着如果我们对此感兴趣的话，他们会即兴创作出这份报告。

他们作为成果的文件是未经司法监督、没有事实根据的所谓调查的一部分，这些文件没有任何官方授权的抬头或签名，它们实际上是已有新闻、小报谣言和无证据结论的混合体。他们两次试图在我这里蒙混过关，但因为我拒绝在进行自己的调查之前发布它们，最终这些新闻被我们的两个竞争对手以"独家"的形式发布了出来。问题是这种捷径是有利可图的：那些发布这些新闻的媒体会飞黄腾达，而这些媒体的记者也会变成明星，他们会在广播和电视上宣传他们的独家新闻。与此同时，有着严谨态度的"蚂蚁女士"以及和她类似的记者则不会得到任何关注，他们甚至会在行业内被嘲笑。

我们去见部长就是为了交换这种新闻吗？就算他真的给了我们之前承诺过的新闻，我们能在没有花一天的时间研究它的情况下发布它吗？为了帮助"内政人士"重新恢复他的消息来源，我觉得我已经危害到了报纸的公正性。而且更糟糕的是，我这样做了之后什么也没有换来。部长认为他通过戏耍我们让彼此打成了平手——他扳回了一局：没人可以破坏豪尔赫·费尔南德斯的假期——这样一来，我们的关系就可以从零开始了。我拒绝了他下一次让我们在内政部见面的邀请，再也没有和他说过话。

假期过后，我们准备好了两个秋季重大项目的初稿，即网站的更新和全新的周日增刊。只有第二个让编辑部感兴趣，他们还是继续准备将所有的精力倾注到了纸质版上。我们有两个编辑部：一个是围绕着最新要闻的数字新闻编辑部，这个编辑部成员有自己的工作时间和工资，由具有创新性且了解改革重要性的记者组成；另一个编辑部则由报社的"贵族"们主导，他们拒绝变化，并将改革视为对其地位的威胁。在最终敲定这个将终结报社双重性的计划，重新组织我们工作方式的同时，我们中的一小批人聚在一起，决定要重新确立我们报纸在网络上的领先地位，尽管仍然有很多人以为我们还保持着领先地位。在报纸的衬页上，紧挨着标题的位置，印着这么一句将我们和其他报纸区分开来的话，"我们是西语新闻界的先行者"。然而，很久之前我们在西班牙就不再是先行者了，在国外我们更是没有竞争力。在我们取消美洲版报纸之前（这是我们做过的最荒唐的决定之一），我们是真正意义上的"世界领先者"，而现在报社里已经没人记得这个决定了。我指示他们去掉衬页上的口号：如果连关于自己的真相都无法面对，那我们就没法自称为一个追求真相的媒体。

除了我之外，尝试推动数字项目的团队成员还有维提、新副总编弗吉尼亚·佩雷斯·阿隆索，以及"硅谷先生"一到报社就聘用的两位重要人士：梅拉，我们极富创造力的、不知疲倦的社交网络的负责人；"阿根廷女士"，来自雅虎公司的数字战略总监。在第一次会议上，我曾请求"阿根廷女士"给我办一份总编通讯，计划将报社一些最优秀的新闻通过电子邮件的方式发给订阅该服务的读者。这一请求却成了公司懒惰和技术落后的一个标志，因为我们没办法将这个项目推进。我们的邮件系统非常陈旧，如果同时向六千多位读者发送电子邮件，服务器就会崩溃。

"他们正在努力。"这位操办一切又把每件事都做得很完美的"阿根廷女士"，每次问技术人员总编通讯的情况时，他们的回答都一样。

我说："可能他们会在我被辞退之前发出这份通讯。"

我俩都无奈地笑了。

接下来的几周里，我们研究了网站设计，与已经筋疲力尽的技术人员商量，并最终敲定了本应在九月底就准备就绪的新网站的细节。同时，关于报社秘密数字新闻指挥部的谣言不断传出，谣言称这个指挥部由一群游手好闲、尸位素餐的成员组成，因为大部分记者都不知道技术人员、开发人员和设计师在圣路易斯街的地下室工作。这个"数字地堡"的领导者是"硅谷先生"的朋友，绰号为"美国人"。他似乎对自己做的事并不了解，但他依然承诺会把事情做得很棒。

"你不用担心任何事，"每次我表现出怀疑时，他都会这么说，"我给你一辆法拉利，你只需要把它开到终点就可以了。"

但是当新网站的第一次测试到来的时候，我们拥有的不是一辆法拉利，而是一辆600型号[①]的、只有三个轮胎且缺了方向盘的小破车。网站的设计很差且缺乏特点，与其他日报复杂的版面设计相比，我们的网站功能非常有限。我去见了"硅谷先生"，他是我在纽约被签约的关键角色。他关于数字化和改革的话术也受到了传统派的质疑，我将他看成对我计划有利的潜在盟友。我们一致认为，如果我们不再害怕技术，利用它来推动新闻事业的进一步发展，那么技术对我们这样的传统媒体而言，与其说是威胁，不如说是机会。而那些坐在二楼办公室的高管对此完全没有丝毫的好奇、情绪上的变化或浪漫的想象，他们只是伺机而动，野心勃勃，像鲨鱼一样想要吞噬世界。"硅谷先生"是我们的"华尔街之狼"，在他的世界里没有妓女、可卡因或办公室派对。在多年的官僚主义、裙带关系以及宣扬平庸之后，难道这恰恰就是我们所需要的？

我向"硅谷先生"展示了新网站的雏形，并问他靠这个我们能否重新获得数字新闻的领先地位。

"天哪，"他说，"太糟糕了！"

---

① 西班牙汽车制造商西雅特在1957年至1973年间生产的一款轿车。

"是的，我们几乎没有时间修复了。我们可以推迟投放日期吗？"

"不可能的，"他说，"我们还得进行品牌更新，还有更多的项目在等着我们呢。新网站必须得在预定的日期投放出来。"

我在尝试解决网站问题的同时，也在为周日增刊的新版加班加点，这是由我的前任总编发起的一个项目，但至今都没让我信服。当未来和机遇都在数字化报纸上时，我们却将大量资金投入到正在溃败的那部分业务中。我们本可以花这笔钱来雇用新人，建立此刻正需要的优秀的多媒体编辑部，并更新我们的技术。曾经教我如何做新闻的领导米格尔·安杰尔·梅拉多警告过我们，这场赌注定是失败的。他在我被任命为总编之前离开了报社。他曾是我们做得最成功的增刊的创始人和负责人。他的预测是，在最初的销售激增之后，销量会每周下降一次，直到回落到发行前的跌幅。

"报刊亭正在倒闭，"他说，"人们周日会有别的计划，他们不会像从前那样待在家里看报纸。新的周日增刊今天有二十页广告，明天就只有十五页了，之后只会有五页。《世界报》从来没能和《国家报》《ABC报》或是《先锋报》[①]这样传统的

[①] 《先锋报》(*La Vanguardia*)，西班牙的一家综合性报纸，创立于1881年，总部位于巴塞罗那。

有周日增刊的报纸形成对抗。你可以办世界上最好的增刊，但最后毫无用处。"

"红衣主教"拒绝取消该计划，因为他的赌注仍在纸质报纸上，并且他对数字业务没有任何兴趣。"硅谷先生"对此犹豫不决，但他认为现在回头已经来不及了，同时他似乎也没有能力和勇气来反对他的老板。公司聘请了一个团队来开发这份新增刊，团队领导是"死亡诗社"的成员之一哈维·戈麦斯。他曾离开报社去电视台工作过一段时间，当他返回报社时被聘用为副主编。在圣路易斯街编辑部，他们保留了哈维·戈麦斯当初的绰号，"哈维·上帝"，因为他十分自恋。他是一位出色的、富有想象力的记者，充满激情地接受了这份不可能完成的任务。我们周日增刊的发行量每年下降20%，自报纸成立以来发行的所有周日版都以失败告终，尽管每一版的名称、大小、格式和风格都有所不同。哈维很乐观，他说他有一个足以创造品牌的名称：

"《纸张》!"

"《纸张》?"

一开始我并不喜欢这个名字，二楼办公室的高管们也认为这个名字很可怕。

"在数字化改革中，"哈维说道，"我们将其取名为《纸张》。这是一个文字游戏，因为这个词唤起了人们对于经典产品的回忆，我们将制作出一份与众不同的现代增刊，它将拥有有史以来最优秀的报道，同时在其背后还会有巨大的数字化潜力。"

他说服了我，我为他进行了辩护。该增刊将被命名为《纸张》，同时我们将所有的栏目及周日增刊部分进行了全面的翻新，其中包括增添一个关于美好生活和健康的栏目。我们将该栏目称为《禅》，也算是对我亚洲工作的一次致意。在我年轻时的一位好友的帮助下，该栏目运行了起来，由一位副主编负责，他的性格和"禅"这个名字完全吻合——身处周遭的风暴中，却有着令人钦佩的平和。他热心地承担了这项工作，除此之外，他不想和报社的内部斗争有任何关系。他的建议之一是增添一个关于"性"的专题，这个想法让"红衣主教"和其余二层办公室的反对派们感到非常惶恐。无论如何，我们还是推出了这个栏目。但最后事情搞砸了，因为我们那位最有"禅意"的栏目主编改变了其一贯平和的态度，发表了一篇题为《初学者的捆绑游戏》的文章。在这篇文章的开头，作者用第一人称写道："他们把我捆住了。我用所有的激情渴望被捆绑。我爱上了。"对于"红衣主教"来说，这篇文章就是一个他的总编正试图毁掉报纸，并吓退最后一批读者的明确证据。他给我打电话请求我取消这个专题，虽然在那之前该栏目都比较温和。"红衣主教"说我应当考虑到我们的"老"读者。广告部门的人也参加了会议，他们声称因为这个栏目的内容不当，没法卖出广告。"很好，"我说，"那我们来测验一下。"此后的几周我们都没有发布关于"性"的文章，发现仍然没有广告投进来。我去见了"红衣主教",告诉他我们会重新发布"性"专题,并向他保证文章会更温和一些。

"性不会吓跑广告客户,但如果处理得好,肯定会留住读者。"

在无穷无尽的会议中讨论到最后一天的一个大问题是,我们是否应该改变传统的报纸头版设计(西班牙报纸一般用四开小报型),以大版面设计取而代之,并将其作为我们独家新闻、照片以及设计的展示平台?直到只剩下几个小时就要印刷报纸了,我才下定决心,走进"艺术家"的办公室。

"没时间了,"我对他说,"我们得做决定了。"

"你怎么认为?"他问我。

"你呢?"我又回问道。

"我不知道。你呢?"

"我们像两个傻瓜。"

"既然我们要做个全新的、与众不同的产品,"他说,"那为什么不全力以赴呢?这将是别人闻所未闻的。"

"如果必须得死的话,"我重复着那一句自危机开始就不断听到的话,"至少要死得光荣。用大版面!"

"艺术家"赢得了所有可能获得的国际设计大奖,在圣路易斯街他也获得了大师的地位,并受到众人的追捧。同时他还是一位不知疲倦的员工,致力于满足各个部门最超现实的要求，他们都想用"艺术家"的设计给老板和读者留下深刻的印象。作为回报，公司给了他世界上任何一个其他大出版公司都会羡慕的巨大资源。就算现在我们纸质报纸的销售量不到以前的一半，我们还是维持了给他的资源。当我在哈佛认识的好友、法国版《世界报》的创新总监纳比尔·瓦基姆来拜访我时，他对我们设计部门的规模大吃一惊，因为我们的设计部包括了八位信息图表设计师、十一位排版师和四位漫画家，这还不算在编辑部之外工作的自由设计师。

"所有这些人都是用来设计报纸的吗？"他问道。

"是的，"我说，"所有的都是。"

长期以来，世界各大主要报社已经适应了纸质报纸正在衰退的事实，大家都开始招募那些可以制作交互式图表、实现报纸可视化、创作视频或擅长用户体验的新人才。为了保护他的部门，"艺术家"对他一生投入的产品表现出了极高的热情，他每天都在"雕刻"它，为的就是给读者提供比单纯的新闻、照片和图表更深一层的东西。纸质报纸给他带来了职业生涯中最光辉的岁月，他担心数字化转型会威胁这一"遗产"，使他面对一个自己无法主导，也没有准备好进入的世界。他本可以尝试通过再学习来更进一步，但他选择紧紧抓住自己熟悉的东西不放手。劝说他参与网站更新的尝试都以失败告终。他向我们提出了一些有吸引力却无法实施的建议，因为他并没有考虑到移动设备、视频、用户体验或以数字为媒介获取信息的方式。与他开会讨论网站的更新时,我们就像孙辈们一遍又一遍地倾听我们的祖父母讲述战争的故事一样,试图倾听他的建议,但这些建议都以无法实现而告终。"艺术家"是个天才,但他无法看清现实中的事物,正如奥斯卡·王尔德所说:"如果他看清了,那么他就不再是'艺术家'了。"

一旦我充分投入工作,最初对周日增刊项目的不情愿就消失了:如果我们一定要做且没有退路,那至少应该办出有史以来最好的报纸。我们好几周都在准备精彩的新闻稿,把记者送到一些绝妙的地方进行报道,尝试了一千零一种版式面、插页及头版,从零开始推出全新的产品,与此同时,我们也在准备着将所有这些转变为新的数字版本。我们在此新项目中所灌输的想法是:每一张图表、每一个版面、每一个故事以及每一张图片都应当是独一无二的。在发布的前一晚,我们手上有如此多的材料,且每一份都非常棒,以至于要下定决心舍去哪些材料。我们决定在头版放置第一期《不可能的谈话》。这是一系列报道,"记者"汇集了那些理论上互相之间无话可说的人。在这个我返回的西班牙,在这个越来越紧张、越来越分裂的西班牙,这些人原本是不会聚集到同一个房间里的:动物权利活动家和斗牛士、银行家和无法偿还贷款的被驱逐的房客、从事堕胎手术的妇科医生和毕生致力于反堕胎的宗教人士。该系列的第一篇,就是"埃塔"组织的恐怖分子伊本·埃克塞萨雷塔与他在十五年前枪杀的前吉普斯夸省民事代表胡安·玛丽·雅瑞吉遗孀之间的对话。"端庄女士"在周日的政治分析中也占有一席之地,是关于即将开始的选举战的一系列报道。刚刚完成实习工作的年轻记者贝塔·埃雷罗成功获得了进入朝鲜的通行证,她将从平壤讲述朝鲜政权小心翼翼的开放政策。我们在另一份报告中谴责了阿尔茨海默症患者缺乏护理的情况,他们被我们的医疗系统遗弃了。在一篇由恩里克·冈萨雷斯撰写的报道中,我们谈论了关于巴塞罗那足球俱乐部与加泰罗尼亚民族主义之间的关系。另外,我们也收录了对于皇家马德里传奇门将伊克尔·卡西利亚斯在离队后的首次采访。我们还讲述了叙利亚历史上唯一一位宇航员穆罕默德·法里斯[1]的故事,他在这个战火纷飞的国家变成了又一位难民。这一切内容在大版面上呈现会更出彩,在接下来的几周里,"艺术家"会把这些版面贴在编辑部的墙上。当我全部翻过一遍这些版面时,我觉得它们已经通过了"是否为娱乐报纸"的测试,这个测试会区分出哪些是值得人们赶去报刊亭购买的报纸:报纸的页面可能会变色,甚至腐坏,但报纸里的报道、照片和采访会像人们第一天读到它那样永不过时。

在投放的前一个晚上,我们聚集在"牧师"的身旁("牧

---

[1] 穆罕默德·法里斯(Muhammad Faris),叙利亚军事飞行员,是叙利亚首位进入太空的宇航员。因叙利亚战争现居住在土耳其。

师"是一位在收工台前工作的虔诚的宗教徒）。我们按下了送达印刷机的按钮，启动了这个几百年来几乎没有改变的报纸制造过程。我们的记者赶赴了那些不欢迎他们的地方，从那里为读者带去精彩的故事和见证；摄影师变成了读者们的眼睛，向他们展示何为真相；专栏作家分享了他们的观点，但没有人告诉他们应该发表什么样的观点或应当如何去做；我们的排版师绘制了版面，并与插画师一起点缀新闻，包括那些不幸的新闻；编辑们审阅了文章并调整了标题，他们做着最不受人待见却同样重要的新闻后方的工作。当这个难题快要完结时，我们又一次在"鱼缸"大厅开会，重复着在头版这个小小的空间里授予荣誉并牺牲自我的仪式。在这样艰难的时刻，系统竟仁慈地与我们休战了，使得我们在计划时间之前就得以截稿。最终的样稿被运送到了印刷厂，准确和错误都被不可逆地蚀刻在墨水中。巨大的纸卷被放置在机器中，数千份相同的报纸已准备好被分发。报纸被打包成一捆又一捆，塞进数百辆货车，在黎明时分送到数千个销售点。早起的摊主把它们整齐地排列摆放在外面，希望一个标题或一张照片能够吸引读者的目光。第二天我起得很早，一直走到了卡德纳斯总统广场，向报刊亭老板何塞要了一份《纸张》，试着像一个普通读者而非总编那样打开这份报纸。编辑部的一切才华、努力和决心都被我攥在手中的那份报纸里，我像一位父亲在他儿子的涂鸦中看到了一件艺术品一样，用缺乏客观的目光阅读着这份报纸。

疑虑被消除了。有一段时间再没人来质疑我是不是扼杀了这份报纸或拉低了我们的新闻水平。"记者"走进我的办公室，他明亮的目光和我二十年前认识他时一模一样，那时他还只是个报社的实习生。

"我和你说过我们可以做成的，"我向前走了一步，"这只是一份普通的报纸，不是吗？"

"普通极了，"他说，"我可以拥抱一下你吗，总编先生？"

我焦急地等待着发行商发给我周日的销售数据，最终我们比通常情况多售出了三万份。这在这个时代是巨大的成功。然而，在欣喜之中，我在内心深处预感到我们所做的一切毫无意义：我们所有的努力和资金投入、我们将精力投入到该产品中的方式，以及我们谈到取得的成就时所展现出的虚荣心和自豪感。是的，我们完成了一份非常优秀的纸质报纸，甚至可能是最好的。

只是晚了二十年。

几周后，我们再次举行了启动仪式，但这次是我们的数字项目。要闻部团队的记者们聚集在一台电脑旁，在欢呼声和掌声中，维提按下了那个启动我们第二个大项目的按键。这是一场更为谨慎的庆祝活动，因为编辑部以"贵族"们为首的一大部分人仍然对网络项目毫无兴趣。我们中只有少数几个人知道，在没有任何资源和支持的情况下，我们为这个在编辑部地下出生的产品所付出的努力。最终的产品不是之前"美国人"向我承诺过的法拉利，但是经过几周的全天候工作，我们至少让它看起来像个大众汽车，有四个轮子并可以运作。从那时起，数字用户的趋势就开始向着有利于我们的方向发展：我们在创纪录的时间里缩短了与《国家报》的差距。在我们的网站投放三个月后，两百万个《国家报》的用户也开始读《世界报》了。这是一场值得被称赞的平局。与此同时，我们与《ABC报》拉开了差距。冬天很快就要来了，报社历史上最黑暗的日子也要到来了，但目前看起来事情似乎都很顺利。

第七章　愤怒的读者

我刚刚走进家门就接到了来自编辑部的电话："巴黎发生了恐怖袭击，好像很严重。"

我还没来得及脱下外套就得回到圣路易斯街。要闻部团队正在努力更新他们收到的数据。在巴黎的各个地方都发生了枪击，包括当晚"死亡金属之鹰"①乐队演出的巴塔克兰剧院②。其他部门的编辑也加入了国际新闻部的报道。在回家途中听到广播消息的同伴们也半路返回报社想要帮我们一把，驻巴黎的记者们自愿去打听更多的消息。报社在重大事件发生时大家会共同处理同一个项目，哪怕只有几个小时。

要闻部有着非常优秀的记者，他们最大的问题是，从一开始就被困于繁重的编辑工作中而几乎没有时间做采访。在疯狂吸引读者的过程中，我们误以为应当用新闻内容去填满互联网这个无底洞，因此每天要发布五十多条新闻。我的愿望是减

---

① "死亡金属之鹰"（Eagles of Death Metal），美国另类摇滚乐队，成立于1998年。
② 法国巴黎第十一区伏尔泰大道上的一座剧院，修建于1864年。2015年11月13日剧院发生大规模恐怖袭击，导致89人遇难。

少新闻数量,要做得少而精,因此,希望在下一次部门重组时我们能更关注质量,在办公室的编辑工作将他们的激情耗尽之前,给这一代的数字新闻记者一个机会。他们做事很快,他们是最快的,但我请求他们能抬起踩在油门踏板上的脚。如果我们成为第一个发布某条新闻、最后却不得不澄清这条新闻的人,我们将一无所获。我们不会传播网络散布的谣言或是未经证实的新闻,只会在受害人数得到官方证实后才更新。有些年轻记者可能记不得了,但我还保留着2001年双子塔和五角大楼遭到恐怖袭击后我们当天报纸的头版。我们在这条拥有五栏新闻的标题中写道:《史上最大的恐怖袭击摧毁了美国的象征,造成一万多人伤亡》。但其实那次恐怖袭击的伤亡人数从未到达过这个数字。

当我接到"硅谷先生"的电话时,每个人都在疯狂工作,他告诉我"红衣主教"正在抱怨我们的报道。

"他说你们没更新网站。有媒体称已经死亡了21人,但我们的网站还停留在19人(恐怖分子当天杀了137人)。"

"你是什么意思?"

"你们没有更新好网站内容。"

"他可真有胆量。"我在挂断电话前说道。

如果有一刻,就一刻,公司可以判断是否选择了正确的总编,那么这一刻就应当是在某次恐怖袭击中。我曾在巴厘岛、雅加达以及巴基斯坦报道过恐怖分子大屠杀;十多年来多次前往阿富汗和巴基斯坦报道圣战运动。但在编辑部中坐着的那些公司高管，他们中没有一个人做过记者，没有一个人有采访社区游行的经验，更别说是恐怖袭击了。他们只是给那些已经焦头烂额的编辑打电话指导他们怎么统计死亡人数。我本来想让事情就这么过去的，但没忍住，花了两分钟给"红衣主教"和"硅谷先生"写邮件，告诉他们做好自己算账的工作，把新闻工作留给我们一楼的记者。

新闻业是从什么时候开始变糟的？估计是从行政人员开始做记者的工作，而记者开始做行政工作时开始的。我很久之前就得出结论：二层办公室的那些人完全不知道编辑部是什么样的。他们不了解编辑部是如何运作的以及需求是什么。更糟糕的是：他们觉得自己知道。

我和"红衣主教"的分歧越来越大，我们的谈话结果没有任何进展。他每天都会给我打电话分析纸质报纸，批评我们在报纸上过分强调人民党的腐败，发布有关 IBEX 公司的负面新闻，或是批评我们在头版上发布他认为过于激进的社会议题，尽管对我而言这些议题根本没什么意识形态。我从来不理解为什么气候变化、贫困、移民以及不平等会被视为左派关切的问题，而捍卫现如今受到加泰罗尼亚独立主义挑战的宪法、促进企业创新精神以及对优质教育有所要求就被视作右派。尽管政治新闻仍处在主导地位，但我还是在寻找机会将传统上处于边缘的国际、科学、社会新闻以及通讯报道送上头版。"艺术家"

向我请求设计更为大胆的头版，我同意了。他已经在报纸头版上取消了那些沉闷无比的政治人物在新闻发布会上的照片，尽管这是西班牙新闻界的传统。他还决心在头版上取消声明式的新闻报道，因为这种报道让各个党派都用自己提前准备好的新闻发布会来安排自己的日程，他们知道我们会发布这些新闻，因为我们没法在缺乏背景材料和其他附加信息的情况下对之加以证实。这些变化很难说是革命性的，但"红衣主教"厌恶它们。有时当我走进他的办公室时，他会给我展示《ABC报》的头版，上面有试图冒充新闻的观点性标题，并且用的形容词很夸张，打破了新闻学最基本的原则。

"他们的头版比我们的更有倾向性。"

"他们用观点给新闻起标题，当然会比我们的更有倾向性。"

"你可以尽情嘲笑，但是他们的订阅量与我们的相比降得不那么厉害。"

"在纸质报纸上，可能确实如此，但是在网页上我们比他们多了三百万个用户。他们的读者都是死忠粉，我们则有一个优势，那就是我们甚至敢做一份违背读者意愿的报纸。我们谴责人民党的贪污腐败，尽管我们有很多读者给他们投选票。我们渴望做的是真正的报纸。"

于是，"红衣主教"举了他一个最喜欢用的例子，告诉我在报社发布与拉霍伊首相有牵连的"巴塞纳斯案"之后发生了什么，事情最后以日报总编霍塔被撤职告终。

"那天我们多卖出了三万份报纸，"他说，"但是之后我们就开始自由落体，读者抛弃了我们。你不能办一份违背你的读者意愿的报纸。"

"如果我们更加保守，更加拥护君主制，发布的消息对政府更加有利，难道就会更好吗？这是一个已经饱和的市场。《世界报》一直以来创造的品牌会消失。到那时我们就真的完了。"

"这是行不通的，""红衣主教"说道，他完全无视我们数字化项目越来越乐观的数据，"你在头版上选的有些主题疏远了我们的读者。我可以给你展示一下我收到的评论。"

"你 IBEX 公司的朋友的评论吗？还是某位部长的？无论是他们还是你，都不是《世界报》的读者代表。我们读者中的大部分人没有执掌大公司，没有用来穿梭马德里的豪华轿车，也没办法每天都和部长吃饭。你不必喜欢我们的报纸，因为你不是我们的普通读者。"

"红衣主教"依然冷静地面对着我的不同意见，在我们的讨论中他很少会失去镇静。我感觉我可以和他坦率地说话。他认为我是一个被误导的乌托邦主义者，必须将我带离理想主义者的道路。但我认为自己已经走过了足够多的路，这些旅途足以让我醒悟：我不会相信绝对的纯洁，哪怕是我个人的纯洁。

我和"红衣主教"看起来唯一持相同观点的就是关于加泰罗尼亚的问题。他们的政府发起了一场支持独立的运动，这将使得加泰罗尼亚社会破裂，并导致西班牙陷入最大的民主制度危机。我没法反对任何一个想要从父母、上司甚至是国家独立出去的人，但是我也没法理解为什么加泰罗尼亚民族主义者试图违背他们至少一半民众的意愿，无视一部虽然有缺陷，但能领导国家进入前所未有的稳定期的宪法。加泰罗尼亚地方政府在接受公共补贴后被充当啦啦队的地方媒体刺激，对抗行为越来越放肆。但是，即使加泰罗尼亚议会宣布开始"以共和国的形式建立独立的加泰罗尼亚国家"，拉霍伊似乎也没有认真对待所发生的这一切。我们的这位财产登记员不愿做出艰难的决定，他面对问题时盲目地相信，只要他在足够长的时间里没有任何动作，让他的对手感到绝望或无聊，问题就会消失。但这在加泰罗尼亚行不通，我们的评论批评他缺乏领导力。

在加泰罗尼亚独立事件最紧张的那几天，我接到一个陌生号码的电话，是首相。我的孩子们正在车后排打闹，我不得不设法和拉霍伊讲话，同时还得集中注意力开车，于是给孩子们投去了一个恶狠狠的眼神，想让他们安静下来。我没法恐吓一下他们，因为那些心理学家——他们没有孩子——说这会有损孩子们的情绪稳定，不过，要是首相没开免提电话的话，我会毫不犹豫使用这招。我强行用那种端坐在办公室里，并把脚搁在办公桌上的总编语气说话，其实我正在漫无目的地开着车："我该把孩子们送去学校还是去看医生？"这位人民党的领导人正在坚定地和我说，他会继续不采取任何措施。

"国家检察官正在研究所有的合法途径,"他说,"但是,媒体给我们的压力和噪音对此毫无帮助。我们得坚定起来并保持冷静……(此处我又给孩子们投去一个恶狠狠的眼神)……政府不会容忍违反法律的……在这样的时刻,我希望得到你的理解。"

民族主义的歧路会在拉霍伊的无所作为中继续下去,并在两年后把加泰罗尼亚带到无法挽回的地步。独立派领导人呼吁就与西班牙决裂进行磋商,并宣读了短暂的《独立宣言》,最后事情以策划独立的组织者被监禁和加泰罗尼亚自治的中止结束。在拉霍伊政府的领导下,支持独立的加泰罗尼亚人的数量增加了两倍,冲突可能会持续数十年。我相信,民族主义者做的事比马德里方面犯下的错误更严重,他们正在误导公民低估了与西班牙决裂并脱离欧盟所带来的后果。我们驻加泰罗尼亚的代表团由不知疲倦的记者们组成,他们对激进民族主义的矛盾、过激以及强迫行为进行了严肃的报道。报道让"红衣主教"感到满意,这是我们对抗中的休战期,但同时我也受到了我巴塞罗那的朋友们的误解。他们写信告诉我,报纸已经失去了客观性,并问我曾经承诺过的对日报采取的规则去了哪里。他们喜欢《世界报》在与人民党或马德里政府对抗时所发挥的作用,但不喜欢我们批评加泰罗尼亚的政治人物。这些加泰罗尼亚领导人发现爱国情绪能隐藏多年来的管理不善和地方腐败。真相有很多朋友,但真诚的朋友很少。

我捍卫一份更为清醒且严谨的报纸，无论是谴责哪个党派的腐败和权力滥用，都避免带有过多的意识形态，并保持较强的战斗力，但问题是我们的销量没有增加。我每天都会收到一封写有销量数据的电子邮件，有时我会等一整天过去再打开它，因为我知道里面一定是坏消息。每周一次的例会让人非常沮丧，以至于我提议减少会议次数，改为每两周召开一次。会议总是会变成关于纸质报纸为何会衰落的冗长辩论，所有参与者都同意"红衣主教"和他的理论，即问题在于我们的新闻不足以取悦"我们的读者"。

"我们缺乏有激情的文章，"有人在某次会议中说道，其他人跟着点头，"像马德里3·11连环爆炸案这样的故事就会很吸引读者。"

"但是很多故事最后证明都是假的。"

"这我们就不知道了。再说了，读者相信就行。"

试图以带有偏好的、好战而不严谨的新闻来推动销售的想法，在我看来是荒谬的，除了道义上的问题，这还将加深《世界报》自报道马德里爆炸案后所遭受的信誉危机。我没法和他们辩论销量下降的事，但我拒绝接受他们提出的原因。在我上任之前，报纸的销量已经下降了60%以上，并且自危机爆发以来，我们的销量一直比竞争对手降得更厉害。在没有计算免费送货和促销活动的情况下，我们现在的销量降幅和我上任之前几个月相近，且将在我离任后继续如此。

我在辩论中的立场始终是一致的：公司可以通过编辑委员会来决定报纸的编辑范围，但只要我当总编一天，我们的新闻就得以严格的新闻标准来把关。观点和信息的严格区分在西班牙国内新闻界并没有被严格执行，大家都毫不害臊地把这两者混为一谈。你可以拿起西班牙四大报社的报纸，读到同一事件的相反版本，因为每份报纸都有其评论路线和利益。然后，在各种会议和辩论中，大编辑们又会自问为何他们失去了新闻的信誉度。

我的观点是，纸质报纸崩溃的原因是结构性的，并且主要是由我们无法控制的因素所致，这使得加速推行高质量的数字化报纸变得更加紧迫。这样就能保证将来的某一天，我们得以发展足以维持业务的数字订阅计划。《国家报》《世界报》《ABC报》以及《理性报》在危机前能够卖出一百万份报纸，但现在大家连一半都卖不出去了，并且销量还在持续下降。不久之后纸质报纸就会在人们获取新闻的方式中成为见证过去的存在。五千多个报刊亭倒闭了，那些幸存下来的大多是通过出售给小孩子糖果和贴纸而非报纸存活下来的。《世界报》一直以来都依靠独家报道吸引偶尔的购买者，但如今我们的报道会在数十个网站上被即时复制，独家已经失去了绝大部分的价值。"硅谷先生"决定减少促销投入以平衡收支的决定也使得我们的情况更加恶化，因为他忽略了读者们已经养成了在购买日报的同时拿些小礼物的毛病。几十年来，我们给读者提供了从羊角面包到滑板车、从平底锅到动作电影票等促销礼物，这也许是因为我们从来都不信任自己能用新闻吸引到读者。《ABC报》通过赠送串珠成功卖出了报纸，《理性报》通过让读者分期购买一个厨房机器人的促销活动多卖出了五万份报纸，但在促销活动截止之后他们就失去了这批读者。促销活动已经不再有利可图了，但我们的竞争对手仍然预备继续进行促销以维持其销售。而我们，不到三年的时间里换了三任总编，在这种不稳定的情况下，还减少了促销部分的投入。

我之前想也许能够通过提供精美的周日版报纸或办一份更加独立的报纸来增加销售额，但这种想法正在逐渐消失。经过一两个月的努力，正如梅拉多预言的那样，周日版报纸的销量又回到了发售前的跌幅。市场研究令人沮丧，它表明许多读者并不关心新闻的质量或其严谨性，而是更在意报纸是否强化了他们的信念和立场。我开始动摇了：万一"红衣主教"说的有道理呢？万一我想要办的报纸和适合读者的报纸不一样怎么办？

我想了解读者对我们现在正在做的事情的看法，因此我拜访了何塞的报刊亭，想要直接问问他关于此事的观点。我的报刊亭老板是位清醒的推销员，他早在三十年前就继承了他叔叔的生意，对新闻界的了解也许比报社二楼的领导们知道的还多。他告诉我，《世界报》过去曾有很好的促销活动，但现在我们的报纸提供的促销已经没法和《ABC报》《国家报》以及提供厨房机器人的《理性报》相比了。何塞向来访的顾客介绍起了我,他自豪地说,西班牙最重要的报纸之一的总编正在他的报刊亭买报纸。某次我在报刊亭买报时,意外遇见了米格尔·安杰尔·阿吉拉尔,他曾是《国家报》的历史记者之一,几周前他刚创立了《现在周报》。

"两位总编汇聚在我的报刊亭了。"何塞兴高采烈地说道。这确实是我没想到的事。

阿吉拉尔和我说,他很欣赏我想在《世界报》做的事,但是他们不会让我做成的。然后他建议我买一份他的报纸,他说这是他有史以来做过的最好的事情,尽管几个月后这份报纸就因为缺乏读者和广告倒闭了。我要了一份《现在周报》,然后问阿吉拉尔以此为交换是否会买一份《世界报》。

"啊,我永远不会买的。"他微笑着说道。他让我回忆起我们和《国家报》之间的竞争关系。

然后他就离开了,没有买《世界报》。

光顾报刊亭的大部分读者都是五十岁以上的先生,他们一辈子都在读同一份报纸。我对他们进行的不科学的调查证实,我们为推广纸质报纸所做的一切都是错误的。他们按照传统的习惯购买报纸,并用怀疑的眼光看待一切变化。《纸张》是很棒的产品,富有创造力和新鲜感,但它是为比传统读者年轻二十岁的人准备的。大开本的设计让我们能做出令人赞叹的头版设计,但同时也激怒了那些情愿在吃早饭时读一些尺寸更小、版面更令人舒适的读者。我认为,如果一个人完全同意他所读的报纸上的一切内容的话,那是因为他读的不是一份报纸,而是一份宣传单。但很多读者的看法恰恰相反。最虔诚的那些人不喜欢读到与天主教会中所发生的虐待事件有关的新闻,即使它们真实存在。皇马球迷想要在报纸上找到批评裁判没有在有利于皇马的时候吹罚球的新闻,尽管这不是事实。喜欢斗牛的人不希望看到关于动物权益的报道,而那些保守主义者也不想看到关于同性恋婚姻的文章。一位读者因为我们采访了马德里市市长马努埃拉·卡尔梅纳而责备我,因为她是左派人士。几周前,我在位于西贝莱斯宫①的市政厅认识了这位女市长,她在司法部工作后才参政,现在感到有些力不从心。在她的办公室里有一个小厨房,我到达时,她正在做甜点小蛋糕。我告诉市长,我们的评论路线是批评式的,但我们会像对待其他任何市长一样对她的管理作出判断,交通、清洁、税收……当我向我们的读者解释这一点时,我还担心他会退回他刚刚买的报纸。

"她是一位共产主义者。"这位读者写道。

也许我们的专栏作家兼记者恩里克·冈萨雷斯是对的,对新闻界而言最糟的就是"它的读者们"。这也许是我们一直在

---

① 西贝莱斯宫(Palacio de Cibeles),建于1919年,现为马德里市议会的所在地。

重复的事，因为当我们还有机会时，没能让读者习惯于阅读一份更有价值、而他们也不再提出反对意见的报纸。

在《世界报》发行了周日大开本增刊后，我收到了一封愤怒的读者来信。信封里是被撕碎的头版以及一份简短的评论："请诸位回到严肃的报纸上来。"在我担任总编期间，每周我都会收到同样的抗议，没有寄信人，信封里塞了被撕碎的报纸头版。

"他又写信来了。"当我们收到信时，阿梅利亚对我说道。

"没有寄信人？"

"没有，只有头版的碎片。"

我对他匿名写信感到可惜，因为我本来想和他解释一下我们这样做的原因——头版是我们独家报道、新闻、设计和照片的绝佳展示橱窗。我感谢他尽管感到厌恶，却每周日都去报刊亭。我每周都在期待他的来信，以确认尽管他对我们周日版的新设计感到非常生气，但仍在买我们的报纸。或许他认为，尽管我们有错误和矛盾之处，有印刷机的小精灵犯下的过错以及读者无法认同的观点，有我们的局限和无条理，但我们仍然是不可或缺的。

然而，并非所有倾注在周日增刊中的努力都白费了。也许新加入的增刊栏目没能吸引读者，但是《纸张》和《禅》的数字版本，以及其他最近为年轻读者创建的新频道，都为我们重新获得互联网的领先地位贡献了推动力。"红衣主教"不喜欢这些报道和社会新闻，但它们在读者中很受欢迎，并且成功吸引了曾经被我们疏远的女性读者。数据表明，读者更喜欢关于教育、科学或健康方面的好文章，而不是乏味的声明式的政治报道。在我的指导下，阅读量最大的故事是"斯塔斯基和哈奇"调查的关于学校霸凌的独家报道。迭戈，一名十一岁的男孩，从马德里莱加内斯①的一处阳台上纵身跃下，这对调查记者正在调查这起自杀事件的原因。他们与迭戈的父母进行了联系，迭戈的父母给他们展示了在儿子房间窗台上发现的便条：

"你们看看卢乔。"迭戈写道，卢乔指的是他的娃娃。

这条线索指向了一封信，在信上这个孩子说，他因为不能忍受同学对他的霸凌而选择了自杀。

"你们俩都很棒，你们是世界上最好的父母，"他写道，"我告诉你们这些是因为我受不了去学校了，但我没有其他办法不去。我希望有一天你们能少恨我一点。"

来自"斯塔斯基和哈奇"的报道迫使当局重新启动对迭戈死亡的调查，让数十所学校修改了防止校园霸凌的政策，并使投诉量增加了75%。这条新闻是以纸质还是数字形式发布，人们是在家里的沙发上还是在手机上读到它，这是一个政治议题

---

① 西班牙马德里自治区的一个市镇。

还是社会议题，又有什么关系呢？重要的是它是一个好故事，一个与许多人息息相关的故事，而我们赌对了这个故事。我对徒劳的讨论已经失去了耐心，决定不再关注那些不管是出于利益还是怀旧情感继续抵制改革的人。

我对于改革的看法自从前往报刊亭后变得更加激进起来，因为发现我无法阻止纸质报纸的衰落，同时我也证实了尽管我们缺乏资源，但我们的数字版在阅读量、忠诚度和收入方面有了很大进展。这并不是说我们要彻底放弃纸质版，纸质版依然会是我们品牌的重要参考，并成为越来越精致的产品，而是说我们得把未来押在数字业务以及与其相关的商业计划上。但是任何关于未来的提议，不管是编辑部的重组，还是旧设备的翻新，或是在一份现代报纸中加入关键角色（我们用了几个月时间试图申请对一位视频编辑的聘用），都在二层办公室的官僚主义和一层记者们的怀旧抵抗中渐渐丧失活力。我询问了一些自愿改变工作日程表的记者，因为我不明白为什么在数字业务最繁忙的时刻圣路易斯编辑部没有一个人，这些时刻包括早餐起来的第一时间，以及非常西班牙式的无休无止的午餐休息时间。

"工会主席"跑来警告我说："你不能在没有与员工交谈的情况下改变他们的日程安排。"

"我们需要人员来应对当前的数据高峰时段，并加强我们的数字化管理。我们在网上有数百万读者，他们在一天中关键的时刻没有得到我们最好的新闻服务。"

"人们有自己固定的生活,"他坚持道,"不能被改变。"

"这就是为什么我说是自愿的。有些人更喜欢集中的时刻表或是早点来上班。我不会强迫任何人。"

"这会带来问题的。"

"我们已经有很多问题了,不是吗?"

我很着急地去改变一些事情,但是事情完全不急于被改变。

第八章　协议

"红衣主教"比平时更为恼火地给我打电话。

"这次我们又做了什么?"我问道。

"你看到经济新闻部的文章了吗?"

他给我读了一下文章的标题:《IBEX 公司领导的工资增加了 10%,同时员工的工资下降了 5%》。

这是一条没有任何判断的新闻,它仅仅是用数据反映,在危机时刻高级管理人员的工资上涨了,大多数员工的工资却下降了。"红衣主教"认为这是一条不公正的新闻,而这种新闻正在给"我们能"党递上弹药。"我们能"党是由巴勃罗·伊格莱西亚领导的左翼政党,该政党正开始受到精英阶层的忌惮。

"红衣主教"有理由对他的 IBEX 公司的朋友们感到亏欠,因为不论读者人数或广告影响如何,那些报社与大型公司之间签订的"协议"在大萧条时期挽救了新闻业。这是一种恩惠制度,为了报答收到比应有的更多的报酬,报社为大公司提供友好的报道,树立他们公司总裁的形象,并在收到该公司的负面新闻时选择性遗忘。我不需要别人为我解释这些"协议"背后的细节,即使是在遥远的亚洲分社,我也一直活在它们的束缚下。某次孟加拉国的一家纺织厂倒塌，造成一千多人死亡。当我准备前往达卡①时，我打了些电话，并通过某个联系人得知英格列斯百货公司②是事发地拉那广场生产服装的公司之一。我在深夜的最后一刻发送了我的报道，结果第二天早上收到了一封国际电子邮件，邮件的开头写道："我知道你会生气的……"。

霍塔下令删除了所有提及西班牙最大的新闻广告商之一英格列斯百货公司的内容，因为该公司即使是在最糟糕的危机年代仍然对我们进行了投资。我当时不明白为什么一家公司的好名声可以凌驾于那起让一千多人死亡的悲剧。我打电话给我的领导（的确，我"生气"了），告诉他我会中止前往孟加拉国的旅行，除非我能得到我的文章不会受到审查的书面保证，否则我不会再写关于此事的报道。在接下来的两天里，我与报社的人较劲，因为他们坚持让我前往达卡。报纸必须得继续报道各个分社的新闻。

这么久以来，报社和公司之间的利益交换一直都是如此盘根错节，以至于领导层都不需要拿起电话来索取他们那部分的钱：在编辑部中，人们已经形成了内部共识，即那些诸如西班牙电信公司、桑坦德银行以及英格列斯百货公司等之类的大公

---

① 孟加拉国首都。
② 西班牙目前唯一的连锁百货公司，总部位于马德里。

司是触碰不得的。IBEX公司的成员已经在媒体上取得了极大的权力，他们根据自己对各个媒体的影响力来分配预算，并惩罚那些任性的媒体。有时甚至连总编都不知道这些"协议"的细节。某天下午，一位在二楼办公室的高管拜访了我，请我撤回有关西班牙最大的发行公司梅卡多纳的负面新闻。当我问他为什么对这样一条关于一家甚至没给我们钱的公司的新闻如此担心时，他回答道：

"因为'协议'上面写了。"

我从来没有在我们的报纸上看到过梅卡多纳公司的广告，也没读到过任何关于"尽管该公司没在广告上投入任何经费"却依然取得成功的消息。他们不需要发布广告，但他们给各个报社钱，包括那些发展正猛的、宣称自己非常清廉的本地数字报纸。梅卡多纳用这么一笔赞助费获得了媒体对其友好的报道，并预防了各个报纸会对其造成的麻烦。媒体广告部门甚至篡夺新闻编辑部的功能，他们越来越多地在新闻内容中加上广告或是直接撰写新闻。我们的健康栏目团队是西班牙新闻界最优秀的，他们对广告的干扰感到非常愤怒。一天，该团队发表了一篇标题为《含ω-3脂肪酸成分补品的欺骗》的文章，其中引述了对该产品的益处存疑的专家讲话和学术文章。不久之后，在由普乐娃[①]推广的网站上他们发现了另一条关于摄取

---

① 一家位于西班牙格拉纳达的乳制品厂。

富含 ω-3 脂肪酸牛奶优点的新闻。我找到了广告部门的人,和他们说广告宣传内容不能和真正的新闻使用相同的排版,为了区分这两者应当加上适当的提示。这是一场大多数新闻编辑部已经输掉的角力战:危机成了打破一些行业内神圣规则的完美借口。

信息市场的营销甚至污染了神圣的新闻采访,如今人们可以通过广告或金钱来交换采访内容。一位在农业行业工作的女性朋友对我说,她是如何接到一份地方报纸的采访邀请的:

"首先,他们会写一些对我们有影响的负面评价,之后他们会给我打电话询问我的意见,并对我进行采访,让我提供自己的故事版本。我说好的。然后他们说,如果想让他们发表报道的话,就得给他们几千欧元的报酬。"

新闻业和商业利益令人不安的关系也影响了广播电台,广播员在播报当天的新闻之后会进行大促销宣传。电视节目甚至都不需要别的公司帮忙,因为 A3M 公司和 Mediaset 公司这两大集团形成了电视业的双头垄断。保罗·瓦西莱是 Mediaset 公司的首席执行官,他主管包括第五电视台和第四频道在内的电视节目。他的一些记者告诉我,瓦西莱曾做出指示,他们不会发布有关那些没有对其进行广告投资的公司的正面新闻。瓦西莱对如何吸引观众很有手段,但对真正的新闻不感兴趣,因为这使他感到头疼,而且与真人秀或娱乐节目相比,新闻类节目赚到的钱少得可怜。他也从不掩饰这一点:向普利沙集团买下

《CNN+》[1]这个节目后，他毫不犹豫地用二十四小时的真人秀节目《大哥大》取而代之。

纸媒对"协议"的恭顺程度取决于各个公司的好战程度以及时任总编的抵抗能力。既然我身处另一侧，我自问我的抵抗能力有多大，我是否还会像当初那个不用对报纸的运营负责的小记者那样，用同样的决心维持报纸的尊严。我们的报纸正经历着历史上最微妙的财务状况，因此不能失去主要广告商的广告投放。起初，我选择与那些大富商保持距离，这样可以避免让我陷入道德困境。这不是为了避免接触，而是为了避免使这样的关系变得更为亲密，从而影响我们对 IBEX 公司诚实的新闻报道。这种关系的界线不是很清楚，但显而易见的是，如果你去参加这些高管的女儿的婚礼，或是在他们的游艇甲板上晒日光浴，又或者是让他们为你支付豪华旅行的费用，那这些行为就叫越界。上任后不久，我就拒绝了凯克萨银行[2]邀请的斯汀[3]私人音乐会，所有的费用，包括同伴的费用、六星级酒店、头等舱座位以及司机在家门口接送的服务，都已经被支付了。在阅读旅行条件时，我惊讶地发现该银行几乎每天都在等着我

---

[1] 《CNN+》，西班牙新闻类节目，于 1999 年创立。
[2] 一家总部位于西班牙巴伦西亚的金融服务公司。
[3] 英国警察乐队（The Police）主唱。

接受这样的提议。我于是查看了一下去年的受邀名单,没有落下任何人:各大报纸的总编、电台和电视节目的主持人、新闻集团的董事以及知名记者。我对私人包厢、私人活动以及旅行的谢绝态度,被别人认为我对此不屑一顾,"红衣主教"因此责备了我,他告诉我他 IBEX 公司的朋友都在抱怨我对他们的态度非常傲慢。

"他们说在《世界报》没有可以说话的人。"

"这不是真的,"我为自己辩护起来,"我已经与他们中的几个人交谈过了。我和他们之间没有任何问题,只是不会进一步变成更好的朋友而已。"

"我不需要告诉你我们的处境如何,以及这些关系的重要性。我们的很多合同都是因为总编和这些人的友好关系才签下来的。你不必做任何事,也不会因此损害你的诚信,但这是工作的一部分。另外,他们掌握了马德里最好的新闻来源,可能会对你有用。"

几天后,"红衣主教"让我和他一起参加与西班牙外汇银行最有权势的董事长弗朗西斯科·冈萨雷斯的一次见面会。会面被安排在冈萨雷斯当时位于卡斯蒂利亚大道的银行总部最高层的办公室里,办公室的面积足以放下一整个编辑部。来自米兰的"红衣主教"开始讲述我们报纸所遭遇的困难,以及公司清算年度预算的复杂程度。"红衣主教"就像要求在咖啡里加第二勺糖那样自然,想要银行除了"协议"中商定的金额外，再额外为我们公司投入一大笔钱。冈萨雷斯只是说，他会处理这个问题的。与其他IBEX公司一样，该银行也有一个基金，专门用来恩惠新闻界，他们帮助发展那些和他们关系亲近的报社，并奖励那些帮忙改善其银行董事长形象的媒体负责人。我离开会议时感觉"红衣主教"把我当成了他的门徒，让我学习如何做"这些事"。

随着时间流逝，我以为我无法逃脱人们希望我承担的公司代表人的角色，因此接受了与几位跨国公司总裁会面。但没花多长时间我就意识到做这些事毫无用处。我与这些经济大鳄们见过几次，最早的一次是在一家跨国能源公司总裁的早餐会上。这位总裁为新闻业的独立性进行了慷慨激昂的辩护，他肯定地说，《世界报》是一家政客和商人都想让其消声，但于民众非常有必要的报社。不过据他所称，他自己不在这些商人之列。

"这是一个我可能会相处得好的家伙。"我当时想。

会面接近了尾声，我的东道主对我表示了赞赏，并肯定地表示我的项目很重要，他想要帮助我。

"我可以帮到你什么吗？"

我沉默了，我不知道是否可以提出减少圣路易斯街编辑部的电费，或是减免我们亏损的一百多万欧的广告费，又或是交换前政客的私密消息（包括前首相费利佩·冈萨雷斯以及何塞·玛丽亚·阿兹纳尔），这些前政客从他们为之立法的能源公司董事会中收了很多钱。

"嗯……没什么需要帮忙的，谢谢。"我沉默了很久之后说道。

我的东道主坚持道："我知道你们遇到了困难，我认为应当支持像你这样年轻又现代的总编，特别是如今你正在推进你的项目。你确定不需要我为你做任何事吗？不需要任何除了'协议'以外的内容吗？"

我再次拒绝了这个提议，在回程的途中我想自己是不是做了傻事，本可以获得些什么的。如果他今后向我请求帮助呢？但他又为报纸独立做出如此激烈的辩护。

我开始遭受来自西班牙金融精英们的骚扰，因为他们一旦认识了你，就一定会给你打电话。起初他们的要求对我来说还很简单。西班牙国家电力公司的总裁博尔哈·普拉多，人们曾警告过我，他是我是否能生存下来的关键人物，因为普拉多是"西班牙意大利人背后的那位"。他致电想为《众所周知》栏目投稿，在该栏目中我们会放上当日作者的一张证件大小的照片，并在旁边画上朝上或朝下的箭头，在箭头旁放上此作者的相关评论，朝上的箭头为赞扬，朝下的箭头则为批评。我很难理解，一位经营着一家拥有数千名员工的跨国公司的百万富翁会对我们报纸的那一小块角落感兴趣。不过解决人类自负的情绪这个深奥的谜题既不是我的工作，也不会对我满足普拉多的这个请求产生太多的麻烦：报纸上的两厘米不会让我牵扯到什么事情里去。盈迪德集团以及 ZARA 的董事长帕布罗·伊斯拉在某次会面时，曾问我们是否可以低调地发布有关他儿子桑迪的新闻，桑迪有一支摇滚乐队，他曾幽默地称其为"没有钱"乐队。"为了保护家庭隐私。"他说。对我而言这没什么问题，因为该新闻整个早上都位于数字版的首页，却没有激起什么波澜。其他的总裁则仅仅是在开股东大会的那天给我们发消息，请求我们发布关于他们会议结果的新闻。但我知道迟早我将不得不处理他们更复杂的请求，并参与更重要的战斗。

其中最大的一个没过多久就到来了。

IBEX 公司的总裁中最有权势的人是塞萨尔·阿里尔塔，他把西班牙最大的公司之一西班牙电信公司当作自己的私人庄园，建立起惊人的权力和影响力网络。当你走在这家公司总部领导办公室楼层的走廊上时，你会在各个办公室的门上看到由阿里尔塔安插的公司领导们的海报：人民党和工人社会党的前部长（特立尼达·希门尼斯以及爱德华多·扎普拉纳）；政治领导人的亲戚（副首相萨恩斯·德·圣玛丽亚的丈夫伊万·罗莎·瓦莱霍）；一些接近王室成员的人物，例如前王室协会主席费尔南多·阿尔曼萨，还有些甚至就是王室成员。国王的姐夫伊纳基·乌丹加林开始惹上司法问题时，就曾被阿里尔塔用丰厚的工资派去了华盛顿。

拥有一长串VIP员工的名单，不仅可以加强公司总裁与权力层的接触，同时也向未来的候选人发出一个信号，如果他们表现好的话，将来也有一份六位数，甚至是七位数工资的办公室工作等着他们。另外，阿里尔塔还组织了一个大企业家协会，该协会有一个"竞争力商业委员会"这样无害的名称，在2011年该协会被认为是一股暗中的权力势力。除了西班牙电信公司的总裁外，该协会的发起人还包括当时的桑坦德银行董事长埃米利奥·波廷、凯克萨银行的强人伊西德罗·法以内、伊比德罗拉公司的总裁何塞·伊格纳西奥·桑切斯·加兰，以及西班牙外汇银行的董事长弗朗西斯科·冈萨雷斯。金钱世界如同公社一般运行：这个世界的关系网是由人们共同的利益锻造而成的，各公司的大股东们交织在一起，共享他们敌人的信息，并毫不留情地将之清除。佩德罗·霍塔指责IBEX公司在他与拉霍伊首相对峙后将其解雇，这个国家最有影响力的企业家、政府和"红衣主教"聚集在一起，推翻了霍塔的领导，这样一来原本拥有绝对权力的总编就被迫降为一个次要角色。《世界报》创始人的免职协议是在米兰签署的，那些富翁老板给了他最后一击，因为他们此前已经用减少广告投入的方式大幅度降低了我们报社的收入。IBEX公司是我不想面对的敌人。我差点就将他们添加到我那开始变得过长的敌人名单中。

曾在我们经济新闻部工作过的"钱先生"，是少数几个不属于国内新闻部的报社"贵族"之一，他每周都会发表一篇关于金钱力量的文章。他时不时会出现在我的办公室里，请求我给他升职，理由是他称自己可以成为我与权力层交流的联系人，这样就免除了他猜测我不喜欢的那部分工作。他告诉我，他有一条关于阿里尔塔与罗德里戈·拉托业务关系的机密消息。拉托是西班牙前副首相兼国际货币基金组织前总裁，卷入了多起腐败案中。

阿里尔塔在柏林的一家酒店中拥有股份，据司法部怀疑，拉托曾利用该酒店进行洗钱和逃税，酒店股份是通过阿里尔塔的侄子管理的一家家族公司购买的。我问"钱先生"，阿里尔塔在投资柏林的业务时是不是不知道拉托正在做的事。

"我不认为是这样，"他说，"拉托在阿里尔塔当选西班牙电信总裁方面起到了决定性作用。他们是朋友。正常的情况是，拉托建议阿里尔塔投资该酒店，而阿里尔塔也信任他。"

"钱先生"离开我办公室一个小时后，我接到了"红衣主教"打来的电话。他的声音断断续续的，说话的语气听起来令人非常担心。他要我上楼去见他。

"阿里尔塔的事……"他说，"这个不行……这条新闻不能出现……不可以。"

我很惊讶他竟然知道这样一个我从没和他提过的新闻。我估计是"钱先生"先把此事告诉了"红衣主教"，这让我很不喜欢。这表明"红衣主教"与我的一些记者有着越过总编的平行关系,这还只是众多线索中的第一条,而他忽略了总编有直接和记者协商处理新闻稿的压力。

"这非常非常严重,"他继续说道,"我已经和阿里尔塔进行了交谈,他要求我们现在不要放出这条新闻。他所做的一切都是合法的。他不理解这种对他的迫害。"

"似乎是没有什么违法行为,"我说道,"但是前副首相牵涉到腐败案,而最有影响力的企业家与前副首相是同一家被司法部怀疑用来洗钱的酒店的合伙人,这是很重要的新闻。我的想法是发布它。"

"红衣主教"失去了镇定。

"你不明白!如果我们连报纸都没有了,就没法做新闻了。我们马上就要和他们签署赞助协议了。"

"你是在和我说,他们用不签字来威胁我们吗?"

"我是在和你说,我们是靠恩惠生存的。这就是现实。我们不能对抗帮助我们的朋友。你已经不是记者了。你对公司、同事和报纸都负有责任。"

在接下来的几天里,"红衣主教"让我承受了自担任总编以来最大的压力。"硅谷先生"也加入了这个行列,他和我说,我们的财政收支不平衡,正处在巨大的困难时期。

"我们承受不了恐慌。"

发布日期临近,我没有屈服。"钱先生"已经与西班牙电信公司交谈过了,并给了他们反驳这篇文章的机会。《经济学人》①抢先发布了有关阿里尔塔的某些新闻,我们在文章中也没有指责西班牙电信公司总裁存在任何违法行为,让这条新闻对他造成的影响尽可能最小化,而且,大部分媒体也没有胆量复制这条新闻。

"红衣主教"下楼来到我办公室,最后一次试图中止新闻的发布,并恢复了他在其他日子里父亲般的口吻。他在房间里走来走去,寻找着能说服我的方法。办公室的门被他微微打开。

"想想清楚,"他通过门的空隙指着编辑部,"有些决定会让同事们丢掉工作的。"

这是一次沉重的打击。通过将我这个决定与同事们的未来联系在一起,"红衣主教"成功地使我陷入了他知道可以奏效的情感陷阱中。如果我选择发布这条新闻,而忽视这件事可能对我的记者们产生的后果,难道不是自私的行为吗?但如果我选择不发布,是否也因为未能捍卫报纸的公正,做了背叛我的记者们的行为呢?有没有可以两全其美的办法呢?既信守了忠于编辑部和读者的承诺,又不会使报社的账户面临风险。"红衣主教"离开时抛出了所有这些悬而未决的问题,有一刻我开始怀念做小记者时的轻松感,那时我主要的担心在于获得那些

---

① 《经济学人》(*El Economista*),西班牙一家财经日报,总部位于马德里。

濒临崩溃的国家的入境签证,而不是像现在这样要考虑拯救我手下编辑们的贷款问题。我无法与任何人分担我的压力。总编是权力和权力撰写者之间的一堵墙:如果墙体出现了裂痕,我必须承担的那部分重担就转移到了别人身上,那就会使我的记者们陷入脆弱的境地,并向他们传递了一个信号,即他们不应该给我带来那些可能会给报社招来麻烦的新闻。

我可以因为更大的利益决定毙了关于阿里尔塔的那篇文章。更大的利益包括报社、工作和账单。但是在我看来,这就像在被迫做一件有损尊严的事情。阿里尔塔过去的行为让人相信他很有可能会撤销广告或赞助。十多年前,《世界报》曾披露了这位西班牙电信公司的总裁和他的侄子路易斯·普拉塞在前者掌管塔巴卡莱拉烟草公司时利用特权获取了机密消息,在该公司被美国哈瓦坦帕公司收购之前购买了该公司的股票,烟草价格在股票重估之后大涨。阿里尔塔因其犯罪行为已超过法律规定期限被无罪释放,但该判决同时也证明了其犯罪的事实。我们因发布的这条新闻遭受了广告被撤销的后果,账目也因此出现了巨大的亏损。但这是在报社的好时光发生的事,当时分类广告支付了报社员工们一半的工资(其中大部分是带有图片的黄色广告),报社还可以赚钱,我们卖这些广告,至少可以说卖出的价格是体面的。但现在我们已经很难支付员工的工资了,广告部门的人也在叹气,因为我们又刊登了一条关于治疗阳痿的广告,这让我们想起了读者的平均年龄,失去像西班牙电信公司这样的广告商足以威胁到报社的生存。不过我也不确定是否真的存在这种威胁。阿里尔塔直接和"红衣主教"通话，而西班牙电信公司的传播总监玛丽莎·纳瓦斯给我打电话提供她的故事版本时，也从来没和我提及关于广告投资或是"协议"的事。

在发布该新闻的三天前，我收到了"红衣主教"的最后一通电话。

"他们和我说你决定发布这条新闻。"

我不知道的是，因周日报纸新版的变更，经济新闻增刊会在周四截稿，稿件已经被送去印刷了。

当我告诉"红衣主教"时，他非常突然地挂断了。几分钟后，他再次打来电话。

"事情还有转机，"他说，"我们还有时间。"

"我和你说过，我们已经截稿了，现在正在印刷。"

"我刚刚给负责印刷的人打了电话。我让他们停了印刷机。"

"你做了什么？"

"你不要生气，阿里尔塔要我们帮个忙，就一个忙。他同意我们发布新闻，但是希望不要提起他的侄子。你看过标题了吗？这对他不公平。"

这条新闻的页面就在我的桌上：《柏林洗钱旅馆的合伙人：阿里尔塔和拉托》。我认为"红衣主教"对标题的看法是正确的，因为这暗示着西班牙电信公司的总裁知道拉托正在从事非法业务，而我们没有任何证据证实这一点。"红衣主教"说他已经和"钱先生"谈过了，他同意修改这篇文章。

"你背着我和我的记者谈话？"

"阿里尔塔要我们帮他一个不怎么重要的忙，"他说，"他没有孩子，他的侄子是他的一切。他是个鳏夫，这已经是他所拥有的一切了。他只是请求我们去掉一个名字。"

我对报纸的印刷没有权限，印刷机是为整个团队工作的，并且直接由"红衣主教"负责。我和"红衣主教"说，我会打电话给"钱先生"，问他关于新闻标题和阿里尔塔侄子名字的事。

"如果他认为与故事无关，我们会把名字删除的，否则，名字还是得保留。"

"钱先生"同意他在标题上写得太过了，但他说阿里尔塔的侄子是理解这个故事的关键，因为是他管理的公司购买了该酒店的股份。我打电话给"红衣主教"，和他说我没法帮阿里尔塔这个忙。

"未经我的许可，你再也不许随便停掉印刷机。你永远不要忘记，你不是总编。"

我们发布了关于阿里尔塔的这篇新闻，并在接下来的几天继续跟进报道，我们还在网站上公布了有关西班牙电信公司和拉扎德投资银行涉嫌向罗德里戈·拉托非法付款的司法调查的结果。因为这件事，我与"红衣主教"的对抗将会继续进行下去。其他报社的同事警告我，从现在开始，我应该更加保持警惕。我不仅仅发布了关于IBEX公司那些"无法触碰"的人的负面新闻，让"红衣主教"在他紧密的权力小圈子里失去了权威，同时我也打破了足以拉扯权力链并支配经济、政治和媒体三方关系的那个"协议"。一个受到精英阶层同情的政府陷入了困境，他们的预期选票也大幅下跌。如果他们在这样微妙的时刻请求你的帮助，那么那些未成文的"协议"就规定你应该给予他们帮助。如果西班牙最有权势的商人要求你在某篇文章中删除其侄子的名字，而他的公司恰好是你最大的广告客户之一，那么那些不成文的"协议"也规定了你应当按照他的要求去做。如果从你公司"贵族"楼层来的人停了印刷机并建议你换个角度看问题，那么事实上"协议"也在要求你这么做，除非你对自己的职业前途没有任何期待。

阅读最近十年的报纸很容易让人们得出结论，即我们生活在一个银行家、房地产巨鳄和政客都在为个人利益而嘲弄制度的国家，同时把巨额账单都抛给了别人。但是，一直以来，这都是一个不完整的故事，在这个故事里我们这些记者忽略了情节中的关键人物。而导致我们忽略的原因很明显：这些人，确确实实，都坐在我们的上头。

新闻业在与权力对抗时所遭受的溃败，只有通过媒体界重要同盟间的合谋以及时不时的直接合作才能克服。西班牙三大报业巨头普利沙集团、联合出版集团①以及沃森特集团②如今都处在巨大的经济困境中，它们比以往任何时候都更依赖政府一时兴起发布的官方广告、广播和数字电视的许可证书（最后一批会在大选前夕交付），以及与西班牙各个大公司之间的"协议"。国家领导们处于数十年来最脆弱的时期，他们纷纷在媒体主管中找必要的盟友来保护自己。对于"红衣主教"这样的人来说，与经济上的后果相比，独立新闻和品牌受损没什么重要的。他的位置依附于一个强大的影响力网络，每当他感觉受到威胁时，该网络就会将他救出，而他的顶头上司就是塞萨尔·阿里尔塔，这个男人可以给予失业的政府前部长职位，拯救那些处于困境中的报社的经济问题，并除去让他感觉不舒服的总编。突然间，我意识到我这个位置的脆弱性。"红衣主教"永远不会容忍一个不听从他指示的总编，因为这种对抗会将他置于一个无关紧要的位置，削弱他在权贵眼中的价值，甚至威胁到他的生存。如果他连让报社总编从一篇文章里删除一个名字的能力都没有，那他对上面的人还有什么用处？他连最简单的要求都没法满足，那么他会不会无法执行"协议"呢？

这个系统已经被完美润滑过了，系统的稳定性取决于没有

---

① 联合出版集团（Unidad Editorial），西班牙媒体集团，总部位于马德里，旗下的主要报纸有《世界报》《拓展报》和《马卡报》。
② 沃森特集团（Vocento），西班牙媒体集团，成立于2001年9月，旗下的主要报纸有《ABC报》。

任何零件在其位置上有所松动。经济力量保护着政治权力，政治权力保护着经济力量，报社保护着经济力量……"红衣主教"从我们第一次在他的办公室里开会就已经尝试向我解释所有这一切是如何运作的了（"但是不久之后你就会发觉，在现实世界一切都没那么容易"），他一直在试着让我远离那种就算坐到了总编办公室，依然可以不被权力浸染的幻想。对于他来说，现在是时候做出决定了：要么加入这场"恩惠游戏"，他自愿做我的老师，要么就被踢出游戏队伍。

第九章 黑手党

甚至如《世界报》这样激进的报纸也无法在"协议"之外运作,新闻界被这个微妙的信息与恩惠市场所引诱,正如瘾君子迷上了毒品。这个系统已经运行很长时间了,它是由民主过渡期的企业家和媒体总编共同创立的。这个系统在新闻界的代表人物是"三位男高音":胡安·路易斯·塞伯里安(《国家报》)、佩德罗·霍塔·拉米雷斯(《16日报》、《世界报》)以及路易斯·玛丽亚·安森(《ABC报》《理性报》)。他们曾经都是很好的记者,但最后都在权力的舞台上败下阵来。他们与权力保持着异乎寻常的亲近关系,部分原因是他们也渴望加入这个群体,并自然地将新闻与政治阴谋混为一谈。他们不止撰写新闻,也制造新闻;他们不止批评各个部长,也在任命和罢免他们;他们也不止满足于编辑报纸,还将报纸当成权力斗争的武器,凭借这一武器他们扮演着检察官、法官,有时甚至是刽子手的角色。他们以各自的方式担任着"部长记者"的角色,这个角色也会充当司机,甚至帮忙预定高档酒店的包厢。

霍塔在三人中最有记者精神但也最鲁莽,塞伯里安最会算计也最唯利是图,安森则最有倾向性也最维护贵族利益。这位

《理性报》的创始人、《ABC报》的前任总编,在《ABC报》工作时,拥有有史以来总编能拥有的最大办公室。它包括了一个可以保证他出入而不被人看见的私人出口,以及指示总编是否有空的信号灯。如果信号灯呈红色,那么总编就不会接电话也不会接受拜访,只有灯变成绿色才行。破坏新闻与金钱之间关系的"协议"文化就是在这些办公室中被炮制出来的,无论这些办公室的规模有多大,都无法容纳这"三位男高音"的自我。

大总编的衰落让一批新的模仿者登上了他们的位置,这些人缺乏之前任总编的影响力、才干以及冲劲,干脆抛弃了旧时代总编微妙的态度,张开手臂迎接在编辑部中被称为"雷筒新闻"的东西,这是"协议"的一个版本,看起来像从"黑手党"手册摘抄过来的。这些人通过向公司和公共机构提供令他们无法拒绝的条件来支持报纸的运营:对方要么在广告中投入一定数量的资金,要么就会收到不利于他们的新闻(有时是虚假新闻)。我第一次听说这类"雷筒新闻"的存在,是从一家大银行的两名经理的口中,他们向我痛苦地抱怨必须支付一大笔广告费用。当我建议他们揭发这种情况,甚至向我提供证据,以便我们可以在报纸上发布时,他们惊讶地看着我。

"所有人都会付钱的。"其中一人对我说道。

"所有人?"

"你想想看,对于一家大公司来说,几千欧元不算什么钱,但是,如果某些谣言破坏了公司或公司总裁的形象,那么后果是非常严重的。"

其中最厚颜无耻的是一批被称为"私密小报"的报社,他们除了进行勒索以外几乎什么资源都没有,而那些传统媒体则成了他们沉默的同谋,因为这些小报的大量版面都用来揭露新闻界八卦。老板们都怕他们。

一天,有消息传出,《PR新闻》的总编因敲诈罪被刑拘,他意图用一条据称足以毁掉其职业生涯的档案,向西班牙总护理委员会主席伊尼戈·拉佩特拉·穆尼奥斯勒索三十万欧元。我要求要闻部发布这条新闻。两分钟后,秘书处和我说《PR新闻》的总编佩德罗·阿帕里西奥·佩雷斯给我打来了电话。

"和他说我不在。"我说道。

佩雷斯开始在电话的另一端极尽侮辱之词大喊大叫,并威胁"要在十五天之内将这个屎一样的报社毁掉"。我想大概从现在开始他会以特殊的感情对待我,但我并不是十分在意。谁会认真对待一篇以第一人称叙述简单写成的、且没有任何来源或证据的文章呢?但让我惊讶的是,整个公司的管理层都很在意。

"红衣主教"派"秘书"来说服我撤销给佩雷斯定罪的那条新闻。来自米兰的这位"红衣主教"的得力助手是个鲁莽的、野心大于才干的人,几年前他因为走运才没被辞退。报社的历史人物豪尔赫·费尔南德斯曾在报社的黄金时期与费尔南多·贝塔一起领导报社,被降职为编辑部协调员之后,费尔南德斯离开了公司。"秘书"则接替了费尔南德斯的位置,继续在圣路易斯街一个被人遗忘的角落里享受着舒适的生活,其工作就只是控制开支,以及避免编辑截稿时的压力。当"红衣主教"发现了他被人忽略的技能时,他的命运就此改变了。他成了公司那些最肮脏的工作的执行者,传达裁员、降薪的消息,恐吓不听话的员工,散布谣言破坏别人的声誉,特别是报社内部员工的声誉。保护老板的形象也是他的职责之一,他会因为别人对老板的评价而深受伤害。在读到关于老板管理的负面评论之后,他表现得就像在学校的院子里被偷走了点心的小男孩一样,低着头走进了我的办公室。

"就两分钟,你听听佩雷斯想说什么,""秘书"要求我至少接一下佩雷斯的电话,"如果你不这样做,佩雷斯就会把我们公司的肮脏事都揭发出来。这是来自上面的个人请求。"

"秘书"要求我对他的上司和他本人给予双重支持,因为他的职位取决于他是否能做那些"红衣主教"不方便指挥的事。这份工作让他成了我们中最令人厌恶的领导,但作为回报,他获得了越来越浮夸的头衔,以及越来越豪华的公司配车,这些回报通常是在进行完一轮裁员后被给予的。

"我真的很想在这上面帮助你,"我对"秘书"说道,"但我无能为力。我不想知道任何关于'私密小报'的消息。"

佩雷斯不久之后就在其主编的数字报上给"红衣主教"来

了一次猛烈的打击。

"谢谢你。""红衣主教"语带讽刺地给我发了条短信。

作为回应,我给他发了一沓他们编造的关于我的文章,并备注道:

"为了这份工资我们就得忍着。"

西班牙新闻界过着双重生活。一方面我们四处宣传报纸在日常生活中所扮演的重要角色,因新闻工作而不断获奖(还有比我们给自己颁奖更多的职业吗?),谴责政客的过激行为、特权和腐败。但在另一方面,我们和政客并无区别,与任何可以控制我们工作的行为进行对抗,忽略自己起草的道义法则,并舒适地融入那个我们承诺会进行监督的系统。民主过渡时期的继承人将西班牙变成了一个安置自己人的大型机构,这些机构正在腐朽,而本该捍卫法治的政党却在利用这些机构,媒体则选择站在了错误的一边。几十年来,我们向君主制提供了豁免权和拥护权,我们向王室那些道德感最薄弱的成员发出了他们不会被媒体审查的信号。我们与银行及房地产巨鳄共同生存,从不谴责他们的过分行为,因为是他们的广告让我们的荷包变满。我们向"协议"屈服,且对它没有提出过任何抵抗或改进建议。我们还将自己的利益与政党的利益保持一致,以换取投资、电视许可证或别的好处。新闻界固守着各自的意识形态,并忠实于符合他们意识形态的"真相",在媒体斗争和自我斗争中浪费了最好的时光，同时对自己的耻辱却保持沉默。

我们甚至没法用不得已为之作为借口，因为我们都是从过去的好时光开始的。当时的新闻界资源充足，每年圣诞节给公司发的礼物都会让编辑部的邮政服务濒临崩溃。火腿、红酒、蒙特克里斯托牌①雪茄、英格列斯百货公司的礼品卡以及装有鱼子酱的篮子，这些东西都堆在总编的桌子旁和公司高管的办公室里。在新闻界的诸多传奇轶事中，西班牙最伟大的记者拉蒙·洛伯曾讲述过，在某次新闻发布会上，一家大型银行在宣布他们年度业绩时承诺给每个参会的人提供一台电视机，分发结束时还剩了一台，我们的一位同事问是否可以把这台也带走。

于是，他走的时候带走了两台电视机。

最好的餐厅提供的免费餐点、无限期租借的汽车，以及对于其他人来说低得出奇的贷款利息，对我们来说都是家常便饭。西班牙人民银行的一位前董事告诉我，该公司的政策是"让经济新闻工作者感到满意"。这些记者享用着低于市场价的抵押贷款，以此为交换，他们会提供友好的新闻报道。该银行几十年来一直保持着西班牙最好的管理者形象，但它最后倒闭了。在这个系统里，老板们总是拥有最好的那一批战利品，但

---

① 蒙特克里斯托（Montecristo），20世纪30年代创立的雪茄品牌，以生产世界上最好的雪茄而闻名。

步兵们也会得到些东西。

"坦桑尼亚之旅!"有人喊着,"谁想要?"

"丽兹大酒店的午餐!"

"某手表品牌的新闻发布会,可能会掉下一个手表哦!"

曾有一段时间,报社不得不提醒编辑,旅行算作假期而不是工作,即使他们回来之后按旅游局的要求写了一份旅行游记也不行。危机让免费午餐结束了,但"贵族"们的狂欢还在继续。那些有着悠久新闻自由历史的国家无法接受的事,到了我们国家就变成了正常的事。没人惊讶在电视中以严谨形象出镜的新闻主持人马蒂亚斯·普拉特,近几年会成为大型银行保险公司的广告代言人。也没人会惊讶西班牙广播的领导人卡洛斯·埃雷拉,与一些最知名的记者一起乘坐伊贝德罗拉跨国公司包租的飞机,参加在波兰举办的欧洲杯巡回赛。而他们中的大部分人,又免费参加了巴西的世界杯球赛。也没人会惊讶《国家报》《世界报》或《ABC报》的总编在圣地亚哥·伯纳乌足球场的包厢里接受权贵们的款待,并与皇马主席弗洛伦蒂诺·佩雷斯一起喝着香槟酒互诉衷肠,虽然佩雷斯第二天早上就要那些批评皇马球队的专栏作家的人头。我们这些记者对自己的特殊性非常自信,自认为是应当享受特殊待遇的特权阶层的一部分,以至于某位西班牙知名记者在《世界报》任职期间,曾打电话给马德里市政府,要求他们叫一批消防员到她家,因为她把钥匙忘在家里了。当他们建议她给锁匠打电话时，她感到很惊讶，这种惊讶只有那些仿佛与现实世界失去了一切联系的名人才会拥有。

"叫锁匠会让我花掉一大笔钱的。"

这个充斥着恩惠的世界在我离开编辑部前就已经存在了，但是在我离开编辑部后愈演愈烈。记者们的超额工资变成了日常现象，这些钱由通讯社、足球俱乐部、各大政党以及诸如西班牙电信这样的大公司支付。在塞萨尔·阿里尔塔担任西班牙电信公司的总裁期间，西班牙八十位最知名的记者得到了超额工资。根据数据平台 Filtrala 发布的关于英格列斯百货公司的捐赠和赞助资料显示，这家百货公司向著名的记者（诸如费尔南多·奥涅加、伊莎贝尔·杜兰以及《ABC报》的评论部主编海梅·冈萨雷斯）支付了工作以及咨询费用。这些资金流扩散到了六大新闻协会中，尽管从理论上说，新闻协会的职责在于保护新闻业不受诱惑。这些传统上一丝不苟的报社曾经通过创建"按需服务"来官方地提供收费服务：商人、公司或机构只需支付少量费用即可保证会报道他们的事件。甚至浪漫的国际新闻也不能幸免：如今出差报道焦点新闻的费用都由非政府组织、政府、世界银行或一些连锁酒店资助。那堵应该将宣传与信息、新闻和广告分开的墙已经倒塌了。在西班牙买通记者是不可能的，但正如阿富汗人关于腐败的说法：租金是可以谈谈的。

新闻业的道德危机不可避免地伴随着质量的下滑。随着预算越来越紧张,媒体发现了能吸引到"观众"而不必花大价钱的制胜法宝:由政客和权贵提前安排完他们的人之后,媒体只需要将那些准备好互相侮辱彼此的记者聚集到辩论台上,这样一部观众很多但毫无实质性内容的节目就诞生了。《世界报》曾为这类"演出"贡献过一些角色,在这批人当中,有些曾因大清洗或裁员离开了报社。阿方索·罗霍,我当年离开编辑部时他还是西班牙的明星记者兼报纸的副主编(他是唯一一个可以增加其评论文章篇幅的记者),现在他在一些节目中做神秘嘉宾,作为政府安排的一部分,在这些节目中起着催化剂的作用。在这一点上,他从未让人失望过。他曾因为对未来的巴塞罗那市女市长阿达·科劳说"对于国家正在遭受的饥荒来说,你还挺胖的",被赶出了第六频道的摄影棚。爱德华多·英达,我与他在二十年前曾一起做过第一条地方新闻,他还与"伍德沃德"合作过一段时间,现在他创立了一个喜欢危言耸听的日报,并在广播电视上组织了一批人,与那些"我们能"党的人争吵。托马斯·朗塞罗,我们报社体育新闻部曾经的著名专栏作家,现在他在一些电视节目中伪装成"小流氓",在皇家马德里胜利时直播哭泣,并通过戏剧化他的演说,直至将其变成肥皂剧,来使观众人数暴增。这也许是新闻业衰败最令人感到痛心的一面:它使优秀的记者忘记了自己曾经的样子。在动荡不安的时代和解雇的浪潮中,谨慎的记者在混乱中幸存了下来，曾经思想上很诚实的评论家将自己卖给了某个政治团体，享有盛誉的专业人士则接受了那些报酬丰厚的不体面的工作，他们都"成了米拉"——米拉是一位八九十年代著名的新闻记者，但她现在成了真人秀《大哥大》的主持人，正如她所说的那样："我必须得偿还贷款。"

如今大家都期望记者能娱乐大众，而非报道新闻。在这种情况下，无论是形象还是媒体价值，没人能和帕科·马洪达相比，他是墨西哥人称为"统治社交媒体的恶魔们"中的一颗新星。这位前人民党政客是《理性报》的总编，也曾创造过"新新闻主义"流派的一些传奇头版。在某张头版上印着一项民意测验，这场假想的大选获胜者是前佛朗哥政府部长曼努埃尔·弗拉加，而他已经去世五年了。

马洪达是紧跟在新闻界"三位男高音"塞伯里安、霍塔和安森身后的丑小鸭，他一直在努力模仿这三位，但他缺乏这些前辈们的魅力和令人敬重的品质。他向政府提供无条件的服务，作为交换，政府向他敞开了所有的大门，在我们国家，这还伴随着一定的地位提升。内政部长豪尔赫·费尔南德斯，伊莎贝尔·潘多哈案失败的线人、国家"肮脏事"的主导者，任命马洪达为国家警察局的荣誉专员。拉霍伊在蒙克洛亚宫张开双臂迎接他，IBEX 公司赞助他办的活动，同意他在"协议"中享有优先权。这位荣誉专员平均每周要参加八次电视座谈会，这让我感到惊讶，因为我即使一周只去两次，都会为此感到痛心,因为这些座谈会夺走了我在报社的宝贵时间。当他某条夸耀自己通过操纵报纸向政客施压的录音被曝光后("我们已经编造了一个足以给她沉重一击的故事",他这里指的是当时的马德里自治区主席克里斯蒂娜·奇富恩特斯),这位"部长记者"最终失去了他在摄影棚里的位置。

"我信任带有意识形态的报纸。"他曾在零波电台一档由卡洛斯·阿西那主持的节目广告休息时间和我这么说道。

当我听到这话时,我认为此前"红衣主教"可能搞错了,他要的人应当是马洪达。他是一个既没有政治才能又没有新闻天赋的人,但他把二者融合在了一起,成了权力阶层的最爱和电视"马戏团"的明星。在这些节目里,他被扔进为娱乐服务的新闻舞台,与左派"吞剑者"进行厮杀,由于"吞剑者"人数众多,所以此类演出从未消停过。而费尔南德斯部长则是时代所需要的导演。

那些自认为与众不同的严肃媒体,也没法批判上述场景,或蔑视那些致力于提供这类舞台的人。我们的网站同样在竭尽全力争取读者,并努力弥补因纸质报纸的衰败造成的亏损。我们将精明的政治分析、偏远地区的通讯稿、名人之间的亲密关系以及大量"性感"新闻糅合在一起。制造"性感"新闻的一条法则就是在标题中加入一个名人的名字,并与"性"挂钩,以此来吸引读者并保证文章的热度。《世界报》也落入了这样的模式中。我们曾发表过诸如《劳拉·普西妮以及其他名人因疏忽被拍下"私部照"》这样的文章:这是一组由一群著名女艺人组成的照片,这些女星"曾因为粗心大意被人看到了自己'最宝贵的部位'"。在我上任之前发表的这篇文章曾激起过抗议活动,但报社领导坚信这篇文章唯一的问题是太大男子主义了,因此他们决定将其修改为一篇关于"那些不喜欢太过遮蔽自己私处的名人"的文章。

这两篇文章都在《其他纪事》上发表过。《其他纪事》是我们的桃色新闻增刊,自其诞生以来我就对它持批评态度,如今我仍然与它保持着复杂的关系。我理解设立它的策略:在这个欧洲新闻阅读水平最低的国家,发行量最高的就是娱乐刊物,最受观众欢迎的也是那些暴露名人间亲密关系的节目,那为何我们不提供人们想要阅读的新闻呢?我完全不反对娱乐新闻:新闻不该全是戏剧事件、政治或记者无畏的壮举。我在看牙医时也觉得阅读《你好》[1]比阅读《经济学人》放松多了。我难以接受的是:在同一个专题中,将最新的政府腐败丑闻与某位斗牛士不忠这样的"头条新闻"混在一起;将莱斯沃斯岛[2]的难民危机与流行歌手马贝拉裸照被盗一事混在一起;将最新的青年失业数据与女艺人们的"私部照"混在一起。《其他纪

---

[1] 《你好》(¡Hola!),西班牙娱乐周刊,是西班牙国内发行量第二的杂志。
[2] 位于爱琴海东北部,为希腊第三大岛屿、地中海第八大岛。

事》部门的记者从一开始就遭受了我对该增刊的成见,而"闲话家",《其他纪事》的主编,则在我到任的第一天就出面帮我解决了我在入口处与保安的误会,让我能够顺利进入编辑部("他是我们的新任总编!他是我们的新任总编!"),他尽量掩饰我的新闻廉耻观对他造成的负面情绪。我一上任,就将《其他纪事》的内容掩埋在我们网站的最下面,"闲话家"在某个他认为于他不合理的决定上尽量客气地说道:"你要么停了这个增刊,不过在这种情形下《其他纪事》还获得了成功,停掉它是行不通的,要么你放手让增刊的记者们做他们的工作,因为他们是这个国家最好的娱乐记者。"

每个周六我都会按时接到来自政客、歌手、企业家或运动员的电话,他们大多是因为一早起来看到关于自己的爱情史、争吵、财务纠纷、不忠行为以及在公共场合的疏忽行为的报道而感到恼怒。我与自己达成的协议,也包括在一定范围内容忍我们更轻浮的一面,并听从那些明确要求尊重其隐私的人的要求。我否决了发布关于人民党前议员兼企业家曼努埃尔·皮萨罗情感生活的文章(他和我住在同一栋楼里),我同时也否决了发布关于"我们能"党的领导人卡罗琳娜·贝斯坎萨的文章。这位女议员曾带着刚出生的婴儿在国会中出现,据她所说,这是为了揭露妇女在家庭调解中的艰难。我不认识贝斯坎萨,她的抗议在我看来更像画廊里的表演(国会其实提供了出色的保育服务),但当她打电话来要我尊重她的隐私时,尽管自相矛盾，我还是同意了。删去《其他纪事》的一些文章并不会引起我的任何遗憾：读者完全可以在不知道西班牙第一个国会婴儿的父亲是谁的情况下继续活下去。我担心的是，现在想要逆转将一切新闻变成平庸琐事的趋势已经太晚了，因为在编辑部里人们开始听到那句在电视时代导致大众知识匮乏的话："我们为大众提供他们想要的东西。"

爱表演、喜欢危言耸听的新闻，超额的工资，被广告左右的记者，制度化的贿赂行为，对传统媒体的屈服，困在了"协议"和没什么要求的读者之间，这些都导致我们的职业已经衰落到了民主时期的最低谷。然而，在那些参加报纸、电视新闻或广播节目会议的记者中，却没人会说这样的话。新闻业的衰落，正如红磨坊中失去青春的姑娘最后变成了"妈妈桑"一样，记者的心思只有置身于这个圈子里的人才能了解。这样一个曾经以讲好故事为核心的职业，现在的核心却变成了守护自己无法言说的秘密：我们的记者喜欢讲一个好故事，但不是自己的。

第十章　火星

我的公众参与度日渐增长，政治阶层开始熟悉我，偶尔也有一些例外情况。我参加了第九届"帕奎罗奖"的颁奖典礼，这是一个我们报纸给年度最佳斗牛士颁的奖。当马德里前市长安娜·博特拉到达会场时，我正在迎宾委员会中欢迎到场的嘉宾，委员会还包括"红衣主教"和新闻界"三大男高音"之一的路易斯·玛丽亚·安森。前市长开始向在场的人打招呼，直到她走到我跟前说道：

"祝贺你。我是你斗牛表演的崇拜者。"

我不知道该说些什么，因为我这一生中只去过一次斗牛场，还是某次受到我科尔多瓦女友的邀请并作为观众前往的。博特拉把我和获奖的斗牛士米格尔·安吉尔·佩雷拉弄混淆了。这位前首相阿兹纳尔的妻子直到获奖者从主席台上站起来领奖时才发现自己的错误，斗牛士比我年轻二十岁，比我瘦十公斤。然后，她像女孩一样红着脸看向我的桌子，并走过来道歉：

"太难为情了！太难为情了！"

"不用担心，"我说道，"人们曾把我误认成更糟糕的东西。"

那天的晚会上，宫殿里聚集了一些我曾认为早已不复存在的西班牙人物。在这里聚集了退休的斗牛士、皮肤松弛的贵族、过气的西班牙民歌歌手、拥有大量牲畜的大庄园主以及上流社会的代表人物，大家把发蜡涂在了每一根头发梢上。我开始怀念我以前的社交生活，然而一切表明宴会才刚刚开始。

大选将近，"红衣主教"组织了一系列论坛，标题为《必要的西班牙》，他的想法是邀请大选中的四位主要候选人在我们日报组织的活动中介绍他们各自的选举方案。我们已经确定了反对党领袖佩德罗·桑切斯、阿尔伯特·里维拉以及巴勃罗·伊格莱西亚斯，但缺了首相拉霍伊，我估计他还没忘记上次接受我们邀请时收到的"欢迎卡"(《巴塞纳斯暗示所有人民党的领导人都知道党内小金库的存在》)。

政客们在竞选活动中既没有时间感到不满，也不会花心思去应对这种情绪，这对我们是有利的。拉霍伊错过了我们的会面之后，邀请我在蒙克洛亚宫与他进行私人会面。我发现他是一个平易近人的人，和他相处感觉很舒服。当我对其他领导人进行采访时（科拉松·阿基诺[①]以及昂山素季[②]），我感觉我的对话者充满了整个房间，拉霍伊却越变越小，他在办公室里谈

[①] 菲律宾第十一任总统，也是菲律宾及亚洲首位民选女总统。
[②] 缅甸政治家及作家。

到他的议会倡议以及应对赤字的措施,却丝毫没有展现出任何有鼓舞性的观点,或是说出一些会让民众感到"要是我能想到这一点就好了"的提议。

有时,我不得不努力提醒自己,我面对的是首相,而不是一位财产登记员(这是他参政前的职业)。拉霍伊的壁橱里塞满了曾经低估他的政客、企业家和记者的尸体,因为他们都忽略了拉霍伊表面简单的性格背后隐藏着一个精明而无情的政治家。他不声不响就登到了最高处,当他的对手们正在内部斗争中拼得你死我活时,拉霍伊出现了,他成了双方达成共识的解决方案。他想要连任,最大的障碍是腐败,腐败使得他的政党越来越腐烂,直到在马德里或瓦伦西亚这样的地方,人民党变成了一个巨大的腐败机器,而这些腐败案聚集在法官的手上,最终削弱了他的权力。

路易斯·巴塞纳斯,在其位于瑞士的财富被发现之后,就从会计师变成了媒体的线人,他在我与拉霍伊会面的几天前曾告诉我政党的小团体是如何运作的。巴塞纳斯是一位有文化、热爱旅游的人,他曾周游过亚洲,这样一个巧合将我们立即联系了起来。我比较愿意在他妻子不在时与他见面,因为他妻子控制着他的饮酒和他大胆的披露。他在不看便条的情况下披露的数字和地点的准确程度、各成员收入和账目的吻合程度,以及处理数据的细节,都使人觉得他不太可能说谎。几十年来,西班牙企业家都通过收买人民党政客和给予他们好处以换取许可证、特许权和公开招标。政客们所获得的钱被用来支付他们的额外费用、参与竞选活动或用来讨好记者们。这位前财务主管告诉我，他们是如何在1996年大选前夕将一个"装着三千万比塞塔的手提箱"赠予西班牙电台最著名的主持人的，以换取他在竞选期间的友好报道。他还告诉我他们是如何将党内小金库的资金注入到《自由电子报》的增资当中的，《自由电子报》是评论作家费德里科·希梅内斯·洛桑托斯开的媒体公司。他们到各个企业办公室索要资金的次数如此频繁，以至于有时造成彼此间的冲突。巴塞纳斯曾拜访过一位大银行家，要求他"捐赠"，而该银行家回答说几天前已经和他的领导"安排好了"。额外工资的后续分配都经过精心设计，确保高层管理人员都能分得一杯羹，这是让每个人保守秘密的最佳保证。

"没人对额外工资说不吗？"我向巴塞纳斯问道。

"你看，"当红酒解除了他对我最后的保留之后，他说道，"我一辈子只遇到过一位完全诚实的政治家，那就是曼努埃尔·弗拉加，其余每个人都会拿自己的那份钱。"

"首相拉霍伊呢？"

"阿尔瓦罗·拉普尔塔（前党内国家财务主管）有一个朋友常去古巴，他每次回来都会给拉普尔塔带两盒雪茄，一盒他给我，另一盒给拉霍伊，和拉霍伊应得的钱一起。拉普尔塔不知道的是，那些雪茄不是他朋友订购的蒙特克里斯托A级雪茄，"说到这里巴塞纳斯大声笑了起来，"他朋友带给他的是便宜得多的雪茄。"

巴塞纳斯所说的一切与之后在报纸上发表的霍塔在巴塞纳斯被捕入狱前与其进行的采访内容相吻合，这引发了霍塔总编和政府之间的斗争，并以霍塔的辞职告终。正如拉霍伊的一位前部长说的那样，对于我们的总编来说，他缺少一条头条新闻来打败首相。这位前财务主管还告诉我，这条确切的消息以视频的形式存在，据说该视频显示了拉霍伊收取黑钱的事实。他也给记者玛丽莎·加莱罗披露了这条消息，时间会证实他的话。

"这是大选前唯一可以损害人民党的事情。我还拥有其余的材料，包括那些尚未披露的内容。"

"有没有可能……"

巴塞纳斯笑了。

"我喜欢你这个人，"他说，"但这是不可能的。我已经伤害自己太多了。我对在庭审前发声不感兴趣。"

我此时坐在位于蒙克洛亚宫的首相办公室里，面对着拉霍伊，当他向我倾诉自己担任政府首脑的第一年有多么困难时，我却在不停地想象着他抽雪茄的场景。我想象着他拿起一支雪茄，把雪茄头剪掉，用打火机点燃烟头，等待着雪茄被点燃，当他抽上第一口时，将一沓钞票放进外套的口袋里。我问拉霍伊，他是否认为腐败对他和他的政党来说是一个问题，即使他亲近的人也认为党内需要改革。

"这就是我们现在正在做的事，"他说，"在反腐方面没人比我们做得更多。"

然而，首相想要改革的意图，就和"红衣主教"对于新闻业以及塞萨尔·阿里尔塔对于企业一样不明显。这三者都是从学校开始的国家平庸化的一部分：在学校里，学生们对批判性思维不屑一顾，操场上的推搡却大受欢迎；在办公室里，只有顺从的人才会得到晋升，那些过分主动的人则被视为威胁；在新闻编辑部，特权阶层越来越强大，但代价是牺牲了那些更有才华的记者的热情；政府机构彻底坏死了，那里的上千个职位都是靠斗争获得的，从不考虑竞选者的才干；就这样我们登上这个阶梯的最高一层，一位被腐败困扰的首相却希望连任，并坚信数百万西班牙人会像对足球队盲目忠诚那样把选票投给他。

这样一幅国家景象在我当驻外记者时就曾经在某篇文章中描写过，《平庸者的胜利》这篇文章因为插画家福尔赫斯的推广而在互联网上广泛流传。这篇文章比我写过的任何书或报道都要成功：被愤怒的员工贴在墙上，被做成视频，在乡村聚会上被歌唱。但是这篇文章也有反对者，其中包括前首相何塞·路易斯·罗德里格斯·萨帕特罗。我在"端庄女士"组织的一次午餐会上认识了这位工人社会党领袖，当时我脑子里充斥着对萨帕特罗的成见，人们都认为他是一个无能的、毫无准备的领导人，他没有能力看到这场民主时期最大的经济危机，而且这场经济危机加深了他的困境。不过，这位工人社会党领袖提出了新颖的解决民族问题的提议，他的讲话也没我想象的那么偏执。或许他在卸任之前已经做好了准备，但是拖延的代价太高了。与拉霍伊相比，他的谈话似乎更有趣，也不那么有强迫感，相反，拉霍伊却总想表现出自己是一位更加严肃、更加纪律严明的领导。到了吃甜点的时刻，萨帕特罗开始仔细地批评我的文章，他说我的文章太过悲观了，它剥夺了政府机构的合法性却没有提供任何解决方案。"平庸者的胜利"？

"如果在这个国家只有那些平庸的人能获得胜利的话，"他说，"你如何解释你自己成了一家大报社的总编？"

我很庆幸我们的会面是在拉安察餐厅①的包厢里，而非在公共礼堂，因为我花了好几秒才想到怎么回复他。

"我想他们犯了一个错误，"我最终说道，"但他们很快就会纠正过来的。"

拉霍伊最后同意在"必要的西班牙"论坛中介绍他的选举方案。"红衣主教"开心极了，他回想起上次邀请首相的失败经历：

"告诉我这次不再会受到惊吓了。"

---

① 马德里一家著名的百年老店。

"哎，"我无法抑制自己的笑声，"我们这些记者从来没法知道这些事的。"

在首相来参加活动的前一晚，我收到了活动的具体安排。我走马观花地阅览了一下，发现"红衣主教"会在门口欢迎拉霍伊，发表一大篇演说，让自己成为整个活动的主角，就像他喜欢的那样。我的一位副主编和我说，他有一种感觉，"红衣主教"仿佛忽略了我，并窃取了我作为《世界报》总编应得的地位。我的团队希望我像霍塔那样，将报纸作为自我宣传的平台。这位报社的创始人不断发布有关自己的最新消息，在任何调查中都将他自己列为全国最有影响力的人物之一，并对他自己所获得的奖项进行了大量展示，还在重大国际危机发生时亲自参与并进行报道。霍塔创造了欧洲最伟大的一份报纸，因为他的聪明才干，他的个人主义风格是报纸成功的关键，但他的离任将这种优势变成了拖累。尽管霍塔过分的个人主义使得我对自己做出承诺，即要避免我的名字出现在任何新闻标题里，不过我从来没能打破这种在报纸夸张的部位展示自我的公司习惯，公司高管们毫不夸张地互相推搡着争取能在照片上出镜。在这些场合里我尽可能表现得不被人注意，想着这样就可以早点逃脱，但我无法区分是坐在农业部长旁不那么引人注目，还是坐在经济部长旁更好隐藏自己。我的一位好朋友描述了我在这些活动上给她留下的印象："你看起来就像和我穿高跟鞋时一样别扭。"

我在公司中的角色，关于营销、广告或发行的会议，各种请愿者的来访和承诺都夺去了我的时间和我作为记者的热情。我做总编的工作才五个月，却感觉自己老了五岁。我完全没有假期。每天早上六点起床，凌晨一点还在检查报纸头版，重新阅读一遍文章，寻找解决编辑部问题的方法或是寻求阻止纸质报纸衰落的方案。我管理的时候不喜欢委托别人办事，自己又过分注意细节，这些对我都没有益处。我给要闻部的负责人每天发几十条消息，要求他们调整新闻的重点或是更改新闻的结构。有一天晚上，我带孩子们去看马特·达蒙的新电影《火星救援》，但每隔一段时间，我都会偷偷打开手机，检查我们的网站，将我的建议发过去，并提醒他们注意那些不符合格式的标题。对完美标题格式的执着（不能有多出来的词，新闻标题必须全部具有相同的行数）让编辑感到绝望，他们不明白为何他们的总编会对这些细节如此在意，而不是把精力放在与部长们讨论高端的政治议题上。这没什么意义，但是这样做的背后我有一个目的：我想改变美国记者戴尔·福克斯在被解雇前一再谴责的那种草率的公司文化，而这种草率的文化持续至今。如果我亲自调整标题或纠正印刷错误，如果我询问调查记者是否对此有所"反馈"，如果我问报社领导是否能确定消息来源，是否切断了与费尔南德斯部长的联系，让报社远离那些"肮脏事"，那是因为我觉得，如果我的记者们看到那些事让我操心，那么同样的事他们也会操心。

要闻部的领导卡门·塞纳对我不断造访她办公桌的行为表现得既有幽默感又达观：

"这次是什么出了问题，老板？"她看到我出现的时候总是问道。

于是我们从头到尾浏览了一遍整个页面，并纠正了每一条新闻的错误。

卡门是一个非常优秀的编辑。她有自己的标准，也很有性格。她具备一种很难在别人身上找到的独特之处：她不在乎报社"贵族"们的等级制度，也不害怕面对他们。国内新闻部的老人憎恨卡门让他们暴露了自己对于数字新闻的无知。他们不理解为何他们的文章在网络上不能像在报纸上那样保持不变，为何需要时时更新或是更改纸质版的原标题。当他们因停留在自己所习惯的节奏上或吃某顿饭一直吃到五点钟而迟迟无法发稿时，卡门就会给他们发"现实不等人"的信息，某个值班"贵族"看到这条信息就会感到非常气愤。她凭什么？当新一轮裁员到来时（在我离开公司之后），塞纳最终为此付出了代价，"贵族"们挑唆把她放到了裁员名单上。

尽管各类管理事务消耗了我的精力，每天的日程结束时，我还是会按照我的出版社编辑的建议花上几分钟时间写写日记。安吉尔·费尔南德斯·费莫塞尔告诉我，我所经历的一切都太让人着迷了，必须得写成一部书才行。每周六我都会着手写周日要发表的"总编来信"。我把我的系列文章起名为《阿奎莱亚手记》，篇幅为一页，"阿奎莱亚"指的是被围攻和防御时处于不利地位的神话之地。这些文章同时也是我与"红衣主教"发生摩擦的源头，在一篇文章中我控诉了西班牙当前的媒体境况，于是我们之间爆发了一场剧烈的冲突。文章是这么写的：

> 如果让我向诸位描述一个国家，在这个国家，政府会解雇让他们感到不舒服的记者，在广播电视节目上显示权威，并向媒体高管们施压让他们不要批评政府，那么诸位会以为我描述的是香蕉共和国[①]。但这些事都发生在西班牙。在这个国家，新的电视台许可证在大选前的几周才被派发，这样他们就能限制各个电视台的编辑路线。同样的，所有人都要付费的公共电视台却被用作私人新闻机构为政府服务。当政府抱怨他们没有钱投入到教育、医疗上时，他们在宣传上却可以随便花钱……

"红衣主教"在那个周日给我打了两个小时电话，我从未见过他如此觉得受到冒犯，他坚信那篇文章是对他名誉的直接攻击，使他在编辑部成员、读者，甚至在他领导班子的朋友们

---

① 香蕉共和国，某一种政治经济体系的贬称，特别指那些被外国势力介入及间接支配的国家。名字的由来是因为这种国家通常依赖出口如香蕉、可可、咖啡等经济作物。

面前名誉扫地。他的愤怒持续了好几天，在这几天里他只和我说他感到非常遗憾，因为我不理解他，并坚持说他想让我一切都好，他所做的一切只是在引导我走上正确的道路。

当时我就已经得出结论，在一家情绪可以影响任何决定的公司，是没有办法进行专业讨论的。人物之间的争执、冲突、愤怒以及做戏，这些连小说家都难以想象的事却在新闻界频频发生。评论部前主编"拉斯普京"，在我的副总编不在时经常占领他的办公室，他对此有着近乎拜物教徒般的狂热；"马拉乌瓦"，他在我们中间性格最不友好，却有着毫无道理的自信，他从没发掘过属于自己的新闻，却在编辑部里自鸣得意，好像他背后藏着五个"水门事件"一样；"上帝"，他是一个情绪上的过山车，发脾气的时候会在会议开始之前就回家了；"公务员"（每个办公室里都有这样一号人物），他上班的第一个小时用来整理自己的记号笔、橡皮擦、纸张以及一堆小学生工艺品。"公务员"是一个奇特的人物：在没人知道他做过什么的情况下，他就晋升到了中层管理人员的位置，由于他能绕过所有的麻烦而没有任何人反对他，因此经受住了裁员以及持续的内部清洗。尽管他没能掌握任何一种在报社工作所需要的技能，但他获得了想要在报社生存下去最需要的宝贵能力：隐身。他没有敌人，因为他是好人，而且无疑是我们所有人中最聪明的人。他最后成了在"红衣主教"助手手下办事的人，他成了"秘书"的"秘书"，他的工作包括批准和购买物资。有一天，我去见他，让他赶紧将电脑翻新，因为我们的电脑即使对于月刊来说也算是慢的了，然后他就像之前无数次一样告诉我事情已经在办了，并且这件事对于公司来说当然是"当务之急"的。我和他说，视频部门喜欢用苹果品牌的电脑，因为苹果电脑更适合进行多媒体编辑，但是我们这位"商品服务经理"告诉我，公司已经否决了购买任何苹果产品的决定。

"太贵了。"他说道。

我的目光落在了他的电脑上，这是我见过的屏幕最大的电脑，还是一台苹果电脑！

"这台？这是他们在规则生效之前给我的。"

只有那些在这个地方待了很短时间，并用新来者的眼光观察一切的人，才会对这种行为感到惊讶。当我回想起这些事情时，我不知道该怎么回答，因为我和这些角色中的很多人一起成长，我很喜欢他们中的一些人，并且接受了每个角色都在以自己的方式一起完成一份报纸的荒唐行为。

在"必要的西班牙"论坛开幕的那一天，我早上起来发现自己高烧四十度，于是吃了两片阿司匹林，穿上西装前往活动现场。我对活动部门给我办公桌上留下的会议安排没太在意，因此最初以为自己的任务就只是欢迎来宾而已。首相到场了，"红衣主教"弯腰接待了他，我们在幕后等着来宾就座，一边像在电梯里遇到一样谈些轻松的话题。当我们离开时，我发现

"红衣主教"的预留座位在副首相索拉亚·萨恩斯·德·圣玛丽亚和西班牙电信公司总裁塞萨尔·阿里尔塔的座位之间。也许"红衣主教"想与二者都搞好关系。

活动上一个姑娘走到我身边轻声说道："总编,讲话不要超过十分钟。"

"什么?"我想,"他们在等着我演讲吗?"

然后我就听到了自己的名字,观众开始鼓掌,我在恶心和头晕之中爬上通往舞台的楼梯。活动正在进行现场直播,观众席上除了"端庄女士"和"贵族"们之外,还包括西班牙的各种领导人和主要人物。一滴汗珠从我的额头滑落,我想要立刻从这里跑出去:聚光灯几乎让我看不清坐在第一排的人,在舞台的最前面,"红衣主教"正转过身和首相推心置腹。谁知道呢,也许他正在和首相说:"这个人没看上去那么混蛋,他正在学习如何处理总编该做的事。"

我组织了四到五句话,大家都沉默了,最后感谢大家的出席,然后就走下了舞台,我听到观众开始鼓掌,这种掌声和献给那些刚开始表演就摔在冰面上的花式滑冰运动员的掌声没什么区别。自从那篇关于宇航员伊万·伊斯托希尼科夫和他的那条名叫"克洛卡"的狗的报道之后,我还从没感到这么有挫败感过。我记得那篇报道发表出来之后,老板打电话告诉我无论是宇航员还是狗都不存在,要求我对那篇文章做出解释。尽管我数十次在书展、演讲、活动和社交聚会上都发表了相对成功的演说,但我刚刚还是做了一次我这一辈子最糟糕的公共演讲。在哈佛大学,我上了两门公共传播课程,其中一门课的名字叫"培养政治家",在这门课上民主党战略家史蒂芬·贾丁会培训你进行辩论和公共演讲的能力。但是这些都没有用:在我登上舞台的那一刻,一切都消失了,我又病又累,观众却在期待我提供有关"必要的西班牙"的关键答案。尽管在随后的论坛中,在与桑切斯、里维拉和伊格莱西亚斯的交谈中,我的讲话有所改善,但我在开幕式上的挫败感持续了好几周。

回到报社时,阿梅利亚摆出了最好的面孔,问我在活动上感觉如何。

"你已经看到了,一场灾难。"

"不要这么说,你表现得没那么糟糕。但你不能再这样下去了,否则会崩溃的。你必须休假,得好好休息!"

尽管阿梅利亚每隔一段时间就告诉我她无法留在我身边,我得在秘书处再挑选一位,但到现在她还是留在自己的岗位上。我告诉她不必担心,我会处理好一切的,我明白,但是第二天当我回到报社时,她还在那里。也许她知道我有多需要她。我可以坦率地和她说话,分享我的弱点,发泄我的挫败感。我感觉她是圣路易斯街唯一一个不会对我说的每句话、做的每件事都要评价一番的人。

"你是对的,"我一边说着一边滑落到座位上,"我需要放假。我和你保证只要时间允许我就会休假。"

第十一章 冬季

我确实需要假期，但是编辑部又陷入了紧张局势，我没法缺席。我们在意大利的母公司 RCS 传媒集团①的首席执行官已被解雇了。根据经验，每当我们的业主发生变化时，米兰方面都会在西班牙采取相应的措施。这是个坏消息。

尽管我几乎不认识即将离任的老板斯科特·乔万尼，但是和他相处得不错，我们都认为《世界报》的转型至少要花三年时间，并且需要明确的数字化投入。他曾在微软工作过，知道转型是一个痛苦且缓慢的过程。另外，他还会说英语。这是一个重要的细节，因为这样我就可以直接与他进行对话，而不必依靠"红衣主教"来和意大利方面交流。霍塔过去经常说，我们的报纸是从"红衣主教"学习意大利语，并用他的"艺术"在米兰制造阴谋诡计的那一天开始出现问题的。实际上，还要早得多：问题是从他担任报社经理的那一天开始的。

1989年《世界报》成立后不久，意大利人就入股了我们报

---

① RCS 传媒集团（RCS MediaGroup），意大利出版集团，在书籍、报纸、广播和互联网业务上都有涉及。

纸，他们通过从创始人那里购买更多的股份来提高他们的占股比例，由此做了很大一笔生意。随着公司、利润和员工数量的增长，霍塔的个人化管理方式变得不再合理。我们有一个既是广告主管又是市场营销主管，同时还是人力资源主管的总编，尽管这些职位都是由其他人来担任的，但最后的决定权在霍塔手上。意大利人认为这不是专业的管理方式，因此他们想找一个人来负责编辑之外的管理工作。霍塔总编也想找一个可以面对意大利人、纯粹功能性的人，并且这个人得接受在总编的影子下扮演无关紧要的角色。他选出的人是一位法学教授，他在商业领域工作过但没有非常出众，并且毫无在媒体公司工作的经验。这个人就是"红衣主教"。

"红衣主教"多年来一直被视为佩德罗·霍塔的看门人。没有人知道"红衣主教"有多大的野心，更没有人在意他当时在业余时间参加的那些意大利语课程，这些课程的数量非常多。他开始几乎每周都前往米兰出差，为那些争夺RCS传媒集团控制权而互相内斗的不同家族工作，并且总是和内斗的胜利者结盟。他渐渐地获得了意大利人的青睐，在西班牙他也织起了一张权贵之间强大的关系网络。霍塔仅仅给了他一个调节公共关系的角色，但"红衣主教"尽最大可能利用了这个角色。

"红衣主教"不断晋升，但只是积累了一些没有实权的头衔，因为在那些年里，他仍然活在创始人的阴影下。没有明显的怨恨，他接受了作为副手的角色，同时也接受了主编对他时不时地带有羞辱性的责骂。我们的领导当时预感到了那场之后被称作"大灾难"的金融风暴,但还是在 2006 年说服意大利人收购了雷科勒托斯公司,这是一家旗下拥有《马卡报》《拓展报》《特尔瓦月刊》①以及其他出版物的公司。更确切地说,是我们想要收购雷科勒托斯公司,但因为这是一次金融业务,因此我们要向母公司申请贷款,以购买我们当时负担不起的雷科勒托斯公司的股权。总编和他的经理为建立西班牙最大的新闻集团的伟大梦想花了十一亿欧元。几个月后,金融危机袭来,我们新产业的价值不到我们所支付价格的一半。一个想要成为经理的报社总编和一个想要成为报社总编的经理,双方在不知道如何做对方工作的情况下,做出了一个毁灭性的举动,这事在任何一个文明国家,都足以让这两个人丢掉工作。大家开玩笑说,我们面前有两个天才,众所周知,想要愚弄意大利人是多么困难,但他们已经第二次成功了。

剩下的就是大家知道的故事:危机延长,报纸的发行量一落千丈,我们的收入减少了一半,领导却拍着胸脯保证一切都会过去,因为报纸对于社会来说是不可或缺的,并且我们的报社在可靠的人手里,他们指的是他们自己。他们创立了视听项目,但是最后以失败告终,并造成了更大的损失;他们忽略了数字平台,因为他们根本不了解什么是数字媒体;他们放弃了

---

① 《特尔瓦月刊》(*Telva*),西班牙时尚女性杂志,于 1963 年成立。

我们报纸的主要价值，即新闻内容，来换取更多的读者，却没能靠这个赚钱。这一切都伴随着领导们的奖金、公司配车和不受限制的美国运通信用卡的使用权，而我们却在领导们的自我和野心的推动下走向了悬崖。收购雷科勒托斯公司使我们的账户不堪重负，我们不得不偿还这笔贷款，同时还让我们的大股东陷入了永无休止的危机之中。这笔账最后是靠裁员和降薪还完的，这降低了报纸的质量，又迫使我们进行了更多的裁员，这是一个我们至今都在努力摆脱的恶性循环。

"红衣主教"不仅在这场"大灾难"中幸免于难，还在危机当中飞黄腾达。沃森特，《ABC报》的总编，试图聘用"红衣主教"，但是霍塔亲自干预了此事，他坐飞机到米兰说服意大利人把"红衣主教"留在身边，却不知道他正在自掘坟墓。"红衣主教"在那一年被允诺会获得三百二十万欧元的工资（包括奖金），同一年我们记者的工资却降低了，因为他们说我们的工资"高于市场水平"。接下来，"红衣主教"就开始等待机会。在经历了多年亏损之后，我们的报纸发行量急剧下降，霍塔通过发布巴塞纳斯的私人消息来攻击首相拉霍伊，与此同时，"红衣主教"已经在西班牙和意大利人进行了联络，为给霍塔沉重一击并让自己获得报纸的控制权做准备。

"问题是，"霍塔后悔地说道，"他最后相信了我给他的那些头衔。"

RCS传媒集团接替乔万尼的新老板叫劳拉·乔利，一个以铁腕手段著称的人物。她没过多久就出现在马德里，目的是对自己控制下的报刊进行调查。访问期间，她参观了《马卡报》《拓展报》和《世界报》，我是她的私人向导。我们巡视着各个部门，她问了一些和运营组织相关的问题，直到我们参观完，她都没有做出任何尝试友好的举动。然后她回头看了我一眼，问出了那个我一直害怕的问题，但这个问题无疑我是知道答案的。

"有多少人在这里工作？"

"三百人，"我说道，"包括驻外记者和分社在内。"

"三百人？"

"是，"我觉察出她觉得我们公司的员工太多了，"危机之前我们的人数是现在的两倍。"

"哦。"

然后她就飞回米兰准备为西班牙方面制定计划了。

几天后，我被叫去和"红衣主教"以及"硅谷先生"开会。"硅谷先生"轻松地坐在他领导办公室的沙发上，双腿交叉着，一只手臂搁在座椅的靠背上。他们向我证实了新老板想要进一步减少员工的计划，而他们两个表示同意，因为"我们公司的结构是不可持续的"。

"永远都是这样，"我说道，"他们不敢碰意大利的媒体，所以就带着斧子来了西班牙。"

"我们的情况比他们的更糟。""红衣主教"说道。

"要裁多少人?"

"用更多员工来办报纸的时代已经过去了。"

"要裁多少人?"

"现在是勒紧裤腰带的时候了。"

"究竟要裁多少人?"

"我们多出了一百多个人。""硅谷先生"说道。

我难以置信地笑了。

"这是个笑话吧?不可能!"

"我们多出了很多人。"

"很多人?我们没法用这么少的人来办一份报纸。我们将没法上街采访,永远都不可能了。报社会爆发抗议活动的。"

"我们得把所有项目都暂停下来,""硅谷先生"说道,"所有的项目,包括你的转型计划和任何其他计划,都得暂停。除非等到新的通知,否则我们什么也做不了。"

"关于编辑部的重组问题……"

"在新的通知到来之前我是不会行动的,对不起。"

"红衣主教"和"硅谷先生"给我的承诺在短短五个月内就无法兑现了。我们不仅会在开发视频、开发社交媒体、重组评论部以及更新技术方面缺少必需的人手,而且还将进入严酷的裁员期。他们之前聘用我就是为了进行转型,但随着裁员到来一切都变得不可能实现了,而且他们让我在编辑部陷入一种极其艰难的处境,此时我还远远没有巩固自己作为总编的地位。意大利方面要求我立即解雇十三个人,在春季,他们还有更雄心勃勃的大裁员计划。我请求他们给我时间来减少其他方面的支出。我们仍然有很多多余的支出,我相信可以节省出米兰那边所要求的那些钱。但是我所有的论点都和二楼高管们开会时一再重复的那个词相抵触:"headcount"①。

他们向我解释,这不仅仅是削减开支的问题,还涉及"headcount",这词在英语里听起来不错,但如果把它直接翻译成西班牙语的话,似乎是在谈论牲畜的数量。看来我们的人数太多了。银行逼迫我们的意大利母公司,后者的融资取决于它提出的计划是否令贷方满意,而没有什么比削减员工人数的承诺能让银行会计师和财务顾问更感到满意的了。我被召集到人力资源部门开会,他们向我解释说我们的工资是由意大利方面来支付的,因此我们提出的抗议并不重要。在年底之前,我们必须要解雇十三个人:马德里两个人、安达卢西亚五个人以及瓦伦西亚六个人。部门负责人建议我在这件事上离远些,避免被中伤。

"裁员的条件很好。这家公司在这方面做得一直都不错。你给我们裁员的名单,我们会处理一切的。"

我问他们之前的总编们是如何处理类似情形的。霍塔曾经历过两次大规模裁员和一次全面降薪。

---

① 意为"员工人数"。

"在宣布裁员的那一天,他们会找些编辑部之外的事去做。"

我在想,如果一个工作多年的员工没得到总编的任何解释就突然被辞退了,二楼办公室的某个领导拍拍他的背然后对他说,"这和私人恩怨无关",然后给他一个收拾东西的盒子,那么这个员工肯定会感到被羞辱了。或许情况会更糟糕:这个消息是由"秘书"来告知的,"秘书"表现得肯定和其他人一样发自内心,但是他的共情能力和一条饿着肚子的鬣狗差不多。我说,我会亲自通知马德里这边的解雇消息,并指示两个受影响地区的分社总编也在他们的编辑部做同样的事。当我听着从自己嘴里说出的这句话时,意识到自己刚刚做了一个不确定是否能够兑现的承诺。

历史上的第一份报纸由斯特拉斯堡神父的儿子约翰·卡罗洛于1605年创立。卡罗洛称他的这个发明为《收集所有杰出的值得纪念的消息》。它只有一栏,每周印刷一次。这个想法很快就传遍了欧洲大陆,据历史学家莫里斯·利弗考证,第一批报纸通过传播"犯罪、强奸、乱伦、怪物、自然灾害、天体现象、幽灵和各类冒险行径"等消息来吸引读者的注意。无论是读者的口味,还是各个报社尝试满足读者口味的意愿,几个世纪以来都没有发生太大的变化。这些报纸的成功促使报社增加了报纸的种类、发行量以及每期报纸的页数。报社之间开始互相竞争谁能做出更快更好的新闻。1854年,《泰晤士报》的总编约翰·德兰创立了驻外记者这个职业,他派遣了一位记者前往克里米亚战争前线,这位名叫威廉·罗素的记者从那里给英国人带来了一个坏消息,即他们的帝国不是不可摧毁的。他在报道中写道:"上午11时35分,在血腥的莫斯科人的炮弹下,英国士兵全军覆没,战场上只剩下死人和垂死的士兵。"最早的照片是十九世纪末才被添加到报纸上的。此后不久,广告开始给报社投钱,编辑部也不再仅仅依靠发行报纸来赚钱了。报社的收入增加了,他们增添了新的部门,报社与报社间互相竞争以吸引最好的记者和专栏作家,他们同时投入新闻调查并获得了显著的影响力:随着时间的推移,甚至能够推翻像尼克松这样的总统。计算机取代了打字机。彩色取代了黑白双色。让秘书听写下驻外记者的报道(这浪费了秘书们的时间)取代了用电子邮件传送报道的方式。但是报纸本身,从本质上来说,还是通过像约翰·卡罗洛的《收集所有杰出的值得纪念的消息》一样的方式被制造出来。几个世纪以来,收集信息、将信息印在纸上并将其分发给读者,一直是一项稳定的业务,当其他行业都因社会变革以及创新被迫对自身进行革新时,我们的行业却远离这一切的影响。这个行业生活在传统的舒适庇护所中,记者们无须更新或学习新的技能。然后,一切都变了。

1996年的一天我来到编辑部,看到我们的新闻图表负责人马里奥·塔斯孔搬到了另一个地方,他的眼睛紧盯着计算机屏幕。我走近询问他在做什么。

"冲浪。"他回答道。

"那不应该去海边冲浪吗?"

"我在互联网上冲浪。"

"互联网?"

"没错,这会改变整个报纸行业的,你会看到。"

我没太在意这件事。几个月后,编辑部的互联网区域出现了两台电脑,此后变成了三台。网络页面的读者每天都在增加。领导决定将马里奥和他的团队设立成一个部门,其部门的地位低于广告部门、天气部门或是讣告部门。但我们的网络部门在不断扩张,并迫使其他部门搬迁,这引起了我们当中一些人的不满,因为这些人认为他们致力于做的事才是真正重要的事,即纸质报纸。这是一个非常关键的时刻,因为我们本可以将新事物的出现视为机遇,但与此相反,我们将它视为一个威胁。我本人也是他们中的一员。我先是在马德里加入了对数字报纸的抵抗活动,之后又从我的驻外部门发起抵抗。我拒绝为网络写作,并坚信我的故事只能出现在纸上。我嘲笑那些称我们的未来将会数字化(也许不会)的"大师"。我当时狂热地信奉,真正好的报纸应该能让读者用手指触碰到它的油墨。

我第一次意识到自己错了,实际上我们正面临着一场不可逆转的革命,是在我报道另一场革命的时候。那是 2007 年,来自世界各地的六位记者设法进入缅甸报道"番红花革命",

这是一次由僧侣主导的对抗军政府的游行。因为我是西班牙唯一一名报道该事件的记者，我们的网络团队最终劝服了我，让我在网络上发表关于"番红花革命"的报道。我的文章从来没有收获过如此多的阅读量，我的报道也从来没有过如此深远的影响。在此之前从未对我的文章发表过评论的朋友们告诉我，他们直到现在还在关注我的系列报道。从巴塔哥尼亚到澳大利亚，我也从来没有在如此偏僻的地方满足了自己作为驻外记者的自豪感。网络能实现的可能性似乎显而易见。当我返回报社时，我成了当初我反对的网络团队的支持者。但对任何创新事物都进行抵制的人群仍然无法被撼动，他们中的代表就是报社的"贵族"们。当我在数年后回到管理部门时，我以为纸质报纸和数字报纸之间的古老争执已经半途消失了，但令我惊讶的是，它仍然在那里，并限制了报社的一切行动，让报社陷入了重建先前秩序的乌托邦幻想以及想要重回过去的怀旧之情中。无论是销量、读者数量，还是他们所苦苦坚持的模式，都清楚地表明我们连工资都付不起了，但是这些还是没能消除他们的虚假幻想。他们认为只要足够努力，辉煌的纸质报纸时代将重新到来，而网络部门将再次回到那个马里奥·塔斯孔在其他人的冷漠中工作的被人遗忘的角落。这是一种否认现实的状态，报社的领导曾在某个艰难的一天用这样一句话概括我们所处的状态：

"我太想让该死的互联网时尚消退了！"

领导人的野心、贪婪和缺乏远见是我们衰败的关键原因。政客和大企业家破坏了报纸的自由，并利用我们的软弱来攻击它的独立性。或许我们的读者正在变得更加宗派主义，更加不宽容，他们总是要求我们提供一个更符合他们想法，却不怎么符合新闻道德的所谓真相。所有的这些因素都是存在的，但归根到底，使我们的处境加速恶化的许多决定，是在新闻编辑部做出来的，是由一群恐惧失去其地位的报业精英做出来的。新闻的本质是到处奔走，离开舒适区，发现新事物，但是所有的这些本能都被我们的恐惧取代了，恐惧也导致了报纸多年来的瘫痪，我们表现得就像一只在高速公路上被光束遮住了视线的鹿。我们对自己位置的失去感到恐惧，对全新的、革命性的事物感到恐惧，对再次学习感到恐惧。现在，在选择辞退同事还是无休止地减薪之间，我们几乎没有时间做出反应：如果再没有行动的话，卡车就会从我们身上碾过。

我不得不在一个我几乎一无所知的编辑部解雇十三个人，其中两个人是马德里团队的，我担心那些没做错事的人反而会被辞退。我询问了领导团队，每个人都有他们自己的候选人，但我不确定他们的选择是出于个人偏好还是基于员工的优缺点。最终我决定在马德里辞退两个领导，他们的职位可以由他们部门的同事替补，这样也能保证工作的连续性。但是当我最终拿到裁员名单时，开始感到无力执行这个任务。无论是辞退那位编造了模特和"足球教父"之间恋情的驻外记者，还是辞退那些几乎不出现在办公室的领导，又或是辞退那位骚扰其部门编辑的负责人时，我都感到很糟糕。其中有些人泪流满面地走进我的办公室，说他们宁愿失业也不想再忍受目前的处境了。甚至是在辞退"裁缝"的时候，他是我们"有天赋的记者"中最粗鲁的一个，但是在他用一篇文章庆祝我的任命之后，我就感到很为难了，他在文章中称我对真相的承诺"以非凡的方式吸引了成千上万的潜在读者"。

不同的是，现在我不得不因为米兰办公室发出的命令而辞退两位记者，他们用了"headcount"这个词来解释他们的命令，这个词看起来像从得克萨斯州的牧场直接取过来用的。截止日期已经过去了，二楼的高管不断地给我打电话，问我是否已经向受影响的人传达了这一消息。

"还没有。"我回答道。我写下又删去想对他们说的话，拿起电话又挂断电话，我还没下定决心拨出他们的电话号码。

情况是这样的：一个可以在塔利班分子之间穿越开伯尔山口[①]的记者，一个可以奔赴福岛核辐射受灾区的记者，现在却在总编办公室里踱步，找不到勇气（或是胆怯）告诉两个把他们最好的年华献给报社的记者收拾东西回家。下班时间越来越近，我终于给他们中的一个拨打了电话。他和我的年纪相仿，

---

① 连接阿富汗与巴基斯坦的重要山口。

在西班牙国内新闻部工作多年后,被调到了数据团队,而我想在该团队做出改变。我从工作一开始就认识他,并且知道他是一位出色的记者,但他去了错误的团队。他看着我,好像我刚刚说的话不是认真的。

"你要赶我走?"

"相信我,如果我告诉你……我永远不会……如果我还有其他选择的话……"

"你他妈要把我赶到街上,就这样?因为什么?"

"我没法给你任何理由,因为没有什么理由,他们要求我们削减员工……"

"这些年,我已经为这家公司付出了一切,现在你却要我回家。就这样?你不知道这对我意味着什么。你对我做了多么糟糕的事!"

同样的情景又发生在了第二位同事的身上,他是国际新闻部的,我又一次发觉我对他说的任何话都无法减轻他的痛苦。裁员的消息传遍了新闻编辑部,仍在报社的记者们聚集在我的办公室门前。我不想说话,因为我感觉自己说不出任何话来,但我还是走出了办公室尝试对大家进行解释。

"只有两个人比我对这次裁员的感受更深,他们是刚刚失去工作的两位同事……"

"端庄女士"感到不得不发表一下自己的意见,她谴责了我们做事的方式。我的副手回应了她的话,然后这两个人陷入

了一场大喊大叫的争执中,我试图继续我的话:

"世界上没有任何一个总编想要解雇他的记者。没有。当我担任这个职位时,我从来没想到解雇同事将是我工作的一部分……"

我停了下来,深吸了一口气,试图继续说下去,但我做不到。我走进办公室,哭了一分钟,然后擦干眼泪,再次走出办公室。我已经崩溃了,在那些认为我应该表现出力量的人面前崩溃了。一切都不重要了,比如裁员不是我的决定,比如我已经尽最大可能避免裁员了,再比如我只在这个位子上干了几个月,在传达解雇通知时,我把这件事视为自己的责任("你他妈要把我赶到街上"),我感到自己对这两位受影响的员工和他们的家人负有责任。我已经足够混蛋到来主编一份报纸了吗?我是否已经毕业了,已经准备好了迎接权力,就像"红衣主教"期待的那样呢?我成了他们中的一个了吗?我说了最后几句话,聚集在我办公室门前的人群消失了。我从远处看到了国际新闻部的那位同事在收拾他的东西,然后低着头离开了编辑部。我第一次感到我不是领导《世界报》的合适人选。

第十二章　系统

在幻想被某些人的野心和另一些人的恐惧毒化之前，在机会主义者利用我们的困境之前，在沉默的多数人被吵闹的少数人拖着走之前，在"记者"和我互相失望但因为好友之间的情分我们俩都把失望藏起来之前，在阿梅利亚最后一次遗憾地表示她没有为我的办公室整修一番之前，而此时我们的电话铃声又坏了，报社衰败之后随之而来的还有一片冷寂，在崩溃之前，在所有这些事发生之前，总有一个标志着开始出错的特定时刻，但你只有回过头来才会识别出这个时刻。十二月的裁员就是这样一个时刻。

"端庄女士"来找我，她对她此前在报社的行为道歉，她说我应当理解，在经过多年的减薪后，人们的耐心已经到了极限，他们在痛苦地抱怨"裁员"这件事。我对她用单数人称感到惊讶，因为在马德里有两个人被裁，而在安达卢西亚和巴伦西亚则有十一个人被裁。

"他是我们中的一员。"她解释说。令人痛苦的裁员是一回事，无法让人接受的解雇则是另一回事。

那位曾在西班牙国内新闻部发展了其职业道路的编辑部领

导的被裁就属于第二类。不仅报社的"贵族"们是无法触碰的，连同那些曾进入"贵族"的圈子并受到其保护的人也无法触碰。

瓦伦西亚和安达卢西亚分社的裁员非常戏剧化，我曾让安达卢西亚的总编在前往马德里工作前向被辞退的员工宣布这一消息，但是这位绰号为"少爷"的领导是不会弄脏自己的双手的。我们这位来自南部的"少爷"将自己所有的精力都花在了处理公共关系、人际交往以及鸡尾酒会上，他在酒会上跳得比任何人都起劲。他是那种可以在不穿过街道的情况下在办公室和办公室之间穿越整座城市的领导，他会在每个"站点"停下，并在发表类似于哀悼记者没法进行实地新闻报道等有意义的演讲之前收取点好处。在马德里他的形象非常糟糕，尤其是在上次安达卢西亚地区的选举中，他在选举之夜丢下自己的工作去参加电视节目，而他的部门编辑却在连夜加班。

"少爷"违背了我的指示，在解雇员工的前夕，他乘高铁来了首都，他的替代者流着泪向好几位优秀的记者通知了被裁的消息。当我在圣路易斯街编辑部的走廊上碰见他时，我问他为何不像我指示的那样待在塞维利亚。他结结巴巴地说了一个令人难以理解的借口，然后我叫他一起去"红衣主教"的办公室开紧急会议。

"过去的二十年里你一直担任安达卢西亚分社的总编，但在通知解雇消息的前夜你为什么离开了？你违背了我的命令。

难道你没有能力站在你的人面前吗？我希望你坐火车回去，在你的员工下班之前露个面。"

"红衣主教"和"硅谷先生"从我的语气听出我是认真的。两人都点了点头，同意了这个命令。

但是"少爷"从来没有坐上过那趟火车，而是在几天后出现在了我的办公室。他以为我已经把一切都忘了，问我打算在马德里给他什么职位。

"我没什么职位给你。你最好去人力资源办公室，为你离开报社做准备。"

"红衣主教"在最后一刻救了他，给他安排了二楼办公室组织活动协调员的工作。他为"少爷"制定了宏伟的计划：他们都是既保守又胆小的人，都将新闻业理解为交换恩惠的行业，并视忠诚为一种令人衰弱的疾病。"红衣主教"将"少爷"安排在旁边的办公室工作，让他成为自己的看门人，正如二十年前霍塔对他做的那样。

"你可以和他做任何事，"我对"红衣主教"说道，"我没法为二楼的事做出决定，但是我不想在编辑部再看到他。"

"你错了，"他回答道，"如果你允许他做事的话，也许他可以帮到你。"

"错的是你。懦夫于这个行业无益。"

"秘书"在这次争端中站在我这一边，他这么做并不是为了声援我，而是因为害怕会被别人夺去"红衣主教"身边红人的角色,并对此感到嫉妒,这让我觉得他稍微有了点人性。他来我的办公室,把他的新对手痛骂了一番,抱怨他奴性十足的办事方式(这和他自己的办事方式是如此相像)。这两个人为了争夺"红衣主教"的"门房"地位陷入了争斗。"红衣主教"一时兴起爱护其中一个人,又一时兴起爱护另一个人,他让这两个人互相对峙,然后又要求他们不要表现得像个孩子。他迫使他们在二楼办公室的大地毯上卑躬屈膝,这是一场有损尊严的争斗。也许所有的办公室里都有类似的人物,但是这类人物在圣路易斯街编辑部能蓬勃发展起来。"红衣主教"在这里建立起一种文化:如果你想要爬得高,就必须先降到最低。

十二月的选举活动开始了,和往年的选举没什么区别,政客之间互相攻击,提议却少得很。我自从拒绝了政府让我们支持他们的暗示之后,就开始努力维持报纸的独立性。我的拒绝使得人民党的一些知名人士开始散布谣言,他们宣称《世界报》的总编是一个危险而激进的左派人士。谣言的兴起不仅是因为我们的新闻路线苛刻地对待人民党的腐败,而且还因为我的举止不符合他们对于一位大媒体总编的期待。当我打电话邀请我们最资深的专栏作家劳尔·德尔·波佐一起吃午餐时,他向我传达了这个看法。

"为您服务,总编先生,"他用他一贯嘲讽的语气说道,"你给我打电话是为了解雇我还是给我降薪呀?"

"第一项被排除了，但是第二项……你知道的，意大利人正在抓紧。"

"这也是我所听说的。如果要勒紧腰带过日子的话，我们会的。"

"我想邀请你吃午饭。"

"我的总编先生，"他说道，"这是我的荣幸。但是有传言称你会带你的客人去维吉塔酒吧，那个报社旁边有着便宜套餐的小酒吧，我的年纪不足以支撑我去这类地方了。"

"我只会带不怎么好的专栏作家去那个酒吧。我们去你想去的地方。"

劳尔·德尔·波佐现年八十岁，还有着对这份职业的热情，而这份热情连那些可以做他孙子的年轻记者都已经失去了。"有天赋的记者"中没有任何一个人（虽然他们怀揣着各自的才华和饭后的政治八卦）有着和波佐一样对于新闻的渴望。他从前总是在截稿前给我打电话，要么告诉我一条独家新闻，要么和我分享一些国家的秘密，要么请求我把他的一篇文章放到头版上去，因为他刚刚从权力的后院挖出一条"独家新闻"。

"如果头版还有位置的话，总编先生。"

我一直试图实现他的这些要求，因为我不想浇灭他保持初衷的热情，至少在波佐身上，把专栏作家描述成"疲惫的记者"是不准确的。

当批评"我们能"党行动的新闻出现时,特别是当我们报纸发布了一系列关于"我们能"党是如何在他们管辖的市政厅处理政务的报道时,关于我被左翼"民粹主义"渗透的谣言便不攻自破了。结果,"我们能"党开始指责我是企图阻止改革的"领导班子"的阴谋中的一部分。该党的领导人帕勃罗·伊格莱西亚斯从电视政治辩论节目闯入政坛,并在经济危机后赢得了那些愤怒选民的投票。我们非常同意他对西班牙的判断,即一个腐败、自负的"一党独大"的统治污染了政府机构并恶化了西班牙的民主,这和从经济大萧条中崛起的金融精英以及总是将目光放到别处的媒体的纵容不无关系。问题是,伊格莱西亚斯提出的大部分解决方案都是从旧的社会手册中提取出来的,而这些手册的践行者最后都陷入了贫困。

我上任后不久,伊格莱西亚斯就来拜访了我。我告诉他,尽管我们的编辑路线与他的想法不符,但我们会按照严格的新闻标准去报道关于"我们能"党的新闻。我以为我已经兑现了对他的承诺,但是他仿佛并不认同。在某次康普顿斯大学举办的活动上,他公开批评了我们负责报道"我们能"党的记者,指责我们的记者只是想要通过报道新闻得到晋升。"如果我为《世界报》工作的话,《'我们能'党的一切都做得很好》这样的新闻就不可能上头版。我得写《'我们能'党做的一切都糟透了》之类的新闻才行。"伊格莱西亚斯说道。实际上,我们这位记者没有像他说的那样肯定一件事或否定另一件事:他的文字仅仅是说明性的。也许正因为如此，他的文章才让伊格莱西亚斯感到困扰。与其他媒体喜欢照着他们的意识形态扭曲甚至捏造报道不同，我们的报道仅仅是对一个政客的成绩、决定和行动进行描述，而政客的最大弱点就是言行不一。

我们的职责是尽可能发掘出保守党在政府中是如何滥用职权的，但我们也要调查那些渴望取代保守党的左派政客的成绩、意图和提议。但这样做也有问题。在选举之前，我们发布了一系列关于维多利亚·罗瑟尔法官的报道，她是"我们能"党的议员，如果该党成功上台的话，那么她就是未来可预见的司法部长。国内新闻部在何塞·曼努埃尔·索里亚部长对罗瑟尔提出起诉后，连续数周报道了这位女法官所谓的不法行为，她被指控恶意拖延司法进程，妨碍司法公正，并收取贿赂，以使她伴侣的商业合伙人受益。我们大部分的消息都基于萨尔瓦多·阿尔巴法官的诉讼，他在取代了罗瑟尔在大加那利岛拉斯帕尔马斯①法院的法官位置后，不断推进该案件。这位女议员曾多次打电话给我，控告这全是法官和索里亚为了打倒她而采取的阴谋，国内新闻部否认了这一说法。我也认为她的说法可信度不是很高。一位部长和一名法官合谋就为了对抗一名加那利岛的女法官？一段时间过后，当我已经不在报社工作时，针对罗瑟尔的起诉被撤销了，阿尔巴法官最终因五种罪行被起

---

① 西班牙城市，位于大西洋中加那利群岛的大加那利岛上。

诉,其中包括妨碍司法公正罪,因为有证据表明他的行为旨在让罗瑟尔法官声名狼藉。但为时已晚,罗瑟尔已经辞职了,她进入政坛的步伐大大受挫。我的新闻得到了司法程序的支持但不足以成为我犯错的借口:作为总编,我没有提出必要的质疑,并且无视了被告周围的人对我提出的疑虑,他们警告过我这是一个阴谋。尽管我可以对自己说,这不过是寻找真相的道路上又一次出错,一次职业上的挫败,但事实是,我的新闻判断被蒙蔽了,因为我想摆脱大家所认为的我正在将报纸向左转的印象,反而加速了报纸的衰落。

政府看到我们的新闻在抨击"我们能"党,便以为我与佩德罗·桑切斯之间有着紧密的关系。桑切斯是工人社会党领导人,当时就算他在最疯狂的梦里也不会想到自己成为首相。他有时会给我发短信("发生了什么事?我注意到很长一段时间以来,所有关于我们党的新闻要么都是负面的,要么就根本没有")。他抱怨我们对他们的待遇不公。如果《世界报》的新总编既不是人民党的人,也不是"我们能"党的,看起来也不是工人社会党的,那么毫无疑问就该是公民党的支持者了。我们在关于里维拉的报道里写道,公民党将会赢得原本属于人民党的选票,他们受到的批评相对较少的原因很简单:该党还没能够管理任何地方。经济部长路易斯·德·金多斯和我在查马丁区的网球俱乐部偶遇时(我从小就在这里打网球,而部长也选择在球场缓解因修复国家充满伤疤的经济系统带来的巨大压力），向我提出了这个看法。我当时正在球场，准备把球杆取出来，部长从远处和我打招呼：

"你不是有份报纸要管吗？"

"你不也有个国家需要从废墟里拯救出来吗？"

之后当我们在球场外相遇时，他指责我说我们成了公民党最喜欢的媒体。在我看来，金多斯是政府机构里最体面的人物了，他比他的同事们理性得多，并且和国家大部分的政客、企业家和新闻工作者不同，他可以抛开西班牙左派和右派的分歧进行理性判断。左派和右派的区分在几十年间成了代表各党派的团体忽略国家整体利益的完美借口，他们投身于使自己的党派获利的制度中，并极力阻止其他党派的振兴。要是所有问题的根源都来自另一派那里呢？司法、警察、政治和政府机构，都被分成了不可调和的左右派。甚至包括新闻编辑部，我曾经记得这里是远离意识形态之争的，但现在报社里也有派别之分了。"端庄女士"代表了左派，她在谈"我们能"党的那些"青年"时，表现出越来越多的亲近之情，与此相反，她总是愤恨地讲述着她在前首相何塞·玛丽亚·阿兹纳尔的政府新闻办公室工作的经历，阿兹纳尔是民主时期最保守的首相。而我们的"二把手"则自封为报社右派的队长，他坚信他的重要任务之一就是捍卫我们的报纸（以及我们的祖国）不受各式各样的共产主义者、女权主义者以及自由主义者的侵扰，因为上述这些人都准备污染西班牙的纯正性。他们俩都没理解我与他们第一次会面时提出的要求：

"不要进行咖啡机旁的阴谋。"

至于那些圣路易斯街编辑部内外不结盟的人，那些相信存在一个远离宗派主义的第三立场的人，被左右党派的人丑化成意识形态上的贫血者和无聊的中间派。那些不明白在他们的战壕之外还有其他人生的人，最终将我也归入了中间派。

当我严肃地说要坚决维护报纸的独立性，并批评西班牙左右党派的废话、荒谬和腐败时，我承认我并没有说服任何人，但是无论如何，当阿尔伯特·里维拉在"必要的西班牙"论坛上提出他自己的议题时，我仍然坚持这个想法。我在选举前夕宣布，我将打破我们报纸总是要求选民支持某个具体政党的传统（在此前的七次选举中，我们都支持人民党）。

"我必须得承认，最近我经常被问到《世界报》在这次选举中会支持哪个党派。许多人认为我们支持的是公民党，支持的首相候选人是阿尔伯特·里维拉。既然现在他听不到我讲话（里维拉就坐在第一排），我要带给他一个坏消息：我们不会为他争取选票。我们不会为任何候选人争取选票。《世界报》不是某个党派的报纸，而是一份有原则性的报纸。我们不支持党派，我们支持提议。我们不会害怕提出让我们的读者不舒服的观点，尽管我们也不会忘记他们才是我们真正的老板，我们对他们负有责任。"

几天后,"斯塔斯基和哈奇"来见我,他们有了加入调查团队以来第一次重大的收获。国会议员佩德罗·戈麦斯·德拉塞尔纳和西班牙驻印度大使古斯塔沃·德·阿里斯特吉,这两个人都是人民党的人,多年来一直在收取佣金,为西班牙公司在海外签下合同提供便利。据称,他们通过这个手段总共收取了数百万欧元,贿赂了不少阿尔及利亚以及赤道几内亚等国的政客和高级官员。

"不错,"我说道,"你们的新闻可靠吗?"

"非常可靠。"

"我们正在举行选举活动,这件事会让选举一团糟的。新闻来源怎么样?"

"新闻来源也很可靠。"

"你们和涉及此事的人员通过电话了吗?"

"通过电话了。"

我知道政府会认为我们在选举活动中发布这条新闻,是想破坏马里亚诺·拉霍伊的连任。"斯塔斯基和哈奇"的这条独家新闻会对人民党向外界释放出的要进行改革的消息产生冲击,并使得拉霍伊与反对派领袖佩德罗·桑切斯的关键辩论变得更加复杂起来。当我们正在准备选举决战的报道时,"斯塔斯基和哈奇"进行了最后一轮调查,他们发现了一条录音,更加证实了阿里斯特吉和德拉塞尔纳之间的阴谋。阿里斯特吉已经从印度大使馆辞职,而政府也在整天迫使德拉塞尔纳离开国会,以便首相可以在辩论中宣称他们正在处理党内的坏苹果。但是这位议员不见了,他们没能找到他。在我们拿到的录音中,德拉塞尔纳正与他的前任合伙人及秘书谈及他在财政部遇到的问题,这给我们提供了概述这一丑闻的标题:

《他们给了我一笔巨款!》

我让"斯塔斯基和哈奇"准备报道,并让负责音频的编辑加入这条录音。一个半小时后拉霍伊和桑切斯的辩论就要开始了。报道已经完成,就差按下"发布"这个按钮了,但是此时报社的领导间爆发了争议。我们应该等到电视辩论结束后再发布这条新闻吗?以免给人留下我们想要影响选举结果的印象。我们要不要把它设为第二主题呢?还是将其设为"独家新闻"火力全开?国内新闻部主编"沉默者"认为最好将该新闻设为第二主题,这样我们仅仅是完成了报道工作,人们也不会将这条新闻视为支持某个候选人。一直忍受着颈椎疼痛的维提总是关注着挂在编辑部柱子上的显示读者人数的屏幕,他赞成这次我们火力全开。至于"斯塔斯基和哈奇",不需要询问他们的意见。

"整页都放这条报道!"我说道。

我们的新闻开始在其他媒体间传播。与此同时,坐在二楼办公室的"红衣主教"正在试图平息来自政府的电话轰炸和愤怒。随后的辩论是民主时期西班牙最艰难的一次,其中最激烈的那一刻，佩德罗·桑切斯用一句话质疑了首相的荣誉："您不是一个正派的人。"这句话也成了这次选举的标志。

投票日到来时，我们所有人都已经准备好了报道这次近些年来最重要的选举活动。我们有数十位记者分布在全国各地，这是国家级报社最大的优势。我通知分析师们开始着手写他们的第一份评估报告。图片和图表团队已经计划好了如何展示这次选举的投票结果。由我的"糖果供应商"梅拉领导的社交媒体团队（她每周都会给我带一包糖果）已经开始填补我们在视频方面的空白了。他们准备了特别报道，其中包括对记者和时事评论家进行现场采访。像大多数从事数字项目的人一样，她的工作特别令人不快，因为人们对这一领域并不了解。她督促报社的"老人"们开通推特账户，让他们同意现场直播或接受培训，这样他们就可以利用这个工具来扩大报社新闻的传播。我来到报社时，网络团队只有她一个人，而且还是兼职，现在这个部门已经成了西班牙新闻界最具创新性、最有效率的团队。

报社准备首次调用视频、音频、数据以及社交媒体团队来报道这次选举，这是弗吉尼亚准备了数月的计划。计票将在投票站关闭后（晚上八点）立即开始，我们唯一担心的是我们的网络可能无法承受访问量的增加。

公司仍然没有对我们所需要的技术投入更多，也没有人相信"系统"——这是报社里一个神秘的信息实体的名字,它让我们得以运行,但与此同时也以其反复无常和经常在截稿时搞砸一切而闻名。网络最初是全世界创新的一个典范,但现在它每个月至少崩溃一次,突然断网的情况有可能持续数小时。除了"公务员"那台无与伦比的苹果电脑外,其他人的电脑依旧在以蜗牛的速度运转。巴勃罗·雅鲁吉,我们科学新闻部的主编,有着阿波罗13号宇航员的勇气,我二十年来从没见过他生气,然而几天前他气愤地来找我。

"我们没法继续这么下去了,"他说道,"我们拥有西班牙新闻界最好的健康与科学报道团队,但他们正在使用要么无法启动要么龟速运行的电脑。"

"失败不是一个选择",这是我们的座右铭,但涉及"系统"时就不是这么一回事了。

从下午开始,我们网站的访问量就在增长,而在计数开始之前的几分钟,访问量更是达到了平时的三倍。在网站的最上方我们放了一个实时更新选举计票数据的表格。经历了数月紧张的政治局面,当他们终于开始计票时,我们的记分牌却一直显示为零。我以为这是他们计票的问题,但当我打开竞争对手的网站时,发现我们是唯一一个没有实时更新数据的媒体。我跑到了要闻部团队的办公桌前,维提用双手抱着头,编辑们则互相望着彼此,就像一群面临任务失败的美国国家航空航天局的工程师一样。

"怎么回事?"

"我们还不知道,但是肯定有什么地方出了问题。"

"妈的,妈的,我们得尽快修复它。"

弗吉尼亚跑着过来了,她的脸色非常糟糕。她是一个高效而有条理的人,我也想成为这样的人。虽然她只在编辑部待了几个月,并且受到了来自领导和其他员工的敌视,但她还是努力走出了自己的路,仿佛她一辈子都在与我们一起工作一样。在未来的艰难时刻,她将向我展示另一种品质:坚定不移的忠诚。

"我去地下室和技术人员谈谈。"她说道。

在这个本来应当是一年中最好的一天,我们网站的流量曲线却开始往下滑。

弗吉尼亚从地下室给我打来电话。

"控件出了问题。它不工作了。"

"赶紧修复它!快!"

我要求和《世界报》的技术支持负责人联系。然而,我被告知,该负责人已经在几个月前离开了,到现在还没有替换的人。"硅谷先生"为我们团队所有网站的首页设计了一个横向的技术服务,但是现在它崩溃了,无法应对此时此刻的紧急情况。我们几个月来的计划和工作,为了维护报纸的独立性而付出的努力,对所有的首相候选人进行的调查,关于阿里斯特吉和德拉塞尔纳的独家报道,所有这一切都付诸东流了,因为我们没法完成一件最简单的事：提供选举结果。

之后的内部调查表明，有人忘记将一个代码添加到将我们的信息系统连接到进行重新计数的数据中心的控件中。负责此事的技术人员那时正在重新设计我们公司的体育日报《马卡报》的网站，并且他们同时还在进行几十个不同的项目。我愤怒地给"硅谷先生"打电话：

"我们干了件荒唐的事。"

"我们会深入调查此事的。我已经启动了调查团队。"

"有什么必要吗？"我问道，"我们的技术部门一团糟，我已经警告你好几个月了。网络每时每刻都在崩溃，系统死机，有人不得不将自己的计算机带到办公室，因为这里的计算机来自旧石器时代。你答应过我会有新设备的，但是我至今没有收到。我们没法继续这样下去了。"

选举结果证明西班牙两党制的时代结束了，同时传统政党遭到了惩罚。人民党获得了胜利，但是因为腐败他们失去了绝对多数的选票，总共失去了大约四百万个支持者。工人社会党受到重创，他们的结果是历年最糟糕的。"我们能"党以69个席位和20%的支持率进入议会。而一段时间以来一直被视为人民党替代者的公民党在最后的冲刺阶段泄了气，以40个席位位居第四。我们开始撰写当天的分析报道，我想让"端庄女士"对我们的网站进行初步评估，但我一抬头，在一台电视上看到"端庄女士"正在第六频道的某个节目里。我去见了"沉默者"。

"她在那里干什么？这可是近年来政治上最重要的一天，她为什么不在编辑部？"

"她和我说今天晚点儿会把她的报道发来的。"

"什么？明天才发？《国家报》已经发表了他们专栏作家的分析文章。我们没法等到明天，现在就需要政治记者的文章！"

"贵族"们还是什么都不明白。我们的竞争就在此时此刻，而他们还在考虑明天。我们的报社老人还在用八十年代的节奏工作，对于他们来说好像一切都没有变（"我太想让该死的互联网时尚消退了！"），而一群年轻记者已经开始在不同的平台上报道好故事了。他们中有一个是刚刚从瓦伦西亚过来的新人。这位"瓦伦西亚人"做事又快又准，他可以自己编辑一段街头采访录像，准备一篇分析文章，或是用几天时间完成一篇深入报道。他们构成了新一代优秀的记者团队，他们的写作甚至比我们的一些报社老人要好。我们报社的一些老人写的文章十分无聊，写作风格像在写报纸简讯，描述议会辩论时像在描述柏林墙的倒塌。他们中有一些优秀的写作者，最后却写得越来越糟，因为他们总是拖着那些早就可以纠正的错误，只是需要有人能在半路上纠正他们，或是他们能够听取沃尔特·李普曼①的警告："自命不凡比酗酒更能摧毁一个记者。"而其他人更是无可救药，就算一个有着十足耐心的海明威也教不了他们写作。一个周日，我在家收到一篇某个"贵族"写的文章，我们本来打算将这篇文章登上头版的。不过，当我读到第三段时，不得不停下，打电话给编辑部，因为我完全看不懂他写的是什么。

"咦，你不知道吗？"当值编辑说道，"我们二十年来一直在重写他发来的文章。"

那些来自各个地方的记者没法自命不凡，这对他们来说是一种运气。他们习惯了在没有什么资源的情况下极限工作，每天可以写上三篇报道，就算这样，他们仍然有时间编辑同事的文章。他们可以一手给文章加标题，一手吃午餐。他们一到马德里，就暴露了"贵族"们的不足，"贵族"们用仇视的目光盯着那些拼命工作的年轻记者，试图寻找能让他们减速的办法。"瓦伦西亚人"是一颗宝石，因此我决定将他安置在要闻部，以防"贵族"们像驯服其他年轻记者一样驯服他，"贵族"们会让年轻的精神在他们的部门里渐渐消退。我看到一些记者的才华正在显露出来；我看到中层管理者对待新闻的方式开放了，他们试图赋予各部门和报社增刊新的生命；我看到那些既

---

① 沃尔特·李普曼（Walter Lippmann，1889—1974），美国作家、记者、政治评论家，传播学史上具有重要影响的学者。

不参加电视节目也不讲大道理的记者做出了谨慎严谨的工作；我看到要闻部的记者们有着更持久的热情，他们可以在完成一天的编辑工作后仍然加班写下那些没人要求他们写的故事；我看到视频、数据和社交网络团队拥有大胆的创造力；我看到报社的女记者们正在不断推进全新的不同的故事；我尤其看到他们所有人为这个与他们不相配的公司付出一切，因此我深信我们仍然有机会做出伟大而又与众不同的事情来。

第十三章 编辑部的老鼠

一个报纸的编辑部可能像食物短缺季节的塞伦盖蒂国家公园①一样。其他行业内部是竞争，对于报社来说就是掠夺和生存。这也许是因为报纸不仅受到老板和同事目光的审视，还受到成千上万读者的关注。记者们膨胀的自负让他们为了在一个有限的空间里取得名气而互相拼命，在你追我赶时露出尖利的獠牙。

我作为实习生来到编辑部时，就学会了这条不成文的领地规则。我的一个领导坚持认为，记者的必读书目不是沃尔夫②的《新新闻主义》，而是西班牙的《国家官方公报》③。

---

① 坦桑尼亚的一座大型国家公园，位于塞伦盖蒂地区，因每年都会出现超过150万只牛羚和约25万只斑马的大规模迁徙而闻名，1981年被列入《世界遗产名录》。
② 汤姆·沃尔夫（Thomas Wolfe，1930—2018），美国作家和记者。20世纪50年代后期开始，沃尔夫致力于新闻写作，被誉为"新新闻主义之父"。
③ 《国家官方公报》(*Boletín Oficial del Estado*，简称BOE)，西班牙政府的官方出版物，其内容涉及公众利益的诸多信息，如法律法规、拍卖公告和政府机关录用考试信息等。

"这里面的故事比《圣经》还多。"

因此,每天早上,我都会花半个小时的时间阅读《国家官方公报》上的法律、法规和新闻,直到发现一些引起我注意的事情。有一次,卫生部宣布停止向数百名患者植入有瑕疵的义肢。经过进一步调查,我发现公共卫生部门负责人没有及时检查并警告患者义肢存在的风险,这危及了患者的健康,而他们这么做似乎是为了节约成本。我当时写下这个故事后,快活地穿梭在同事的办公桌之间,直到我来到了领导的桌子旁。我确信他会拍拍我的后背,然后我的报道就会出现在报纸的内页,甚至可能是头版。结果我遭到了一顿训斥,领导说我不该把手伸到我不该触碰的地方。

"你不是报道医疗新闻的记者,"领导说道,"你觉得负责报道这方面内容的同事会怎么想?"

的确,负责这方面报道的同事非常生气,并且由于他是我们的第二负责人,他开始给我小鞋穿。他总是派我去参加一些无用的新闻发布会,他知道这类报道不会被发表,或者会被存在"冰箱"里,"冰箱"是存放"非紧急"文章的文件夹,我们会在假期或是没什么新闻的日子里放出这类报道。这类文章的冻结期可长可短。有时,保存在"冰箱"里面两年的文章都会在新闻干旱期被拿出来,领导们会拨打两三次电话把它从灰尘堆里取出来,最终这篇文章拯救了当日的头条新闻,领导们会在"鱼缸"大厅的会议上把它当作新鲜材料展示出来。而其余的报道最后基本上都被遗忘了，它们的缺陷让它们无法被发表，而其缺陷恰恰是这些文章已经太多次差点被发表。每个记者的潜在记忆里总有一两个消亡的故事存放在这个文件夹里：这些故事得不了普利策奖（我记得曾有一个大学生卖淫的故事，故事配着我们报社的墨西哥画家"尤利西斯"绘制的大幅插图），但是也没有糟糕到得在冷冻中死去。

领地文化仍然是无法触碰的，年老的狮子继续吞噬着踩在其领地上的幼崽。领导们互相竞争，想将最大数量的下属控制在自己手下，他们用自己的部落和惯性创造权力的岛屿，在这些岛屿上最突出的且不受时间变化影响的工作方式就是超时工作。对于报社的忠诚度不是以工作质量，而是以工作时间来衡量的。有时所有工作都已经做完了，部门也已经下班了，但是没人想成为第一个离开的人。如果你运气不好碰上一个因家庭不和谐而不想回家的领导，那么你的日程表就会变得如地狱一般。那时的编辑部就像牢笼一样，唯一的逃生途径就是走得越远越好，要么成为驻外记者，要么就去一个有着具体办公时间的新闻部门。

在圣路易斯街编辑部，竞争是不健康的，但这也是新人需要学习的一部分。毫无廉耻的竞争和来自朋友的攻击在编辑部都是常见的现象，但在所有这些案例中，大家都会在一类我听闻已久却拒绝承认的物种面前黯然失色：编辑部的老鼠。编辑部的老鼠指的是那一类认为事情越糟于他们就越有利的同事。他们的生存本能让他们总能从混乱中脱身，甚至在混乱中飞黄腾达。我们的这些老鼠向"私密小报"透露假新闻，藏在停车场的柱子后面散布谣言，因为在这类地方谣言的传播速度比在邻居院子里的传播速度还要快。有一天我听到一条"千真万确"的消息，据该消息称，在总编办公室的抽屉里藏着一份想要开除的员工黑名单；另一条"千真万确"的消息称，我想要聘用一位大家从来没听说过的新人；不时地，还听说我有一条"千真万确"的秘密计划，想要取消我们的纸质报纸。纸质报纸尽管一再缩水，但还是给报社带来了不少收入，少了这份收入，我们将无法支付包括总编在内的工资。二楼办公室间流传着我们的销量非常糟糕的谣言，而在编辑部的走廊上则传播着《ABC报》已经超过我们的假消息，事实是那天因为下雨报纸的销量整体都降低了。谣言可以从最荒唐的地方滋生出来。据一位精明的记者称，总编神情不满地离开了办公室，这引起了一系列最超现实主义的猜测，要么是关于内部战争，要么是关于不存在的大清洗运动，要么是关于连我都对之大吃一惊的互相矛盾的问题。这一类离奇的谣言是如何在编辑部内部传播开来的呢？难道我们不正是为了分辨真实与虚假而工作吗？

编辑部的老鼠最不友好的一面就是他们愿意为恶性竞争伸出援手。霍塔的新日报《西班牙人报》在选举日前夕发布了由我们报社委托西格玛多斯公司进行的一项民意测验的结果，而事实是，在他们发布该结果之前，我们一直对此进行了保密。霍塔会抢先一步发布一篇不属于他的报道并不令人感到惊讶：他仍然是那个可以不顾一切抢夺头条新闻的"本·布莱德利"，虽然现在已渐渐败下阵来，而对于他"沃尔特·伯恩斯"的一面来说，从竞争对手手上把新闻夺过来是毫无问题的。让我完全理解不了的是，我们自己人也会将这些新闻传递到竞争对手的手上。在此之前我们曾在一次头版大会上讨论过民意测验的事，因此很有可能是我们报社领导中的其中一位泄露了此事。他们中的哪一个呢？编辑部的老鼠总是偷偷摸摸地秘密行动，他们很少留下线索，尽管你可以通过直觉找到他们，甚至你对此很确定，但你缺乏让他们认罪的证据。在接下来的几个月中，这些老鼠得以寻找到专门为他们打造的栖息地，这要归功于新一轮的裁员、同二楼高管对抗的一群人，以及一些开始抓紧策划阴谋的领导，为了在这场即将来临的风暴中生存下来，他们已经决定牺牲掉任何一个有必要牺牲的人了。

在首相拉霍伊和反对派领袖电视辩论的前夕曝光的关于德拉塞尔纳的录音，让我们与人民党彻底决裂了。他们的领导人不再给我打电话，我猜想已经放弃与我交涉了。人民党的国会发言人拉斐尔·埃尔南多将是我私下会面的最后一个该党的成员，即使是这一次会面，开头也不怎么好。埃尔南多在会面的当天早上给我打电话，询问我是否还要继续我们的午餐。

"当然了，"我说道，"为什么不？"

"因为就在今天，你的报纸给了我沉重一击。"

我打开报纸，发现在《众所周知》这个小栏目里，当日主角的照片中就有埃尔南多的，旁边画了一个向下的箭头，编辑配了一条关于他多次不着调发言的负面评论。

"好吧，"我说道，"我经常会忽视这个栏目。午餐时我会和你解释的。"

企业家、政客和权贵人士对《众所周知》这个栏目的重视程度，和我对此栏目的重视程度并不相符。几周前，我认识了弗洛伦蒂诺·佩雷斯，他是皇家马德里俱乐部的主席以及跨国公司ACS的老板，也是西班牙最有权势的企业家之一。他对我很不高兴，因为我们曾经批评过他的管理方式，对于他这种"无法触碰"的人来说，他不习惯听到批评的声音。"红衣主教"在圣地亚哥伯纳乌球场旁一家名叫"阿尔科塞尔的领主"的酒店安排了这次会面。我觉得佩雷斯是一个有趣、机警的人。他将皇马俱乐部当成企业来经营，使其价值倍增，同时还让皇马获得了有史以来最好的体育成绩。但是同时他又像经营自己的私人农舍一样经营皇马，不懈地寻找机会消灭敌人，并以所谓友好的方式使新闻界对其感到畏惧。在那些日子里，他向米兰来的"红衣主教"不断施压，要求"红衣主教"解雇《马卡报》的总编奥斯卡·坎皮略，而坎皮略是一个不会讨好任何人的好记者。尽管佩雷斯和"红衣主教"的关系很亲密，但是他拒绝在坎皮略担任《马卡报》总编期间，与该报达成任何皇马方面的推广协议。

"《马卡报》的总编怎么可以是巴萨球迷呢？"佩雷斯在午餐期间不断重复道。"红衣主教"傻笑着，接受了来自他"足球老板"的指责。

我为坎皮略感到难过，虽然我们并不是朋友，实际上我几乎不认识他，但我知道他已经是个活死人了，并且我还不能告诉他这件事。在那次聘我为《世界报》总编的纽约会议上，最后一刻记者博尔哈·埃切韦里亚加入了我们，他是"红衣主教"和"硅谷先生"想要聘用担任《马卡报》总编的人选。他们两个看着即将成为这两份伟大报纸的新总编人选（他们称我们为"哈佛男孩"，因为埃切韦里亚也曾获得过哈佛的尼曼奖学金），"硅谷先生"称这将是西班牙新闻界的"梦之队"。他们也和博尔哈谈论了关于战略、传播以及未来项目等问题，但是"红衣主教"是不会在没有向他的潜在招聘对象问出那个他真正在乎的问题前离开的：

"你支持哪个球队？"

我不得不看着地面，因为我很了解博尔哈，我知道他的足球之心在马德里竞技、毕尔巴鄂竞技和巴萨之间。

"马德里竞技。"他为了脱身说道。

博尔哈的办公室经验比我要多得多。他在迈阿密担任环球电视网的副总裁，工作做得很好，并不想改变环境，部分原因是他在《世界报》工作过很多年，后来因为与辛多·拉富恩特一起反对霍塔对于马德里3·11连环爆炸案的"阴谋论"之说，遭到了霍塔的清算，并且他知道我们公司正在衰落。坎皮略最终还是被辞退了，他的副手替代了他的位置。就这样，皇马主席在他的衣柜里又加入了一具敌人的尸体。他下令恢复和我们公司签署皇马方面的推广协议，并再次确认了在西班牙一个总编的命运取决于其工作能力以外的一切因素。

与皇马主席共进午餐后，在再次出发之前，我回了编辑部一趟，查看了当天的报纸头版并做了一些指示。和往常一样，我再次"忘了"检查《众所周知》栏目。当我第二天打开报纸时，弗洛伦蒂诺·佩雷斯的面孔出现在了该栏目中，照片旁边画了一个向下的箭头，我们对他的管理方式提出了新的批评。"红衣主教"委婉地转达了佩雷斯在读到该评论时决定对我说的话，他认为我这么做是出于自负。

"我想告诉你的是，"当我向埃尔南多讲这条轶事时，我说道，"这个栏目除了让我感到厌烦以外，什么作用也没有。"

这次会面并没有产生什么结果。我向发言人重复说道，我对政府没什么恶意，政府的反对派对我们也很生气，因为我们的工作基本上就是这样：致力于惹恼权力。"斯塔斯基和哈奇"拿着德拉塞尔纳和阿里斯特吉的新闻来见我，不是因为我曾向他们提出指示要给人民党沉重一击，而是因为他们闻到了来自人民党办公室的腐败气息。"伍德沃德"得到了巴塞纳斯指控首相拉霍伊知道人民党小金库存在的判决书，不是因为他想破坏"红衣主教"和政府之间的友好关系，他只是追踪了新闻，并于当天早上找到了它。如果腐败新闻经常出现在我们报纸的头版上，这也不是因为腐败是我喜欢的新闻话题，与此相反，我一直更喜欢在头版上放些科学、国际或是社会方面的新闻。实际上，我告诉埃尔南多，如果他的党派可以一次性清理干净他们的柜子，那么我的生活会轻松很多。

我开始感觉到政治力量正在朝对我不利的方向发展。某个加泰罗尼亚警察专员通过我周围的人告诉我，政府正在采取行动迫使我离开。《公共的镜子》节目主持人苏珊娜·格里索邀请我参加她们团队的圣诞晚宴，她警告我正在面临着风险。

"我不清楚你是否知道该怎样和这群人打交道，"她说道，"你树敌太多了。很快他们就会来找你。"

"你觉得我正走在'短命总编'的道路上吗？"

"有些事情，比如在竞选活动中放出德拉塞尔纳的新闻……这是很勇敢的举动，但是他们不会原谅你。"

当我们吃完晚餐时，格里索建议分头离开餐厅。她是一个名人，到哪里都被一群狗仔队跟着。

"明天你就会在头版上看到《世界报》总编正和女主持人厮混的娱乐新闻。"

"这正是我缺的。马上我的妻子也要出现在生我气的名单上了。"

摄影师们正在门口等着。告别时,我俩从不同的出口离开,格里索再次重复了她的建议:

"想想,也许你应该稍微放慢一点脚步。"

《世界报》近期发生的事并不乐观。如果他们能成功赶走霍塔,那我对他们来说更是小菜一碟。解雇卡西米罗·加西亚·阿巴迪洛时也没什么问题。作为霍塔的副手,他一直承担着与西班牙领导层保持联系的角色,他会处理人事关系,并且在总编做得太过时扮演"好警察"的角色。但是在卡西米罗担任总编之后,他就让"红衣主教"大吃一惊,并且不断在报纸上发布危害"红衣主教"朋友的新闻。一位《国家报》的前总编告诉我,在某次 IBEX 公司的企业家和政界人士的会议上,某个参会者用一个问题总结了卡西米罗的格格不入和处境的脆弱:

"就为了他,我们竟然花费了那么多力气赶走了另一个人!"

"另一个人"当然指的是佩德罗·霍塔。没人比霍塔本人在谴责腐败后承受的后果更严重了。在我前往亚洲之前,《世界报》的创始人成了一场阴谋的受害者,他们试图通过向大众发布霍塔的一段性爱录像来摧毁他,在该录像中霍塔似乎正在和他的某个名叫艾克斯苏佩然西亚·拉普的情人进行性关系。前高级官员曾贿赂这名女子,为霍塔设置了这一陷阱,使得他们能够在霍塔公寓的壁橱内记录下这一场景。之后磁带(当时互联网还处在起步阶段)被邮寄给了政客、企业家、记者、官员、学生以及个人。1997年夏天，我前往马德里欧洲委员会总部进行采访时，发现一群公务员正围坐在电视机旁看录像。他们也邀请我看录像，就像在邀请我看一场足球比赛一样（"看看你老板的所作所为"）。我转身离开，并狠狠地关上了门。编辑部成员前所未有地团结在了一起，捍卫我们的总编，阻止那些人利用总编的私生活来攻击我们的报纸。有时我们担心霍塔会自暴自弃，因为关于该视频的流言越来越多，我们可能会看到霍塔悲伤地走在普拉迪洛街上，为自己的亲密关系被暴露在全世界面前而崩溃。但是，与此相反，霍塔决定将丑闻扭转过来，他承认了录像的存在，让我们最好的调查记者弄清楚谁是幕后黑手，并在得到调查结果后，在报纸上发了一篇五栏的报道：《维拉、迪拉普和前首相冈萨雷斯的前助手，为了攻击〈世界报〉总编而拍摄了性爱视频》。这条新闻讲的不再是总编在空闲时间做了什么或没做什么，而是关于权力的衰败以及谴责权力会带来怎样的后果。

我是不是过早烧了太多的桥？假如我所认为的为报社辩护的行为，实际上是在伤害它呢？也许是时候检查损失的情况了，给伤口愈合的时间，然后给一切都降降温。"红衣主教"对我的主要批评是：我没能控制好我的记者，也没有指导他们朝着正确的方向前进。对于他来说，我就像一个不成体系的足球教练，坚信自己拥有一支出色的球队，并告诉我的球员们去球场上玩得开心。

"你的前任总编们都没像你这样行动过,"他说道,"他们和你一样办新闻,但是他们会考虑时间因素。你现在做的事情对任何人都没有好处。"

"红衣主教"开始利用第三方来强迫我进行整改。每隔一小段时间,他都会在圣路易斯街编辑部地下室的"小酒吧"包厢里组织午餐会。这个"小酒吧"特意建在这栋建筑看上去被废弃的那部分,人们得从大楼的后门进入,这样就可以保护那些不想被人看到的访客的隐私。尽管"小酒吧"离员工们的自助餐厅只有几米远,但许多员工根本不知道它的存在,这对于那些总抱怨公司旁酒吧饭馆太少的员工来说,是个令人难过的消息。在一个隐蔽的拉门后面是一个装饰典雅的接待大厅,以及一个招待权贵的包厢,这里提供从马德里最好的餐饮服务商那里订购的餐点。我很快就厌倦了这个高管们的餐厅,因为我将它与我工作中最讨厌的一部分联系在了一起:为了吸引广告商而进行的令人昏昏欲睡的会议、一天繁重的工作后还必须要参加的政治晚宴,以及那些关于报社未来的辩论,最后总是以牛头不对马嘴的对话结束,因为"红衣主教"无法理解为什么他的总编总是想继续当一位记者,而我也无法理解为什么他总是无法表现得像一位记者。因此,我们在那些晚上告别时总是得到相同的结论,我们没有完全坦白:我不是他想要的总编,他也不会是我喜欢的记者。

我之所以能忍受我们之间的关系，那是因为我还继续拥有报纸的编辑控制权，"红衣主教"就算不同意我的看法，也仍然维持着他无懈可击的做事方式。一天晚上他召集我去"小酒吧"开晚会，我和他说我没法参加，因为那天是妻子卡门的生日。他一整天都在坚持，保证这次会议极其重要，尽管我觉得没那么夸张，因为我完全不记得当天所讨论的内容和参会者了。

他说："没有你我们就没法办事，这样的话我只能取消会议了。"

我去参加了会议，第二天卡门收到了一束花，以及"红衣主教"寄来的一张便条，便条上他为昨晚把我耽搁了而感到抱歉。随着时间流逝，我发现"红衣主教"的做事方式是他最好的武器，因为从他的做事方式中人们永远看不出他的真实意图。那时他已得出结论，自己不是一个特别勤奋或出色的社长。他缺乏魅力和思想深度，也没有准备好领导一家正处于转型期的大公司，并且没打算学习如何去做。他重复着那些从别人那里听来的想法，把它们当成是自己的；他努力假装拥有那些对他来说最陌生的美德，虽然一开始大家都认为这些美德是他这个位置的人应当拥有的；他以热情洋溢的虚假态度处理着友谊，远离那些察觉出他局限的人，并与另一些假装没看到他局限的人做朋友。所有的这些缺陷，他都用他擅长伪装的天赋，以及从红衣主教马萨里诺（1602—1661）写的阴谋手册中看来的计谋进行了弥补，马萨里诺主张当权者应该像"粉饰面部"一样粉饰他们的内心。"红衣主教"的反对者,甚至那些不是他敌人的人,都反复犯下同样的错误,即从来没有透过他的面具来看他。他温和的个性使你认为他是无害的,你还以为是和一条友好的海豚一起游泳,从而放松了警惕。当你发现他其实是一条鲨鱼时,已经为时过晚。

那次晚餐几天后,我告诉他我们这样是行不通的。

"我只请求你一件事情。你想清理我的那一天,请如实告诉我,我不会造成任何麻烦。我不知道怎么处理阴谋。它们让我感到厌烦。我只请求你给我打电话,我们可以谈谈,然后把问题解决了。我绝对不会做出伤害报社的事。"

"从哪里来的这些话?"他回答道,"这个项目中我们是一起的,我们也会一起前进。"

"好吧!"我坚持道,"如果事情有了变化,如果你改变了主意,请马上告诉我!"

大选之后,我们又收到了新任老板劳拉·乔利的消息。她想在报纸上接受采访,在与我们的一位记者会面时,她被问到公司的计划。

"我的公司计划是有野心的,但同时又是务实的。我并没有期望大幅增长收入(每年累计增长 1.5% 即可),但我考虑成本可以大幅下降(总共节省 6000 万欧元,其中 1500 万欧元为人工成本,在意大利节省 1000 万欧元,在西班牙节省 500 万欧元）。"

我将采访内容发回米兰，建议乔利修改一下，因为我不想让员工在读报时发现自己的工作正处于危险之中，但乔利回复说她不想做任何更改。她的话像炸弹一样砸了下来。那天，我在各部门巡视时，发现每个人的脸上都写着悲伤和恐惧。无论问他们今天的新闻话题是什么还是现在几点了，他们的回复都是一样的：

"这次要裁多少人？"

我不知道要怎么回答他们，尽管只需要查看一下乔利想要节省下的数目，就知道这次裁员的人数将会非常多。也许意大利方面是正确的，我们的确需要削减成本，问题是从什么地方开始削减。我们不能再像之前那样继续裁掉那些可以创造内容的记者了，而二楼的高管们却能保留着他们的特权和职位，这是我们衰败的主要原因。"红衣主教"维系着一个由他的朋友们组成的董事会，这些朋友批准了他做的所有决定，并因此得到了丰厚的回报。"私密小报"发布的"董事会成员在金融危机中的收入超过3000万欧元"的新闻震惊了整个编辑部，并进一步拉开了圣路易斯街一楼和二楼之间的距离。这些高管的生产力、工作内容和能力对于做报纸的人来说，就是一个谜。例如，我们的一位高管是一个风度翩翩、衣冠楚楚的意大利人，他从佛朗哥时代就开始做事了，除了担任"红衣主教"在米兰的联系人之外，谁也不清楚他到底在做什么。

"意大利人"在编辑部有个办公室,但他从来都没有出现过,我们可能几个月都不知道他的行踪。但这位意大利的花花公子不会错过鸡尾酒会以及报社举办的庆祝活动。他是一个极其自恋的人,总是很在意他在报纸上的照片,每次照相时都会竭尽全力地展现自己的帅气。他第一次来总编办公室找我是为了表达他的愤怒,原因是在"必要的西班牙"论坛的一张照片中,他闭着眼睛出镜了。

"你理解的,"他对我说道,"我给大家留下了糟糕透顶的印象。"

我憋着没有笑出来。我告诉"意大利人"这确实是一个令人无法容忍的错误,负责人将受到一定的谴责。我去见了拍照的摄影师们。早些年在报社工作时,我曾和报社里的一些摄影师前辈一起报道过洪水和其他一些事故,但是我们之间的信任并没有让他们把我的"极其失望"当回事,我提醒他们拍的照片没有展现出我们的高管为公司所做出的巨大努力。

"这里就有一个例子。'意大利人'闭着眼睛出现在了照片中,好像他对这场公司举办的活动不感兴趣似的。这样是没办法办报纸的。"

"确实如此,老板。"其中一人讽刺地说道。

"好吧,好吧……不会再出现这样的事了。"

"明白了,老板。永远不要拍一张人物闭眼的照片。但是,老板……"

"是……"

"我们会努力拍出一张'意大利人'睁着眼睛的照片……"

"很好,很好。你们明白了我的意思。"

"但是,你可不可以要求他在活动期间一直保持清醒的状态。这样我们的工作会轻松很多。"

大家爆发出一阵大笑。

回到办公室,我开始思考,刚刚的场面引发了我到底是公司高管还是编辑部记者的疑问。我被编辑或摄影师包围,要比被二楼的高管包围舒服得多。但是我领着总编的工资,有一辆公司配的汽车,在公共活动中我代表着整个团队,并且我的职责不只是确定新闻标题或是报纸头版那么简单。一楼和二楼,是两个截然不同的世界,并且相互之间越来越对立,它们正拉扯着我,朝着不可避免的冲突行进,最终我很有可能被这两个世界都碾轧而过。

第十四章　王后

国王邀我去萨苏埃拉宫①与他见面,这是我们在国庆节招待会上商定好的会面。把车停在宫殿门口时,我开始明白当初摆脱私人司机所带来的不便。门房打开了我的大众高尔夫的后门,等了几秒,见没人从后门出来,于是把头伸到了车里,以为我是总编的司机,问道:

"《世界报》的总编呢?"

"就是我。"

"啊,抱歉,没有司机的客人不能在这里停车。"

我把车开到了他指示的地方,然后朝着宫殿门口的方向走去,从那里我被带到了国王的办公室。

十八年前,我曾在普拉多宫殿报道过国王的姐姐克里斯蒂娜公主和手球运动员伊纳基·乌丹加林的订婚典礼。当时的王室正处于鼎盛时期。胡安·卡洛斯一世国王是一位有着超凡魅力的人,他阻止了西班牙1981年发生的政变。王室中充斥

---

① 位于马德里市西北部郊区的一座宫殿,现在是西班牙费利佩六世国王和莱蒂西亚王后一家人的住所。

着各种桃色新闻,"皇家"报社遮盖了国王的纵酒狂欢、不忠、腐败等行为。王室所拥有的信息公开豁免权使得王室成员们相信他们可以为所欲为。乌丹加林将之视为绝妙的机会,充分利用自己新加入王室的身份来发大财,没花多少工夫就成功地让一些政客和他一起腐败,给他合同以贪污公款。

正义终于来临:人们开始着手调查,王室的丑闻被曝光了,《世界报》打破了"王室是不可触碰的"这一不成文的规定,再次体现了霍塔好的那一面。"乌丹加林案"是胡安·卡洛斯一世统治衰落的开始。人们得知,国王在西班牙经济大萧条最糟糕的那些日子里,和他的情人科琳娜·祖·塞恩·维特根斯坦公主逃到博茨瓦纳享受猎象的乐趣,他的个人形象一落千丈。国王在旅途中摔伤了胯部,这暴露了他那次因显而易见的原因试图隐藏起来的旅行,他被迫对此进行公开道歉。但是已经太晚了:当时,丑闻使得波旁王室陷入了托尔斯泰式的情节——"幸福的家庭总是相似的,不幸的家庭各有各的不幸"——忠诚的冲突、王室的纠纷和家庭的指责。现在是几十年来一直保持沉默的媒体对其进行详细披露的时候了。君主制被撼动,为了让王室生存下来,胡安·卡洛斯一世让位给了他的儿子费利佩六世。

新国王已经即位一年了,在宣布"新时代的君主立宪制"成立后,他试图让一切恢复秩序。他的想法是让王室恢复到正常状态,并在可以接受的范围内进行改革,王室的生存取决于这些变化最终不会质变为革命。国王已经批准提高王室财务的透明度，大幅度减少贵族头衔的授予，并向当时还不受欢迎的群体（包括同性恋社区的代表）敞开萨苏埃拉宫的大门。没有什么比国王的姐姐克里斯蒂娜的税收犯罪案和姐夫乌丹加林在"诺斯案"中受到的腐败指控更能考验国王的改革决心了。国王试图说服克里斯蒂娜放弃她的继承权，但没有成功，她的拒绝迫使国王要在家庭和王室之间做出选择。国王总是被教育要优先选择后者，因此虽然克里斯蒂娜和他母亲一样是他最爱的家人，但他还是和他姐姐决裂了，并撤销了她帕尔马公爵夫人的头衔。

可以肯定的是，无论是新国王还是他的妻子莱蒂西亚王后（一位没有皇家血统的记者），都无法得到公众从前对老国王的那种信任，这种信任曾将君主制包裹在一层保护膜中，这让那些报道王室新闻的媒体很是愤怒。和胡安·卡洛斯的热情相反，费利佩六世在公共场合中表现得疏远而正式。有着谨慎性格的国王在近距离交谈时要亲和一些，会变成一个主动而有趣的交谈者，也许是为了弥补官方活动的无聊和烦琐的礼节。我在胳膊下夹了一本自己写的《世界上最幸福的地方》，走进他的办公室，当我把书送给国王时，他要我在书上题字。

"嗯……"我说，"我不知道怎么给国王题字。"

"我猜和给普通人题字一样。"他笑着说道。

"普通人，当然了。"

我送给国王的这本书是写不丹的,我们两个都知道这个国家。我在九十年代末第一次访问了该国,为了报道吉格梅·辛格·旺楚克①国王诞辰二十五周年。这位喜马拉雅山小国的君主通过向世界开放自己的国家来庆祝这一日子,允许互联网进入,并解除了臣民观看电视的禁令。

当我七年后再次回到不丹时,开放政策已经改变了他们的社会:《护滩使者》之类的连续剧里穿着比基尼的模特和浪漫的情节结束了不丹人对身材丰满的女人的偏爱;年轻人了解到大麻是可以吸食的(之前不丹人只知道用大麻来提高猪的食欲);当我第一次到这里旅行时,首都连一个红绿灯都没有,但现在他们开始有了交通堵塞的苦恼;几个小酒吧开张了,青年们歪戴着帽子玩起了说唱,女孩们则改变了传统的装扮,把之前藏在书包里的迷你短裙拿出来穿了起来。但是,真正的改变是(每次我问不丹人这件事,他们都会为之落泪),不丹国王决定结束绝对君主制,让位给民主。他是有史以来第一位用如此共和主义的理由宣布让位给他儿子的君主:"如果人民幸运的话,将来在王位上他们将拥有一个热忱的、有能力的君主。但是从另一方面来说,这个继承人也可能是一个平庸的,甚至是毫无能力的人。"

费利佩六世似乎与这些都无关,从认识国王的朋友那里我

---

① 不丹国王,曾在印度和英国留学。

得到的印象是，他是一个好人，当然他比我之前打过交道的任何政客都要有准备得多。他会说多种语言，旅行过很多地方，能驾驶战斗机，会谈论文学，也会辩论地缘政治和平衡预算。他所有的这些技能都源自他一出生就获得的特权，这是一个矛盾，而他无法逃脱这个矛盾。谈到不丹旺楚克国王的姿态以及他的自愿退位时，费利佩六世说他能想象旺楚克远离了宫殿、永无休止的接待会以及官方活动的生活。

"西班牙是一个民主国家，如果有一天这个国家的大多数人都不喜欢我了，那么我的离开将不会成为一个问题，我会去做些别的事情。"

从他说话的方式来看，我觉得这是他的真实想法，而且我认为他在一些灰暗的日子里一定也渴望过这样的生活。他给我的印象是，尽管拥有特权和人们的关注，但对于国王来说，这座宫殿绝不是他在这个世界上过得最幸福的地方。对于莱蒂西亚王后就更加不是了，因为她不是在那种穿着紧身胸衣的环境下长大的，很难适应这种公共生活。

与国王会面几周后，我们一直处在新闻枯竭期，手头没有什么可以放上报纸头条的新闻，"内政人士"突然拿着几页材料走进了我的办公室。他说，这些材料中包含了国王王后发给费利佩六世年轻时的朋友、西班牙最重要的房地产公司比利尔·米尔集团的首席执行官哈维尔·洛佩斯·马德里的私人信息。洛佩斯·马德里与班基亚银行（一家由国家管控的银行）其他董事的"黑卡"消费账单被曝光五天后，这些私人信息就被交换了出来。这些人通过所谓的"黑卡"向班基亚银行支取费用，再用"黑卡"上的钱进行夜间玩乐、购买奢侈品和艺术品、支付滑雪旅行的费用以及提取现金，"黑卡"可以用来欺骗财政部门。国王的朋友洛佩斯·马德里并不是他们中最奢侈的人，但他曾使用班基亚银行的"黑卡"支付了一笔34087欧元的私人款项。

班基亚银行的丑闻以及这些逍遥法外的主要肇事者，是让西班牙陷入经济大萧条的关键原因。国家不得不出手救助班基亚银行。几十年来，各个政党、组织和企业家通过走后门的方式将他们的人插入该银行的董事会中，尽管这些人对银行业务一窍不通。成千上万的储蓄者，包括那些患有阿尔兹海默症的老人，在被劝说进行风险投资后损失了财产，银行的董事们却依然过着穷奢极欲的生活，当然这笔钱是由纳税人来出的。媒体在这件事上选择站在另一边，他们拒绝调查由房地产巨鳄、银行家和地方政客组成的小团体，原因很简单，因为他们已经成了主要的受益者。房地产公司新的促销广告，有着"无与伦比"条件的贷款广告，充斥着报纸页面。因此，当政府用操控过的账户和无法兑现的承诺推动班基亚银行上市时，记者当中没人有兴趣调查此事，尽管该银行的上市最后会让成千上万投资者掉入陷阱。蒙克洛亚宫召集了西班牙主要报社的各个总编,要求我们支持这项行动,其余的部分则由"协议"来完成。在班基亚银行股票上市的首日,报纸对于该事件用的新闻标题为《成功》。这的确是一次"成功",对于政客、企业家、经理和我们的广告部门人员来说。

从"内政人士"手上掌握的消息来看,莱蒂西亚王后淡化了洛佩斯·马德里用"黑卡"消费的事实,这表明了她支持洛佩斯·马德里,同时她还侮辱了我们的社会纪事及娱乐新闻增刊《其他纪事》。

"当屎一般的《其他纪事》发表了那篇关于'黑卡'的文章(王后指的是那篇我们曝光了费利佩六世和洛佩斯·马德里之间关系的文章)时,我给你发过消息。你知道我是怎么想的,哈维尔。我们知道你是什么样的人,你也知道我们是什么样的人。我们彼此认识,彼此爱护,彼此尊重。其余的,都是屎。一个巨大的吻(想念你)!"

"非常感谢你们,"洛佩斯·马德里回答道,"以后我会格外小心的,我们生活在一个很艰难的国家,我会更加注意自己的行为。"

此时,费利佩六世国王加入了谈话。

"也很想念你!我也来加入你们的谈话,不过我觉得最好不要用电子设备或电话来聊天。要不明天一起吃午餐吧？一个拥抱。"

我们拥有了一则爆炸新闻，但这次我不清楚是否要发布它。在接下来的两个小时里，我们在总编办公室中就国王隐私权的界限、有利益关系的新闻发布、新闻调查以及总编的责任（不仅要对报纸内容负责，还要对那些他想发布却不该发布的内容负责）等问题展开了激烈的讨论。只有我们的增刊负责人和《其他纪事》的主编理查·基尔赞成发布这则新闻。他曾是我们报社驻巴黎的记者，回国后升任至霍塔的副总编，从此一直承受着无法用金钱补偿的工作压力。一路走来，他成了一个不相信任何人的人，这是一个驻外记者重新回到编辑部工作后的典型变化。基尔被霍塔施加了太大的压力，于是当卡西米罗·加西亚·阿巴迪洛就任总编时，他被降为增刊负责人，这使他能够远离新闻第一线并享受更舒适的生活。从他担任我上司的时候起，他和我就一直相处得很融洽（国际新闻也归他管），而且为了补偿我繁重的工作，他有时会特别派遣我去报道澳网公开赛或在新加坡举办的一级方程式赛车。

他过去经常说："别忘了，你拥有报社最好的工作。"

基尔是一位优秀的新闻工作者，他还有个额外的优点，是为数不多的从不拍"红衣主教"马屁的人之一。他对"红衣主教"感到不满，有时甚至还会来找我索要"红衣主教"的人头。他最大的缺点是，在霍塔手下工作了这么长时间，染上了霍塔容忍作弊行为以及漠视良好新闻实践的毛病。我总是跟在他身后，提醒他要看管好在他手下的增刊工作的两三个记者，因为这些记者一方面给你交出最佳的周末报道，另一方面也会犯下错事，这使得我们的律师绝望无比。我每次去见基尔，都提醒他今时不同往日，或许他应该做出些改变了，他用奇怪的眼神看着我，好像正在想：

"这位新总编真有意思，他想要我们带给他精彩的故事，却又不让我们脏了靴子。"

我们的这位增刊负责人建议发布这条新闻，我们可以说国王给洛佩斯·马德里发送了支持他的消息，但是不要透露信息的具体内容。

"我们既讲了这个故事，又没有侵犯国王的隐私。"

评论部的负责人，同时也是编辑部的道德标杆之一佩德罗·加西亚·库尔坦戈认为，除非国王和王后的谈话内容显示出犯罪或不道德的行为，否则国王有权享有其隐私权。这和拉霍伊发给巴塞纳斯的信息是截然不同的，因为当时这位前司库藏在瑞士的金库已经被发现了，而首相发给他的消息表明拉霍伊想要掩盖其腐败行为，而且还表明首相与这位曾支付给他超额工资的司库有着同谋的关系。尽管我们可以指责王后的轻率行为，但是没有证据表明她知道洛佩兹·马德里的开销超出了媒体上的报道，也没有证据表明她有保护洛佩兹·马德里的举动，或者有意帮助他摆脱困境，更没有证据表明她可以从此事中受益。

"听起来像做'肮脏事'的秘密警察干的。"他说道。

费尔南德斯部长继续利用他手下的专员和部门负责人来消灭人民党的反对者，与此同时，警察派系间的斗争已然失控。没人比比利亚雷霍在做双面警察方面更成功的了，在我决定切断我们的关系之前，比利亚雷霍一直是报社的消息来源。司法部门开始调查一名警察的财产，他通过向几十家公司提供服务而变得极其富有，这些公司的名字起得非常引人注目，比如其中一家公司叫"独家商业交易俱乐部"。比利亚雷霍手下的秘密警察和其他专员给他们的客户制作特殊"情报"，客户利用这些"情报"来进行他们的内部斗争、商业对抗或个人报复。信息、音频以及任何其他对于权力斗争有价值的材料，都被比利亚雷霍称为"阴道信息"，他们通过妓女和模特从精英们的卧室里提取秘密，并对政客进行监视。

这些专员曾经服务过的客户有西班牙的三大银行（桑坦德银行、凯克萨银行以及西班牙外汇银行）、大型能源公司（西班牙国家石油公司、伊比德罗拉公司）、财富继承人苏珊娜·加西亚·塞雷塞达（她在"拉芬卡"家族的遗产传承战中，曾委托姐姐尤兰达进行间谍活动），以及塞维利亚商人胡安·穆尼奥兹（他是电视明星安娜·罗莎·金塔纳的丈夫）。不同政党之所以都选择站在他那边（比利亚雷霍经历过十一任内政部长却依旧逍遥法外），是因为比利亚雷霍手中的四百多份档案的主角就是这些政客、商人、新闻工作者以及其他重要人物，这其中就包括科琳娜·祖·塞恩·维特根斯坦公主。国王胡安·卡洛斯一世这位情人的音频最终被公之于众，这进一步恶化了费利佩六世父亲的形象。国家的这些"肮脏事"从部长办公室渗透到 IBEX 公司的高管办公室，从皇宫渗透到新闻编辑部。

国王的朋友洛佩斯·马德里认为比利亚雷霍是自己人，因为比利亚雷霍截获了洛佩斯的家人及其周围的人连续收到的几十个匿名骚扰电话。这位 OHL 建筑公司①的顾问以及比利尔·米尔集团的首席执行官怀疑这些骚扰电话的背后是马德里上流社会的皮肤科医生艾丽莎·宾托，他数月前曾去她的门诊室除了一颗痣，这成了他们风流韵事的开端。但他们的分手变成了一场公开的战争，宾托控告比利亚雷霍在她十岁的儿子面前刺伤了她，据称这是应洛佩斯·马德里的要求。

企业家和皮肤科医生之间的控诉和反诉最终导致了国民警卫队的介入，他们甚至带走了洛佩斯·马德里的电话。我们收到的泄露信息是洛佩斯·马德里曾从手机上删去但又被警察复原的聊天记录之一。如果这是"沉默者"所说的肮脏行为，那

---

① 一家总部设在西班牙的跨国建筑公司，主要经营基础设施、商业地产、住宅楼和收费公路的建设。

么我们在不彻底调查清楚其背后的内容之前就无法发布这条消息。卷入双面警察行动的专员已经被司法系统盯上了,他们威胁说,如果不停止对他们的调查,就会曝光权贵们的私人通话。他们再次找到那些不提问题、愿意先发布再核实的记者。

我决定先不发布这些短信的内容,但是会继续追踪谈话记录,并调查国王夫妇的朋友以及秘密警察的敲诈行为。我上楼去见了"红衣主教",告诉他我的决定。

"我认为你不发布这条新闻是正确的。"他说道。

但他立即就搞砸了这个直到那时还处于新闻领域的决定,无论正确与否,他都会打电话给王室邀赏的。在这个伟大的"互惠游戏"里,任何机会都不会被浪费。所有的敏感信息都有其价值。而没有什么比藏在抽屉里的消息更珍贵的了。

两天后,ElDiario.es① 公布了国王夫妇的私人短信。两年后,当我得知透露给我们消息的人是皮肤科医生周围的人,而非那些干"肮脏事"的警察时,此人已经离开去了另一个地方。编辑部的大部分成员都不知道我们掌握了这条消息,但是我的"二把手"让我们所有的记者都知道了此事。这位副手给所有部门的负责人群发了一封邮件,在邮件中他警告说总编不希望大家复制该邮件。他完全没有提及我们在会议上讨论到的观点,也没有提及我们对信息来源的怀疑,更没有提及他曾是

---

① 一个西班牙电子报网站,成立于2012年9月。

该决定的主要捍卫者之一。当我要他给我一个解释时，他对我说这是一个小错误，他以为他只是把邮件发送给了我们网页的编辑主管。我不相信他。他的不忠是如此明显，以至于从各个方面我都察觉到了，毫无疑问他的目的在于引发一场大火灾。

我前往韦斯卡①参加第十七届数字新闻大会的开幕式。那天，当我在火车上审阅自己的演讲稿时，编辑部里的大家却在为总编为何不愿意发布这篇独家报道而制造出各种流言蜚语。王后在那个对话中称我们的增刊为"屎一般"的事实，使得我这个决定变得更加令人难以理解，虽然对于我来说这是一句无关紧要的话。《其他纪事》开始严厉地批评王后——最主要的批评者是评论员海梅·佩纳菲尔，她每周都会在上面发表文章——而在圣路易斯街编辑部的走廊上，每天都能听到说我们的这份娱乐增刊更差劲的评价。

国王夫妇的丑闻现在已经出现在了所有媒体上，我要求发布这条新闻，但要注明来自 ElDiario.es。理查德·基尔，作为增刊的负责人，将会写一篇文章回应莱蒂西亚王后。王后对增刊的侮辱让我们有理由作一个讽刺性的回应，但《其他纪事》的编辑选择了一篇用词更加严厉尖刻的文章，他们试图让王后变成一个可笑的人物。我们在《其他纪事》的头版上放上了这

---

① 位于西班牙阿拉贡自治区北部。

篇文章，标题为《我是"屎一般的〈其他纪事〉"的负责人，王后殿下，希望您继续阅读我们的内容》。"红衣主教"愤怒地给我打来了电话，我很少见到他失去冷静的样子：

"你和我说过不会发布这些私人信息的。"

"这些信息已经被公开了，所有媒体上都有。现在，尊重隐私已经没用了，我们没法不报道。"

"你不知道这意味着什么。我已经给王室打过了电话，我告诉他们我们不会发布这条新闻。"

"你没有发现吗？这个国家所有人都知道王后称我们的增刊为'屎一般的'了。我们得做出回应，而我们的选择是最合适的，一篇来自《其他纪事》编辑的回应。"

我在韦斯卡发表讲话时脑子里还想着马德里的事，急切地想要回去了解清楚情况。我乘坐第二天一早的火车回马德里，半路上接到一个电话，手机上显示该号码为"隐藏号码"。当我接起电话时，另一头的人说道：

"你好，我是国王。"

我想挂断电话，我现在没心情开玩笑。然后我意识到这个嗓音很熟悉，是费利佩六世。

"大卫，你好吗？我给你打电话是以我和王后的名义给你道歉。"

"好吧，其实没必要。"

"那些对话是不妥当的。"

国王向我解释了与洛佩斯·马德里私人谈话的背景，并告诉我，他知道我们之前放弃了发布这条新闻。我告诉他我觉得这太私人了，只有当这些新闻透露出违规或犯罪行为，我才会发布它们。

"我理解，我理解。王后就在我身边，她也想和你谈谈。"

莱蒂西亚王后为她对《其他纪事》说的话感到抱歉。

"我理解你们的编辑部对我有些意见。"

"是的，有一点。"

"那些话不是我的本意……"

我们讨论了新闻行业以及在媒体放大镜下生活的困难，媒体一旦缺乏自我审核，就会对她的每一件衣服、每一次整容（无论真假），以及她的外形、人际关系、反应和手势进行挑剔。《其他纪事》在几天前发表了一篇报道，称王后正在使用二氧化碳进行皮肤保养。王后告诉我这不是真的，我知道不是，因为我认识的一位曾为王后看过病的皮肤科医生向我证实了这一点。

是的，萨苏埃拉宫对她而言不是这个世界上最幸福的地方。王后经历了最经典的童话故事，一个平民百姓通过爱情进入了一个不属于她的世界。只有像费利佩六世这样的人，从他还是个孩子起就接受了成为国王的培训，才能适应这样一个充满了保密性和礼节性、有着数百年悠久传统及烦琐礼仪、人人都戴着宫廷面具并伪装友善的世界。莱蒂西亚王后在她发的这些消息里犯了错（也许我选择不发布它也是个错误），但她过得也没那么容易。贵族们轻视她，因为她不属于他们的世界，人民鄙视她，因为王后曾经属于平民，但她为了进入贵族圈子放弃了平民的生活。无论她做什么，一个像我们这样充满了复杂情绪和嫉妒心态的国家，是永远无法原谅莱蒂西亚走到王后这个位置的。而且，最重要的是，媒体从她身上找到了补偿过去对君主制沉默的办法。

第十五章　工会主席

"二把手"在国王夫妇事件上的行为，坚定了我将他免职并让他尽快离开报社的决心。我们在做一份什么样的报纸上意见相反，但这已经是次要的事了。我的这位副手一直在带领大家抵制改革，试图破坏我们正在执行的项目，并努力树立自己的总编候选人形象，以便在时机成熟时占据他认为他应得的总编位置。"端庄女士"在我宣布将他任命为副总编时曾警告过我：

"没人比他更渴望你这个位子了。"

"二把手"过早怀有野心，但这并不意味着他没有对我的管理提出过合理的意见，其中最主要的就是他所说的我的"孤狼情结"，他说这导致了我不愿与他人分享自己的决定。

"你已经独自在外面好多年了，除了你自己，你不相信任何人，"他曾经在某个场合对我这么说，"但这是一个团队合作，有时我得通过其他人来得知你的决定。你让我在编辑部处在一个可笑的境地，编辑部的人不理解为什么我不知道你的最新决定。"

我承认了这个错误，并解释这并不是对他不屑一顾，而是一个我长期存在的粗心大意的问题。在我作为记者的那些日子里，我总是得在新闻发布会上向同事索要纸和笔，有时还会在重要的新闻发布会上忘开录音机（从那以后我每次都会随身携带两个录音机），或是在忘带电脑的情况下主动要求去报道骚乱事件（比如报道推翻印尼独裁者苏哈托①的事件）。有时，我会停在某个部门，和该部门的负责人聊天并给他做出指示，但当我返回自己的办公室时，已经忘了自己做了什么指示。"二把手"说得有道理，我粗心大意的一部分原因是驻外生活把我野化了。我总是避免集体出行，无法决定是去这个村庄还是去另一个村庄，是在一个地方待两个小时还是三个小时，是去采访这一党派的指挥官还是去采访另一党派的指挥官。我也从未感觉到自己是所谓的"部落"的一部分，"部落"指的是一群在报道冲突时偶遇的记者。我进入新闻行业就是为了不必属于任何团队。我几乎病态地拒绝接受入住记者旅馆，因为这让我回忆起学校的食堂，这些旅馆里总是充斥着没完没了的八卦，记者们总是在无休止地比较谁的独家新闻篇幅最长。在新闻行业的所有职位中，驻外记者也许是最自由最随心所欲的了，因为你的老板在千里之外，而你也只需要对自己负责。

但是这一切在成为三百名好斗的记者的总编后发生了变化，他们中的好多人都认为生活（以及报社）没有像他们应得

---

① 苏哈托（1921—2008），印尼独裁者。印尼自独立以来的第二任总统，执政 31 年。

的那样对待他们。我的管理水平还有待提高，而责怪我的"领导班子"也显得非常容易：因为是我选择了他们，我是他们工作失调的主要负责人。我在下达命令时缺乏条理和力量，导致我的决定无法很好地传递给我的员工。我对阴谋诡计的冷漠让我远离了内部斗争，但同时也让我远离了那些我应当知道的关键信息。我没有努力向他们传达我们正在做的事，正是这点空缺产生了流言蜚语并扭曲了事实。

我必须学会指挥大家前进，特别是要学会指挥那些我认为不适合他们职位的报社老人前进；我必须学会在内部派系斗争中进行仲裁，虽然我个人不偏向任何一派；我必得激励那些在我认识他们的时候曾见识过他们的才华、现在却办事拖沓的记者，同时还要学会保护那些新来的记者不掉入别人设下的陷阱；我必须学会和编辑部的老鼠们，以及一群无用的公司高管打交道；我还要学会调解"秘书"和"少爷"之间的争斗，因为他们想看看到底谁才是"红衣主教"身边的红人；我还必须学会说服意大利高管将赌注压在我们身上，虽然我只能从她的口中重复听到一个词："裁员，裁员，裁员……"

我在领导层的参考人物是霍塔，他在糟糕的日子里习惯表现得像电影《全金属外壳》①里的哈特曼中士，用聪明的手段来领导报社。有一次社会新闻部的主编费尔南多·马斯（他是我

---

① 著名美国导演库布里克拍摄于 1987 年的电影。

遇到过的最好的领导之一）给我打电话，让我在第二天的会议上替他出席。在会议上总编会一页一页浏览当天的报纸。当天的体育新闻报道的是皇家马德里以四比二的成绩战胜了瓦伦西亚，其中三个球是由克罗地亚球员达沃·苏克踢进去的。这篇占了一整版的文章标题为《帽子戏法与联赛冠军》。当霍塔浏览到这条新闻时，他的脸马上就拉了下来，眼睛似乎要从眼窝里射出去一样。他的拳头狠狠地砸在桌子上。我们每个人都吓得从座位上跳了起来。

"你们这些混蛋！这个'帽子戏法'（'帽子戏法'是一个足球术语，指同一个球员三次将球踢进对方球门，这个术语在当时还没有像现在这么广为人知）是什么鬼东西？为什么不能用西班牙语写标题？他妈的……"

随着总编的叫喊声逐渐增强，体育新闻部的主编把头降得越来越低（在那些日子里，总有人会被总编骂到去厕所哭泣），直到把头低到可以碰到桌子为止。他的身体肉眼可见地在发抖，而其他部门的领导则在默默地向新闻记者的守护神圣方济各·沙雷氏①祈祷，他们没有搞砸任何事，因为在这类暴风雨中几乎没人能毫发无损。

我的一位"教父"，在我上任总编前离开了报社，建议我从上任的第一天起就要开始对记者们大喊大叫，把拳头砸在桌

---

① 圣方济各·沙雷氏（1567—1622），罗马天主教敬奉的法国圣人。

子上,并骂很多脏话。他的理论是,记者们都是一群"真正的狗娘养的东西",他们已经在霍塔的专制统治下生活太久了,无法接受任何其他风格的领导。

"你是去过阿富汗还是缅甸的丛林?"他对我说,"编辑部的陷阱和毒蛇比那些地方多得多。你一不小心就会被它们吞噬。你为什么没要私人司机?"

"我不需要司机。"

"看见了吗?这就是我所指的。他们必须把你当作总编来看待,总编去哪儿都会有他的司机,而不是坐公交车上班。"

"我认识很多其他国家的总编,没人有私人司机。《纽约时报》的总编都是坐地铁上班的。"

"但你不是《纽约时报》的总编,假如你以为你是的话,那么你在这个位置上坐不长久。你不是随便什么人。你永远都不要认为你是他们中的一个。假如你这么想的话,你就已经死了。"

几个月后,我开始觉得他有些地方说得有道理。我没有理会他那些关于大喊大叫以及用拳头砸桌子的建议,我认为这是一种陈旧的、无效的命令风格,对成年人来说起不到什么作用,但是我开始对自己失去耐心了。出于我无法理解的原因,如果我礼貌地要求值班编辑做某件事,那么他就会以为他可做可不做,而我不得不再次提醒他。比起有理有据的决定,他们更能接受没有任何解释的决定。我把总编办公室的门向所有人敞开的行为,被误解为这是在邀请员工们来我这里进行抱怨和抗议。"红衣主教"即使是在这些细节上依然显得非常老练，他总是把门关得紧紧的，人们只能用电子密码进入他的办公室。我开始明白为什么安森会在《ABC报》总编办公室的入口放一个信号灯。我花了几个月时间才摆脱发号施令时的羞涩，而当我最终决定这么做时，或许已经太晚了。"阿根廷女士"还在不停地催促编辑们制作我第一次见她时要求的总编通讯。她告诉我，她觉得我和以前有些不同了。

"哪方面的不同？"我问道。

"你不会浪费时间做那些无用功了，"她说道，"我感觉你比以前更直接了，并且对废话的忍受程度更低，会议也变得简洁明了。"

"然后呢？"

"是时候这么做了。"她笑着说道。

我不愿意再浪费时间参与那些情绪激动的争辩了，这会污染一切的（"我们不用像夫妇一样吵架"，我曾对"二把手"这么说过），我也放弃了说服那些不愿意进行已经迫在眉睫的数字化改革的人，因为我知道，他们抵制并不是因为缺乏远见，而是下定决心想要保护自己的特权，而他们的特权取决于一切都要维持不变。我也不再和"红衣主教"转圈子了，告诉他我辞退"二把手"的决定是不可能取消的，我已经和"二把手"约好了见面，准备告诉他这一消息，但是我们的这位"马萨林"永远在背后藏有一手。我前往和"二把手"约好的阿根廷餐厅"牛排馆"时（我打算在那里辞退我的副手），接到了"硅谷先生"的电话。

"中止行动。"

"什么？"

"人力资源部的人和我说，我们不可以辞退他。"

"这是'红衣主教'的另一个把戏。你不要再给我讲故事了。我已经在餐厅里了，一分钟之后我就要见他。"

"不，不。我向你保证，我们已经研究过了。我们正在申请另一次短暂的裁员补贴，现在不能辞退任何人，否则补贴就会失效。但是我向你保证，你可以在程序结束之后安排你的团队。"

当"二把手"来到餐厅时，他不知道他刚刚差点就被辞退了，尽管我预感到"红衣主教"会告知他一切。吃饭的时候，我们诚恳地把对彼此的失望放在了台面上。他对我的粗心大意、我的混乱以及我的清教徒式的新闻态度感到失望，他认为这会削弱我们的报纸，让它在这个国家需要坚定的立场时失去航向。而我对他坚定的意识形态立场、有偏向性的新闻观点以及将自己的精力放到搞阴谋中感到失望，这成了我们之间分裂的主要原因。

"你没有满足我让你成为副总编的两个条件：首先，你不应该进行咖啡机旁的阴谋；其次，你应当忠于你的项目和你的总编。"

"你以为我想要你的位子吗？"他问道，"这就是你所以为的？我已经实现了自己的野心。我不认为有人比你对这个位子准备得更充分了。我不想成为总编,不想。但对于编辑部的运转,有些事情你还不了解。"

我们多年来在职业上的互相尊重和亲近已经完全消失了,取而代之的是怀疑和指责。得知自己在报社的时间不长了,"二把手"表现得会比以前更危险。我知道他生存下来的机会随着事情的不断恶化在变大。

一个来自美国的顾问团队在初春时空降圣路易斯街编辑部,他们会在我们这里进行数字化转型的研究并绘制劳动生产率图表,也会研究协同管理的作用以及工作流程的重组。"硅谷先生"与美国公司FTI咨询公司[1]签署了合同,帮助我们团队"改变编辑部的工作方式"。这项决定让员工更加愤怒,劳资委员会要求知道这个"欢迎,米歇尔先生"的活动花掉了我们多少钱,其中包括用贝悦塔牌火腿以及里奥哈牌红酒招待他们的晚餐所支出的费用。我保守了这个秘密,以防怒火延伸到二楼办公室。

我提醒"硅谷先生",他把我招聘来就是为了报社的数字化转型,至少在《世界报》这里,一旦我们获得意大利方面的批准,就可以在不用任何人帮助的情况下处理好这些事情。但

---

[1] 一家商业咨询公司,总部位于美国华盛顿特区。

是我们的高管希望美国人给我们一份"好看的"报告，报告上可以写我们现在是多么滞后，以及必须除去一些多余的职位，这样他们就可以在裁员时没那么有负罪感。我认同存在可以帮助报社降低成本的事半功倍的手段，但是我惊讶于一些高管完全不知道自己的提议可能产生的严重后果。比如"红衣主教"提议，我们可以通过让《马卡报》和《世界报》共享同样的体育新闻来节约成本。我不得不和他解释，他的提议会对我们在互联网搜索引擎上的定位、特定用户的访问以及数字广告方面造成巨大的损失。"硅谷先生"知道的多一点，但他从没在媒体工作过，因此也不知道这个公司是怎么运行的。我们的这位"华尔街之狼"希望成立一个版式设计师团队来设计公司所有出版物的页面，这是有意义的。但是《拓展报》《马卡报》和《世界报》在大楼的不同位置，它们在截稿时会给设计师团队发出堆积成山的请求，这必然会导致该团队总是遭遇瘫痪，陷入各种纠纷中。

"我们可以做这件事，"我对他说，"但不是一个办公室高管说明天要做成，这件事就能做成。"

这些美国咨询师和三份报纸的领导团队举行了秘密会议，这花了我们好几天的时间。他们试图理解我们是如何运作的，而我们试图告诉他们邀请他们来的目的。他们在报社转了一圈，到每个部门都感到震惊，因为大家都有自己的工作方式，我们还在继续把精力投放到制作纸质报纸上，尽管业务已经在萎缩，高管办公室包围着编辑部，而设计部门所拥有的资源，也是他们从没在相似规模的美国报社中见到过的。

"他们让我把工作做得糟糕一点，""艺术家"听闻可能要削减他的设计团队时说道，"他们竟然要我把工作做得糟糕一点。我没法做这种事。"

美国人证实了一件我们早已知道的事：我们的组织结构无法发挥作用，我们缺少建设现代报纸所需要的人才，我们的技术已经过时了，编辑部仍然停留在旧时代。数字化改革滞后在西班牙所有行业都很普遍，但是媒体尤其没有动力来推动这一改革，因为"协议"就是用来给我们的账单打补丁的。如果我们今年年底可以用友好的报道和一些不可告人的沉默交换到一家大公司总裁的赞助，那么我们的转型计划就又可以推迟到下一个财政年度了。

"欢迎，米歇尔先生"团队在圣路易斯礼堂举行了一个阶段性的总结。一位"激励专家"竭力说服那些抗拒改革的人，他说我们的恐惧是没有必要的，一旦找到了自己的内心，勇于迎接改革并实施计划，那么我们就将开辟出一条拥有巨大机遇的新道路。我害怕他会要求我们在放《我们是冠军》[1]这首歌时互相拥抱，而"红衣主教"在舞台上陷入了恍惚的状态。大家

---

[1] 《我们是冠军》(*We are the Champions*)，皇后乐队的经典名曲，由主唱弗雷迪作词作曲。

回到各自的工作岗位上时,感到比以前更惊慌了,觉得他们正在被一群傻瓜领导着,但是二楼办公室的高管们此刻正在交换彼此的眼神,似乎在说"我们是最棒的",坚信他们已经获得了连自己都不相信的数字化福音。

表演结束后,我在咖啡机旁遇到了劳动理事会会长"工会主席"。

"这到底是什么鬼东西?"他还在为刚刚关于精神指导和精神博爱的会议感到困惑,"你知道他们这次想裁多少人吗?"

"你知道的,就算我知道要裁多少人,"我提醒他根据法律,我不能在谈判开始之前透露给他《就业调整计划》中提出的裁员人数,"我也不能告诉你。"

"大家都很紧张。"

"我只能告诉你我会尽力阻止裁员。我认为我们可以争取制定一个自愿离职、离职条件优越以及提前退休的计划。我承诺会为大家争取每一个岗位的,这就是我要做的事。"

"很好,很好。'红衣主教'也不想裁员。"

"什么?他对你这么说的吗?"

"这些都是'硅谷先生'和那些美国佬的主意。他们以为这里是美国,可以带着斧头来清除我们。但是他们会知道,我们不允许这样的事发生。"

会议上,"红衣主教"和"硅谷先生"一样,甚至比"硅谷先生"更赞成削减开支,但他已经开始向大家传播一种理论,即他只是意大利人、"硅谷先生"甚至加上我本人所制定计划的旁观者。第二天,国王夫妇将会在我们的艺术展位上停一会儿,在等待国王夫妇到来的时候,我和"红衣主教"以及"硅谷先生"进行了对质。

"编辑部的人感觉你们俩不在同一阵营里,"我说道,"我感到很困惑。"

我的评价冲击到了他们。

"我们当然在同一阵营里。""红衣主教"说道。

"当然了,""硅谷先生"重复道,他的目光紧盯着地面,"我们在同一阵营里。"

预定好的裁员计划像炸弹一样落在了我们头上:《世界报》裁员九十四人,《马卡报》裁员二十四人,《拓展报》裁员十六人。管理层给员工提供"每多工作一年就支付其二十天工资"的补偿,这是法律规定的最低补偿费用。当我接到阿梅利亚的电话时,我正和"端庄女士"以及人民党未来的领袖巴勃罗·卡萨多一起吃午餐,阿梅利亚电话那头的声音断断续续的。她告诉我下午五点员工们会在我的办公室门口举行抗议集会。一些同事愤愤不平地给我发消息:

"他们绝不敢在佩德罗·霍塔担任总编时实施这样的裁员计划。大家为什么不去二楼办公室抗议?"

我也不理解。只要爬上二十级台阶或乘坐五秒电梯,就可以到达那个恶化我们处境的人的办公室,而他因为这次的努力所得到的犒赏会有数百万欧元。

从我办公室的门口,我可以听到开始聚集起来的两百多位记者的窃窃私语声。我收到了弗吉尼亚发来的一条短信,她问我是否需要在我出办公室的时候陪在我身边。我没有回答她,因为她的处境已经很微妙了:她被视为那些最不受欢迎的改革计划的推动者(虽然这些改革都是有必要的)。但当我离开办公室时,她立马就站在了我身边。

"你没有……"

"我不能在这时候抛下你一个人。"

我们团队的所有成员,包括"二把手"在内,要么已经逃走了,要么藏在自己的办公室里不出来。对于他们所表现出来的态度,比起谴责他们我更想谴责自己:我为自己的错误付出了代价,我在没有更好地了解编辑部的情况下就仓促组建了团队。假如我没犯这个错误,现在我的周围应当围绕着一批忠诚的人,他们就不会仅仅只是保护自己的利益了。

"工会主席"和往常一样,站在第一排。他是一名排版师,一个只和纸张打交道的职位,他对"数字化转型"这类词汇表现出近乎病态的敌意。排版师负责绘制"艺术家"设计的头版、增刊的最初几版以及一些特别报道。他们和部门领导或报道某条新闻的记者合作,讨论照片的大小,将标题改成一行、两行或三行,并调整空间以适合文本。这个职业从未有过像记者一样无畏的光环,或是像摄影师一样充满浪漫主义的情调,但在当时是不可或缺的。现在我们的团队已经不需要他们了,编辑自己就可以在计算机存储的数十个页面模板中进行选择。美国顾问认为,这个岗位的裁员应当扩大到马德里编辑部,这使得"工会主席"的职位陷入了危险。这位排版师在劳资冲突时会升任为员工首领。他的办公桌在那时会成为大家光顾最多的地方,你几乎可以看到他的重要性在不断上升,而他的同事们则会热情地款待他,希望从他那里得到公司谈判的消息。他就会摆起架子,说些"机密事件",或是透漏点小道消息,这些消息口口传播,在每个人口中都夸大了一些,最终成了骇人听闻的假消息,从而增加了所有人的焦虑感。

我走出办公室,看到了记者、摄影师、排版师、设计师、插画师以及秘书一张张担忧的面孔。在二楼高管们认为"员工太多"的地方,我看到了那位我在做实习生时一起报道过新闻的摄影师,那位精心设计了我第一条新闻的排版师,或是那位打电话给我家人的秘书,是她告诉我的家人我在喀布尔很平安。公司提议我们解雇三分之一的人,而我的同事们则希望我说:报社现在被一群"狗娘养的"人掌控着("你是我们中的一员,你是在这个编辑部而不是办公室里成长起来的"),假如有人想要辞退哪怕一个员工,都得先从我的尸体上踏过去。

但我没说这些话。

努力减少裁员的斗争是从圣路易斯街编辑部的后院开始的。与二楼的高管们彻底决裂会让我失去作为谈判者的角色,并让我想要将硬性裁员变为自愿离职和提前退休的提议作废。

"我们还有很大的空间来改变公司提供的条件。"我说道,但我无法给他们透露谈判的细节。

我的话并没有减轻他们的恐惧,当我说完这些话时,我可以看到聚集在一起的记者们的脸上写着失望。下午,我怀着又沮丧又生气的心情参加了一场由"红衣主教""硅谷先生"以及"秘书"组织的会议。我给他们描述了在刚刚的集会上我的团队成员是如何把自己藏起来的,并告诉他们,如果不把他们"地盘"里的人也裁去一部分的话,我是不会接受裁员计划的。

"什么地盘?""红衣主教"问道,"这儿没什么地盘。"

"你不能只解雇《世界报》的九十四位记者,却完全不动这个楼层的人。"

"这些年来很多人都离开了。我可以给你展示那些已经不在这儿的领导的名单,管理层没人被解雇是不准确的说法。"

"《世界报》不能总是承担大规模的裁员。人们的耐心已经被耗尽了。员工们正在准备罢工,一旦发生,我们的报纸就没法办了。我没法阻止这件事发生。"

我建议将《就业调整计划》转变为《自愿离职计划》。我保证这样会有足够多的人签下协议,情感成本也会低得多。他们决定研究一下，我和"硅谷先生"一起离开了办公室。

"我觉得你们不明白这里正在发生什么，"我坚持道，"如果你们这里不进行削减的话，我就没办法为这次裁员进行合理的解释。"

"管理层中会有人被辞退的。"

"这还不够。我们没法接受在辞退一个优秀记者的同时……你的朋友还待在他的办公室里。"

"硅谷先生"脸色变得严肃起来："什么朋友？"

"那位'美国人'。整个网络计划，我们的技术，在大选重新计票时出现的问题。那是一场灾难，我们已经竭尽全力进行修补了。我们能取得这样的成绩简直是一个奇迹。当大家都开始失去工作的时候，就没有什么朋友不朋友的了。难道二楼管理层没有过剩很多人吗？我和你坦诚地说，没人会理解我们在牺牲楼下员工的时候，在这个楼层却有受到保护的人。"

我和"硅谷先生"陷入了令人尴尬的沉默中，他勉强说了声"再见"。我就在刚才失去了他这个盟友，假如有一刻他曾是我盟友的话。

第十六章　泽西岛

某几个下午,我急需逃脱这个旋涡几分钟的时候,会去二楼喝杯咖啡。一楼的人总是工作到很晚,管理层的灯却一下午都关着,陷入寂静。一位高管走近,我正要按自动售货机上的一个按钮。

"好的按钮是那一个。"他说道。

"这个不是吗?"

"是另一个。"他一边说着一边帮我按下另一个按钮。

我因为他帮助了我,请他喝了一杯咖啡,于是我们在一起聊了一会儿。我们几乎不怎么认识,但是在我和他说过话的某几个场合里,我觉得他不是方方面面都和二楼的高管们很合拍。他对公司有一些愤世嫉俗的言论,并带着一种有误导性的幽默感——有时你开口大笑,结果他是认真的,有时你笑不出来,他却在开玩笑。他问我一楼的进展如何,我告诉他局势紧张,我担心员工和公司之间的冲突最终会演变为交火。在交换信任的时候,他告诉我在二楼大家也普遍对"红衣主教"的管理感到不满(他的阴谋诡计和结党谋私),但是没人敢提出异议,因为现在的局势对反对者不利。这些年,他们不仅解雇了

《世界报》和《马卡报》的总编，还清洗了一大批高层、广告部门主管以及部门主管。

"大卫，"他说道，"我不知道你有没有察觉他们正在准备清洗你。"

"你指的是什么？谁？"

"他们会用《就业调整计划》来除掉你，这样他们自己就得救了。就是这么操作的。他们会背叛你。"

我这位新朋友的理论是，公司为《世界报》提出裁员也是战略的一部分，而"红衣主教"希望不久之后，在编辑部的混乱中除掉我。

"又解雇一位总编？"我说道，"不，我不信。"

"如果我是你，我会自己小心的。"

我和"红衣主教"的关系已经恶化了，但我很难想象他会解雇一个只工作了几个月的总编，而这个总编甚至还没开始推进他的项目。尽管"红衣主教"远没有接受我的理论，即我们应当将报社的生存押在编辑路线的彻底独立和深度的数字化转型上，但是有时候，我惊讶于他没什么反对意见就接受了那些我原本以为他会不喜欢的提议。

大选五个月后，各个政党继续维持着一个陷入僵局的、无政府管理的国家。我对"红衣主教"说，现在是时候写一篇评论，要求首相拉霍伊和反对派领袖佩德罗·桑切斯辞职，以改变当前的局势，并要求他们改革其政党，并推出新的领导人来参与新一轮选举。"红衣主教"接受了这个提议,他之所以同意,要么是因为他IBEX公司的朋友开始对政治局势的僵局感到绝望,要么是因为他认为首相拉霍伊大势已去,要么是因为他看到了独立新闻的光辉,就像费尔南德斯部长在拉斯维加斯找到了通往美德的道路一样。

"我们来做这件事,"他说道,"但这是一个有风险的赌注。"

我们将这篇五栏的评论放在了头版,乐观地希望它可以产生回响,因为我们还保留着过去传统媒体有着巨大影响力的幻想。但是时代已经变了,在这个舆论供应源源不断的时代,评论的影响力已经被稀释了,成千上万的媒体在广阔的互联网海洋中争夺用户的注意力。

我们要求首相辞职的提议激怒了政府,但这几乎没有撼动首相的地位。在这个国家同样一批候选人正在进行新一轮的选举,我们必须开始接受这样一个事实,即无论我们多少次重复自己的重要性,我们的弹药都没有以前的冲击力了。我们所谓的在公共生活中发挥"影响力",基本上也是我们在危机年代做所有事情的借口,我们甚至用这个借口来压榨"协议"中的大公司。是的,我们在不断重复自己,一切都出了问题,我们失去了读者和收入,但是我们以为自己还拥有影响力,很大的影响力。我们没有意识到,纸质报纸越来越少,上百个新的数字媒体涌现了出来,寻找独家新闻的记者越来越少,我们报纸报道的独家新闻的影响力一落千丈,现在只有马德里一小群经济、政治、学术和文化的精英还在意我们的报纸了。我们只对首都的"领导班子"有影响力,一部分原因是我们花了几十年的时间来书写他们,并且,尽管我们不想承认,我们已经是他们的一部分了。

一切事物都在发生巨变的证明,在我们发布这篇评论不久之后出现了。近年来大部分的独家新闻都是由十四年前成立的本地数字报纸《机密报》[①],以及几乎被政府认为有扰乱性质的第六频道报道的。"巴拿马文件"(由国际调查记者联盟揭露的一批秘密文件,不久之后该联盟获得了普利策奖)揭露了我们之前所怀疑的一切:从运动员到歌手、从政客到工商业巨头,这些遍布全世界的富豪都拥有一个替他们保管钱财的系统,那就是位于巴拿马这个"避税天堂"的一些秘密公司。

这个故事始于巴拿马的莫萨克-冯赛卡律师事务所泄露出去的1150万份秘密文件,这些秘密文件被传送给了当时的《南德意志报》[②]。此后,在国际调查记者联盟的协助下,记者们进行了一项秘密调查工作,来自八十个不同国家的一百多家媒体为此秘密工作了一年。新闻合作网络是我们已经开始测试的

---

① 《机密报》(*El Confidencial*),一家西班牙的线上报纸,主要报道政治和金融新闻。
② 《南德意志报》(*Süddeutsche Zeitung*),德国发行量最大的以订阅方式发行的全国性报纸。

一种新模式，这使得我们与其他报社一起找到了国际调查记者联盟的替代品：欧洲调查合作联盟，由德国的《明镜周刊》①、意大利的《快速周刊》②以及丹麦的《政治报》③等报刊组成。在该联盟成立不久后，我们就开始对足球界的偷税、非法合同以及中间商进行大规模调查，这些调查被称为"足球解密"。我们选择了一批年轻记者参与调查，并在报社的地下室为他们留了一个空间，在那里完成联盟分配给我们的工作，分析数千个文档和几百万个数据。弗吉尼亚已经与报社的律师进行了会面，以了解可能产生的影响，她也与技术人员谈过了，确保所有的资料都储存在受特殊保护的服务器上。新合作模式的关键是保密，因为一旦我们建立起了交换体系，在记者彼此不认识的情况下，任何轻率的行为都可能破坏整个项目，甚至连二楼的高管们也不知道我们在做什么。"红衣主教"和皇马主席弗洛伦蒂诺·佩雷斯之间的友谊是一个问题，因为受此事件影响的人中就有皇马的球星克里斯蒂亚诺·罗纳尔多。在我的继任者佩德罗·库尔坦戈发布了该新闻之后，罗纳尔多因涉嫌偷税被判处两年监禁以及 1900 万欧元的罚款。

---

① 《明镜周刊》(*Der Spiegel*)，一份在德国发行的周刊。
② 《快速周刊》(*L'Espresso*)，一份关注意大利政治、经济及文化的杂志，每周五出版。
③ 《政治报》(*Politiken*)，于 1884 年成立于哥本哈根，现为独立于各党派的自由主义报纸。

在各个编辑部都在减少工作人员并缺乏资源的情况下，联盟合作就成了大规模国际调查的一种方式。然而，传统媒体对这种新模式却视而不见，国际调查记者联盟参观西班牙主要媒体的编辑部时，记者们普遍反应冷淡，这给了《机密报》加入该联盟的机会。结果是我们给了自己一记沉重的耳光，因为我们要厚着脸皮，从一个多年来我们瞧不起的媒体中收集新闻，如今这家媒体成了我们的竞争者，不仅是在读者方面，还威胁到了直到那时为止我们在独家新闻上获得的巨大影响力。

"巴拿马文件"中出现的西班牙人有胡安·卡洛斯一世国王的姐姐皮拉尔·德·波旁、陷入各种纠纷的前副首相罗德里戈·拉托以及工业部长何塞·曼努埃尔·索里亚等人。我们的竞争对手《国家报》因为他们的公司总裁胡安·路易斯·塞伯里安也在该名单中，因此尽量低调处理了这一事件，与此同时我们则继续推进了调查工作，在文件中寻找漏洞，并主导了"巴拿马文件"的某些调查方向。

我们关注的是索里亚部长，这也许是因为他尽管出现在了"巴拿马文件"中，却竭尽全力否认自己与"避税天堂"有任何关系。他一开始声称不知道为什么自己的名字会在1991年到1997年作为秘书出现在一家在巴拿马注册的香港公司的名单上。后来，他承认该公司与他的家族公司有过联系，但他自己并没有参与其中。最后，在某个将会终结他政治生涯的宣言中，他用自己的荣誉起誓，他"与设在巴拿马、巴哈马或其他任何'避税天堂'的公司没有一点关系"。

我们的记者开始怀疑部长没有把他的钥匙放在巴拿马,而是放在了另一个"避税天堂"。想要访问世界上所有的档案是不可能的,但是泽西岛允许人们访问其数据库,还可以查询在该岛上运营公司的人有谁。你要做的只是支付五十英镑,这样就可以获得进入该岛网站的密码。负责报道金融行业的记者是报社最谨慎的员工之一,他申请报社为其支付五十英镑,于是他进入了网站,开始寻找名字为索里亚的管理员。我看到记者们围在他的电脑旁,接着听到一阵欢呼声,当我走近他们时,他们高兴得仿佛刚刚中了彩票一样。

"我们有了!"

"索里亚?"

"他在泽西岛有另一家公司!"

索里亚部长说了谎,我们手上有了证据。直到2002年为止,索里亚部长和他的兄弟路易斯·阿尔贝托一起以机械贸易有限公司的名义在泽西岛秘密注册了一家公司。他的签名出现在了我们从互联网上购买的文件中。现在一分钟也不能浪费了。如果仅仅通过注册就能找到这份文件,那么任何一家媒体都可以做到,并抢先我们发布独家新闻。我没告知"红衣主教",他之后好几天都为我们的新闻感到苦恼——部长不仅是他的朋友,部长的桌子上还放着一份我们公司的申请书,我们请求部长授权将我们的一个电视频道转移给另一家运营商,这是我们迫切需要的一笔投资。假如我告诉"红衣主教"的话，他就会让我给他点时间打电话，但我们没有时间了。他与我们的读者同时得知了这一新闻，我们在网站上用一个大大的标题刊登了一整页的独家报道：《索里亚部长在"避税天堂"泽西岛拥有另一家公司》。

这条新闻迅速在世界各地的媒体上传播开来，政府开始感到恐慌，我的电话响个不停。"红衣主教"给我发来一条短信，批评了我们的报道，并警告我说因为我的鲁莽行事使得公司损失了一大笔钱。我第二天回复了他的消息，告诉他不必担心：部长刚刚辞职了。那天下午，我从第六频道的新闻负责人塞萨尔·冈萨雷斯那里了解到，我没咨询"红衣主教"的这一决定挽救了我们的独家报道。他们也获得了泽西岛的文件，并已经准备好把新闻发布出来了。我们比他们抢先了五分钟。

索里亚一事向我证明，"红衣主教"永远不会站在新闻业这一边的，在不损失公司利益的情况下想要制作一份独立的报纸是不可能的。我能理解公司的利益让"红衣主教"感到担心，但他同时也担心他自己和他朋友的利益。在西班牙再没有比"红衣主教"的人脉更广泛的人了，他的关系网络覆盖了一切，从秘密警察到法官，从政客到商人，从王室到国家主要机构。不管我们的新闻指向何处，都会涉及他周围的人，或是那些可以用此时的保护换取日后把他从麻烦中拯救出来的人。他竭尽全力织就的关系网络与他在报社中需要承担起责任的职位完全不符，但是，他没有在意这些局限性，也没有用心管理业务，而是紧紧抓住了旗下三份报纸的编辑控制权。《拓展报》和《马卡报》已经在上一任总编被解雇后臣服于"红衣主教"，现在只剩下《世界报》了，这是他最渴望得到的。

索里亚犯了一个最奇怪的政治错误。没有任何公开的信息表明部长触犯了什么法律（财政部展开的调查将查明他是否有逃税行为），实际上，所有这些报道涉及的都是他很久以前进行的商业活动。这位来自加那利岛的政客完全有余地准备一个连贯的论据，因为他已经在"巴拿马文件"被曝光的前几天得知，他有机会在新闻发布会上出席，可以寻求他的政府同僚的支持。在这个国家，首相在向他的司库发送支持短信后仍然可以留任，尽管当时他藏在瑞士的一笔不小的财富已经被发现了；在这个国家，内政部长可以派出秘密警察来消灭他的敌人，而他自己不会发生任何事情；在这个国家，执政党被法官们描述为住在碉堡中的"犯罪组织"，但他们还是可以不费力气地赢得选票。索里亚的行为本来完全不会导致他辞职的，但是他决定公开撒谎，也许是因为他坚信新闻业已经完全被驯服了，只需要给二楼办公室的高管们打两三个电话，他就可以控制剩下的那几匹狼。

部长辞职后，一些关于我作为《世界报》总编发布这条新闻背后的阴谋论出现了。对于某些人来说，发布这条新闻是萨恩斯·德·圣玛丽亚副首相所组织的活动的一部分,目的是伤害站在她对立面的政府派系,其中就包括索里亚。另有一些人声称,我们的秘密线人是在一个昏暗的车库中给我们提供这条消息的,这简直是从电影《总统班底》中搬来的场景。还有人认为我们这么做是为了提升"我们能"党的地位,让年轻的政治家里维拉能够入驻蒙克洛亚宫。我在我的周日专栏《来自阿奎莱亚的简讯》中给我当天的文章起名为《因五十英镑而失去天堂的部长》,在文章中我写道,一切都要比大家想象的简单很多:只需要一位机敏的记者、一张信用卡以及一家发布新闻最快的西班牙报社就足够了。

这条独家新闻在圣路易斯街编辑部像香氛一样,虽然我知道它的作用是暂时的,但我还是享受了两三天时间,仿佛是最后一次一样。集体荣誉感和对过去荣誉的怀旧,让我对裁员的恐惧以及对未来的忧虑稍微缓解了一些。

"端庄女士"来见我。

"感觉如何?"她问道,"你成功了,你第一次成功地让一位部长下台了。"

"我还要把他的脑袋做成标本放在我的办公室。其实这都是……"

"是的,是的,他们都告诉我了。恭喜你。今天过得仿佛和之前的旧时光没什么区别,不是吗?就像我们还在普拉迪洛街编辑部一样。"

"还会有好日子的,你看着吧。"

"一定的,一定的。"

最近几周我们之间的关系变得冷淡起来。自从我上任以来,她一直抱怨报社的大部分专栏作家都是男人。她说得有道理。从报社成立以来,女性就受到歧视,而评论栏目,更被认为是属于男人的领域。几周之后我告诉她,我决定向政治分析家埃斯特·帕洛梅拉提出邀约,因为我喜欢她的独立思考和严谨态度。"端庄女士"回答我,帕洛梅拉和她做的事是一样的,她不认为我们需要聘用帕洛梅拉。这个回答让我感到很熟悉:每个人都声称想要改变编辑部,直到那些改变触碰到他们自己的那一小片领域为止。我最不希望的就是内部斗争,因此我放弃了聘用帕洛梅拉的念头。我告诉她,当一切都安顿下来,报社将会有很大的变化,我将组建一个新团队,而"二把手"不会在这个新团队中。但我发现告诉她这件事是一个错误,因为这重新激起了她想要成为我"领导班子"一员的野心,而我并不想给她这个位置。我认为她的价值在于她撰写的政治分析文章,而且她越写越好。不过我对她总是用两个互相对立的观点来为同一件事进行辩护感到困惑,她对她所有的领导,无论是现在的还是过去的,都表现得不够忠诚,她在编辑部还会大声嘲讽我们的一些同事。和未来的保守党领袖巴勃罗·卡萨多共进午餐时,我们一起阅读了公司提议的解雇人员的名单,当我们一起坐她的车返回时,她又重申了她对我们项目的热情,以及她预备在"未来的艰难岁月"里坚定地捍卫我们项目的决心。几个小时过后,她出现在我的办公室里,对我说,最好的办法是我用自己的辞职来阻止公司裁员。

"你不能同意赶走编辑部三分之一的人。"

"我没想要同意,"我说道,"我们会重新谈谈公司的提议。"

我需要一些条件才能达成我们所需要的提议,并且我认为我们可以推翻《就业调整计划》。而我的辞职只会让"红衣主教"的处境变得太过轻松。

"现在让我离开?然后让报社落入他的打手们('秘书'和'少爷')的手上?"

"无论是编辑部的人还是我,都不会接受他们这两个人的。"

"他们两个都是总编的替代品。他们想要结束过去三十年来这家报社所坚守的一切。有些事情我无法告诉你,我只请求你信任我并帮助我。如果事情还是像现在这样的话,我会成为第一个离开的人。但现在我需要时间来解决问题。"

"他们正在组织罢工运动,你知道吗?"

"这是一个错误,这只会让情况变得更糟。和他们谈谈吧,他们会听你的。告诉他们罢工是一个错误。我们必须争取机会进行谈判。"

"想要停下已经太晚了。"

在我们发布索里亚的独家报道之后,"红衣主教"加速了反对我的行动。几天后，他来找我说，他和编辑部的"重量级人物"组织了一系列午餐会，目的是检查领导团队的情绪状态，并向他们解释裁员将伴随着公司的转型，这能保证报社的未来是光明的。我建议他把弗吉尼亚也添加进来。

"她无法原谅你至今还没有见过她。她是总编的助手，负责我们的数字化转型。她正在做着了不起的工作。"

"红衣主教"对弗吉尼亚充满偏见，尽管她是一个不知疲倦的员工，对我们数字用户数量的增加起到了决定性的作用，她还从我这里接手了一些最不令人感到愉快的任务，这其中就包括进行内部审计以减少不必要的支出。我想着，只要我们再多省一点，就可以多挽救一些工作岗位。对于我的这位数字助理所做的工作，大家很是困惑，部分原因是我们中的一些人对于该项目一无所知。"红衣主教"以为她正在做所谓的"网络左派进步主义转向"。我已经忘了多少次和他解释过，每日新闻的负责人是维提，他被怀疑是左派的次数和"红衣主教"被怀疑是工人社会党领袖的次数差不多。

逐渐被"重量级人物"边缘化的弗吉尼亚，因为一直在试图解决我们的技术缺陷，并没有时间来完成日报。她要筹备网站上的重要报道，与二楼的高管们不断交涉以推进我们停滞的项目，她要参与重组工作，她要和广告部门的人进行斗争，让他们不要将广告伪装成新闻，她一直在寻求增长我们读者人数的方式，她同时还做着其他无穷无尽的工作，这些工作让我们的网站一点一点完善了起来，为我们几个月后打败《国家报》重获数字报纸的领先地位起到了关键作用。但是报社的其他领导都轻视她，趁我不在报社时，将她排除在会议之外，他们想让她明白，她不属于他们的俱乐部。"红衣主教"终于和她共进了午餐，他给我打电话惊讶地说，他发现弗吉尼亚居然不是一个处心积虑地想要破坏他的自由派报纸的间谍。除了她是左派人士这一点（弗吉尼亚确实支持左派政党），弗吉尼亚拥有加快我们数字化转型所需要的背景、经验和知识。

"我们是从什么时候开始根据意识形态来选择人才的？"我问"红衣主教"。

这位米兰来的"红衣主教"继续和报社老人、拍他马屁的领导以及"死亡诗社"的一些人进行会面。那些和"红衣主教"共进过午餐的人困惑地告诉我，他们感觉"红衣主教"的主要兴趣在于了解他自己在记者中的受欢迎程度，而不是向他们解释公司的计划。我实在没有精力去了解他背后的意图和阴谋。如果他试图背叛我，我也无能为力。他花了二十年的时间与人结盟，收买人心，牺牲小卒，提拔走狗，他在那个我始终不知道怎么运作的世界里总是能取得胜利。我更乐意面对他的阴谋，并再次给他一个机会，让我们能够在不伤害报社的情况下商量出一个方案。"红衣主教"对我所认为的他正在利用《就业调整计划》和"贵族"们让整个报社针对我的想法感到生气。

"一切都是谎言,"他说道,"有人想要伤害我们,他们不相信我们正在做的事。我们绝不能听他们的。我当然希望你继续做总编,把项目推进。我们是站在一起的,你还记得吗?糟糕的事情很快就会过去,我们将会迎来革命。"

他再次重复了那个诺言,那个与他天性相违背的诺言,当我看到他被另一重伪装包裹着,并通过紧张的微笑来戏剧化自己的每个手势时,我知道他在说谎。他已经决定要除去我这个总编了。

我不明白的是,他当时为什么要选我做总编。如果他想要编辑控制权,那么在编辑部会有一众记者不加抵抗就会把控制权交给他。如果他不想对编辑部进行任何改变,那么自会有人辩称这些变化都是没必要的。如果他需要的是一位"部长记者",以加强和权贵之间的联络,并处处为他的朋友们服务,那么自会有一大批互相残杀想要夺得《世界报》总编位置的人。为什么他要跨越整个世界去说服一个离上述这些都很遥远的记者,向他提供虚假的诺言以及一个伟大的新闻项目的幻想呢?也许他过分相信自己传播福音的能力了,以为他可以将我塑造成他的另一个看门人。但我一旦坐上这把椅子,就会呈现出作为总编应有的道德约束。又或许一切都很简单,那次在纽约的会面,不过是一次我们之间的误解,仅此而已,一个有点大的误解。

第十七章　街垒

索里亚部长辞职一周后,我们因为这条独家新闻产生的乐观情绪已经完全消失了。公司员工以压倒性的投票决定罢工,他们呼吁每周二进行大罢工,持续三周,以试图阻止裁员。《世界报》的员工比《马卡报》和《拓展报》的员工走得还远,如果在抗议的最后一天我们仍然没有达成协议,他们将准备采取非常措施进行无限期罢工。我理解大家的愤慨,领导层试图解雇三分之一的员工,而他们自己却可以维持他们的退休金和特权。但是我也认为,读者不必为我们的冲突付出任何代价。

意大利老板劳拉·乔利来西班牙召开了一次会议。在会议上,我警告了她我们将要遇到的状况。无论是从米兰赶来的乔利,还是从近在咫尺的办公室走来的"红衣主教",都没有理解《世界报》是什么。我们的编辑部由一群习惯于直面权力的记者组成。公司没有掂量好我们的力量,他们以为可以用强力来使员工屈服。乔利将我对情况的分析视为软弱的表现,并问我是否可以承受住这样的压力。

"问题不在这里。我曾置身过更加艰难的处境。大家的情绪非常低落。他们询问新一轮的减薪会不会起作用,下一次是什么时候。他们看不到终点。你们招聘我是为了进行为期三年的转型计划，但是我们每次见面，你们都会给我一个三个月的目标，并威胁我，如果达不成这个目标就会迎来新一轮的裁员。我没法同时完成三年的转型任务和三个月的目标。即使是《华盛顿邮报》，这个国际新闻界最知名的品牌，在获得重大财团支持的情况下，也不得不用艰难的三年时间来扭转局面。"

"我们不是《华盛顿邮报》，"她打断道，"而且我们没有三年时间，也没有杰夫·贝索斯在身后。我们拥有的是债务、想要收账的银行以及一个必须要执行的财务计划。"

我很难不同意乔利的看法，我们背后没有贝索斯，他在不干预新闻业、也没有给总编打电话下达指示的情况下，就给《华盛顿邮报》进行了投资，因为据贝索斯所说，这就像坐飞机，你走进驾驶舱对飞行员说"走开，让我来开"一样。

"我想说的是，"我坚持道，"《华盛顿邮报》的策略是正确的，我们需要一个转型计划、资金以及中期的新闻投入来摆脱目前这种局面。"

"短期内我们的情况很急迫，"乔利说道，"计划必须执行。"

公司要求我们三家报纸的总编提供解雇人员的名单，解雇人数保持不变。这不是仅仅列名字而已，而是得通过受影响者的职位进行计算，看看是否达到了意大利方面所要求的降低成本的数目。轮到我时，我的解雇人员名单上写着十八位领导的名字，其中包括我自己团队里的四个人。我们不能继续用那些可以带来新闻内容的记者来换取办公室高管的平安了。周末我约弗吉尼亚在我家厨房一起工作，在这场暴风雨中，我们为编辑部重新设计了一个简化的领导班子。领导等级将简化为三个层级：总编、副总编以及各部门主编，而办公室将会被取消。我的想法是，恢复我上任不久后曾委托一个建筑师团队做的编辑部改造计划，我们准备打造一个通畅开放的编辑部，里面将配备一个共享会议室，"鱼缸"大厅则会消失，因为我们会创建一个可以吸收新声音的讨论空间。我们还会配备一个质量监管委员会，目的是严格检查新闻稿，那些未经审核的文章不能发表。因为诚恳的建议而被开除的美国记者戴尔·福克斯，此时一定会同意我的看法。每个副总编会将工作分为三种速度来进行：突发新闻、当日深度报道以及各类重大调查报道。一个专门的团队会负责编辑当日的纸质报纸。我们还打算在波哥大①成立一个小型分社，以重新挽救已经濒临死亡的美洲版。在过去几个月里证明了自己价值的新一代记者，将被提升到管理岗位，而试图阻止报社变化的"贵族"则会付出代价。

我委托弗吉尼亚进行内部审核，看看我们到底可以节省下来多少钱用于报纸质量的优化。我们发现了一些正在支付的无用服务，比如汽车在线搜索，这个网站已经停止运营多年了。

---

① 哥伦比亚首都。

我们删除了三十多个博客，这些博客要么根本没有读者，要么它们的作者（这些人几乎都是领导层的朋友）已经停止更新了。尽管没人知道，但在我的指示下解约的第一个人，甚至是在我开除萨尔瓦多·索斯特雷斯之前，正是我本人的妻子卡门。她一直更新着自己的博客，为旅行栏目写作也已经持续很多年了，那是我们在曼谷时，在我没有干预的情况下，她获得的一个合作项目。假如我想结束公司的裙带关系和袒护文化，就不能让我的家庭成员从公司受益，因为从报社成立一开始，领导们的子女、侄子以及伴侣，就被他们安插在了编辑部的各个岗位和二楼办公室里。

我向人力资源部门要了我们所有外部合作者的工资资料，这些合作者包括明星专栏作家、插画家和漫画家，我立即发现了一个错误。

"其中有一个多加了一个零。"我指着他们中工资最高的那个人说道。

"这不是一个错误，数字是正确的。"

"他比总编的工资还高？"

"他曾经比首相挣得还多，最近他的工资已经降低了很多。我们知道这是非正常现象。"

他们告诉我，我们的这位合作者在数年前曾宣布要转移到《国家报》，他的理由是他个人的原则和我们报纸的编辑路线不符。霍塔下令提高他的工资，直到说服他留在报社为止。他的特权之一是可以继续在报社外进行合作。他最后留了下来：毕竟，问题不在于他的原则，而在于我们出价如何。

这些拿着很高工资的专栏作家，将不得不接受削减一多半的工资或是直接走人。与此同时，我们会给那些自由记者以及能够提供原创内容的合作者更高的工资，这样能保证他们给我们带来更优秀的作品。我尽量避免签约像安东尼奥·加拉这样的专栏作家，因为自二十多年前起，他就是我们"不可触碰"的人之一。我对这位著有《土耳其激情》的作家完全没有敌意，他曾是一位成功的作家，并且总是以超出我们预期的质量完成他的稿件（他会在7月31日寄出所有八月份的文章），但他的工资是不合理的，因为他写的专栏每天只有一栏，长度也只有一段。很长时间以来，我们一直在怀疑已经没人读他的文章了，当我们连续两天发布他的同一篇文章时，证实了这一猜测。只有一个读者打电话来抱怨此事：加拉本人。

"这就是我所说的'脱脂'，""硅谷先生"在查看我准备撤销的岗位时说道，"这正是我们所需要的。"

"不仅是在《世界报》，"我坚持道，"任何编辑部都不会接受这样大规模的裁员。二楼办公室也得有人做出牺牲。"

"我们会这么做的。"

"这还不够。我提前告诉你，这次罢工规模会很大，我们将无法让报社继续运转。"

"没人会来上班吗？""硅谷先生"问道。

"没人会来的。我不知道你是否清楚：如果公司方面没有任何举动，他们会持续罢工的。我们现在需要的是一项激励性的、自愿的退休计划，这样就能在不伤害报社的前提下更新我们的员工队伍。"

葬礼一般的气氛笼罩着整个报社，我们的读者一定也注意到了，因为印刷错误正在成倍地增加。正常情况下我们一眼便能识别出这些错误，现在它们却在眼皮子底下溜走。部门主编在参加头版的讨论会议时什么也提供不出来，因为他们的记者正在关心罢工、谈判和裁员的事。部门主编翻出"冰箱"里的文章，回收那些差点就要被冰冻起来的、被人遗忘在角落里的文章。圣路易斯街编辑部里充斥着关于谁会在这次风暴中被牺牲的流言和赌局。公司的医生注意到员工到他办公室访问的次数猛增，特别是关于焦虑和沮丧的症状。一些编辑开始服用安定[1]，另一些人则开始有了严重的黑眼圈，仿佛他们是在拳击场过的夜。没人请病假：因为没人想承担因缺席而导致被辞退的风险，更糟的是，甚至没人注意到他的缺席。这个行业已经濒临死亡了，而大家毫无办法，一旦遭到解雇，能重新找到工作的机会也是少之又少。甚至把自己卖给某个意识形态阵营，也不再是能在这个时代生存下来的保障了。愿意在权力的保护伞

---

[1] 用于治疗焦虑、失眠等症状的药物。

下生存的人数已经超过了当权者能提供的职位数量，而且这些职位的薪资也已经减半。

我正在努力清除的新闻行业的惯性又回来了，这里面就包括乏味的政治评论，在这些政治评论中编辑们仅仅只是收集一下政客们的声明和反声明。大选后，没有获得绝大多数选票的人民党使得整个国家陷入了谈判的循环中，目的是组建一个不知道会把我们带往何方、现在却占着主导地位的政府。如果我在某个会议上批评声明式的和流水账式的新闻，那么"贵族"们就会感觉受到了冒犯，并将其归咎于总编不喜欢政治类新闻。事实恰恰相反：就是因为我对这类新闻很感兴趣，所以才无法忍受将新闻简化为一系列重复的声明，而没有任何叙事和激情。

我希望在编辑部工作的时间更久一些，因为我担心编辑们会恶习重返，但二楼的高管们不断召集我参加有关公司未来的会议，而每次得出的结论我们还得再次开会以进一步讨论。有时我去"鱼缸"大厅开会，编辑部没能给我提供当日的重要新闻，当我晚上重新查看报纸头版时，会感觉整个版面都很陌生。"记者"曾说过他不会加入拍马屁的人的行列（"如果你允许的话，如果你也认为我做的是对的，那么我将继续把我的想法诚实地告诉你。"），他提醒我，我们在"十九世纪"炸糕店写下的"准则"已经失去了方向。他给我发了《世界上最幸福的地方》书中的一段话，也就是我送给国王的那本书，在这本书中我讲述了我在2004年报道印度洋海啸期间对领导的绝望之情：

> 当死亡人数成千上万地往上增长时，报纸将我的报道放上了头版，标题却是《有四个西班牙人失踪》。我打电话给编辑部：
> 成千上万人死亡，而我们的标题竟然是《有四个西班牙人失踪》？四个我们甚至都不知道到底是不是遇难的游客，他们现在可能正在某个远离灾区的度假酒吧喝着鸡尾酒呢。
> 人们会更多地认同自己国家的受害者，这是人性的悲剧。
> 翻译一下：我们的死人更值钱。

"我很想念这个混蛋。""记者"在给我发送的这段话下写道。

"从那个角度看一切都显得更容易。"我回答道。

"你指的是从我这个角度？"

"不，我指的是从那个只需要担心自己报道的记者的角度。"

我主编报纸的那一年并没有改变我们之间的友谊，但我感觉"记者"并不总是能理解我作为总编在管理上遇到的困难，以及总编办公室里的紧张局势。我也并不想努力让我周围的人了解这些。我向他们隐瞒了"红衣主教"给我施加的压力、"二把手"的背叛,以及那些关于发行量下降和预算困难的紧急会议。我做这些都是为了让他们相信项目并没有受到威胁。我经常告诉他们,事情会得到解决的。很快这个阶段就会被人遗忘。我们会完成"准则"的,你们看着吧。

我提出的应当解雇最大数量的领导的意见,被二楼的高管透露给了报社的领导班子,这样一来,我们就更加有了紧张的理由。我们的领导已经习惯了开除员工,并不习惯自己的名字在解雇名单上。他们一个接一个地来问我他自己是否在解雇名单上。假如我从"红衣主教"那里学到他处理周围人的恐惧和不安全感的手段,我会告诉他们都不在名单上,这样一来我就能保证他们会在敏感时刻对我忠诚,之后我再开除那些我认为应当开除的人。但我和他们说了实话:我正在努力减少裁员人数,因此还没想好要开除的人员名单,除了"二把手"之外,不过他没有问我这个问题。其他所有人都处在不确定之中,他们没有充分的理由来捍卫自己的总编。

"红衣主教"来到我的办公室,告诉我他有一个好主意让大家的情绪平静下来:他将召集《世界报》的智囊团开一个秘密会议,会议上我们将定义报社的未来,并表明除了员工削减计划外今后还将有一个新的大项目。"红衣主教"发给了我一份他认为应当出现在阿兰胡埃斯①会议上的人员名单。阿兰胡埃斯是我们选定的开会城市，1808年这座城市发生了兵变，最后以卡洛斯四世退位及其子费尔南多七世继位告终。"还有比这更好的地方吗？"我想着。当他告诉我参会人员名单时（"端庄女士"、"艺术家"、"秘书"、"少爷"、"哈维·上帝"、佩德罗·库尔坦戈、"硅谷先生"以及我们的专栏作家阿卡迪·埃斯帕达……），我心想这样一个夹杂着自负、野心以及烂账的会议，最后只会像不和谐家庭的圣诞节前夜的晚餐那样结束。

"'端庄女士'和阿卡迪·埃斯帕达待在同一个房间？"我问道，"他们不是互相讨厌吗？"

我的同盟认为这次会议是一个陷阱，我不应该参加，但是我说不管怎样我还是会参加的，我还把弗吉尼亚加入了与会者名单。就这样，在春日里的一个周六，在编辑部四面楚歌的时候，我们这些被召集起来拯救《世界报》的人一起前往了阿兰胡埃斯。我们围在一个巨大的U形桌子周围，房间里放着咖啡机和白板，白板上贴着大张纸，旁边还有用于演示的记号笔。

"红衣主教"感谢了各位出席者，拿起记号笔，他确信革命的时刻已经到来（我开始讨厌"革命"这个词了），开始描述他的未来愿景。但是，他不但没有为报社的数字化转型计划提出新的业务线或是大胆的编辑路线，反而坚称我们所有的问

---

① 西班牙马德里自治区的一个市镇。

题都可以通过重新打造纸质报纸,把读者吸引到报刊亭来解决,就像跟在花衣魔笛手身后的孩子一样。他计划如何扭转纸质报纸销量下降的全球趋势呢?之前从没人想到过的、他自称的绝妙主意又是什么呢?他的计划是,新报纸将会取消增刊,包括最成功的《克罗尼卡》以及《其他报道》,然后把这些增刊的内容整合到一份报纸中,该报纸将被分为三大块(国内新闻、评论及其他部分),新报纸的版面上都是才华横溢的分析文章以及著名知识分子写的专栏,当然这些知识分子要越保守越好。当"红衣主教"用含糊的话语展示他从1986年的某个报业主管大会上摘抄下来的伟大计划时,我的疑惑渐渐变成了愤怒,直到我实在忍受不了了。我打断了他:

"你是认真的吗?你到这里来展示一个你此前从没和总编讨论过的计划?"

我看向"硅谷先生",几个月来他一直和我从事数字化转型工作,我希望他能说些什么,但他保持了沉默。我自此发现自己从前对他的期望是有多天真:一位新来的经理,无论是和报社还是和总编之间都没什么情感联系,那他为什么要冒着丢掉工作的风险来捍卫自己所相信的观点呢?他的怯懦延长了他在公司工作的时间,但这也无法保护他免受"红衣主教"的伤害。两年后,他还是被踢出了公司,开始在一家证券公司做财务工作,也许他自己并没有觉得这两者之间有什么区别。在连锁超市或是媒体公司工作,出售烤面包机或是新闻,对他来说没什么区别。对他而言,新闻不过是一个市场,是一个吸引消费者购买商品的诱饵。"硅谷先生"不明白,当他为一家报社工作时,甚至是为私人报社工作时,他需要承担除了收入账单和经理奖金之外的公共责任。如果我连这一点也必须向他解释的话,那他最好还是去海滩上为那些空住宅卖卖警报器。

"红衣主教"的计划忽略了我们不久前在周日新版增刊上所遭受的失败、我们账户上出现的大漏洞、世界各大报纸是如何摆脱危机的(专注于质量、创新和订阅的数字模式),以及我们复兴的数字化项目开始展露出来的机会,这些机会在纸质报纸崩溃的情况下仍然给我们带来了希望。

当"红衣主教"发现大家对自己的提案热情不足时,他称自己的讲话只是抛砖引玉,邀请其他人进行发言,每个人都可以发表自己的意见。"少爷"是第一批发言的人之一,他热烈地为自己老板的提议鼓掌,说我们的报纸现在已经失去了力量,因此急需找到正确的方向。

"你在塞维利亚是怎么做的?"我问道,"在那里我们甚至连1800份报纸都卖不出去,我们必须用裁员的手段来弥补因你的管理造成的读者、销量以及收入方面的损失。"

他没有再说话。

阿卡迪·埃斯帕达与"端庄女士"和我预计的一样在互相争吵。我甚至不记得他们之间是为了什么才相处得如此糟糕,但他们的争斗持续了多年，我认为他们的敌对状态是出于同一个野心，都希望有一天能执掌报社。阿卡迪曾在几周前提到，希望取代"少爷"成为《世界报》驻安达卢西亚的总编（我花了很长一段时间才意识到他是认真的），而"端庄女士"则希望效仿索莱达·卡耶哥，后者最终成了《国家报》的女总编。我乐于让这两个人都担任专栏作家的职位，因为尽管他俩想要成为大人物的野心吞噬了他们作为记者的那一面，但他们针锋相对的观点正是一个不甘心成为社区小报的报社所期望的。然而，如果我把总编办公室的钥匙放在他们两个人中的任何一个人手上，其结果就像让狮子管理动物园一样。

我们的专栏作家和文化新闻部的记者"诗人"与这类场合格格不入，正如"秘书"不适应非洲传教士的宣讲会一样，他用莎士比亚术语谈我们的危机，并提出我们应当创造一份新闻内容更丰富的报纸。"红衣主教"最喜欢的员工，一位从《ABC报》跳槽来的女记者，她可能是这个公司里唯一真诚爱戴"红衣主教"的人，说了一些没人能听明白的话，她说话的方式也不像想让大家听懂的样子。弗吉尼亚提醒了一件明显的事：我们必须选择赌一把，而现在唯一合理的赌注就是数字化项目，我们耽误的时间越长，情况对我们来说就越糟糕。纸质报纸的负责人"哈维·上帝"就报社的未来发表了自己的演讲，参会者将他的演讲理解为他竞选王位的开始，万一阿兰胡埃斯的叛乱变得像十九世纪初那样在王位的毁灭和继承中结束呢。在那种不真实的氛围中，很难找到不拍"红衣主教"马屁的人，又轮到我回答那个在一定程度上让我们回到起点的问题了。

"对你们来说《世界报》是什么？"

当我再次用很长的发言来描述我的愿景时，当我又讲述了一遍我已经重复过一千次的观点时，我觉得我是在浪费时间，甚至可以用这次会议作为例子来做一个总结：我们应当做的恰恰与我们在阿兰胡埃斯所呈现的闹剧相反。

我们回到了马德里。我刚踏足编辑部就知道会议上的出席者已经透露了所有的一切，其中还夹杂了夸张、虚构和半真半假的消息，这些消息就这样在"真相的殿堂"里传播开来。没关系，因为他们传递的最终结果是准确的：我们没能挽救《世界报》就回来了，而总编则艰难地（也许只是暂时地）阻止了阿兰胡埃斯的叛变。

"这是一个陷阱，""端庄女士"在我们离开前这么说道，"但是你辩护得很好。"

公司和员工之间的对话没有取得任何结果。"工会主席"脸色很差地从会议上退下来，员工们立刻在他周围围成一圈，想知道发生了什么。他的言论越来越具有侵略性，但有时这些言论伴随着对"红衣主教"的挤眉弄眼，这让他们两个人之间产生了一种奇怪的共谋关系。劳资委员会要求禁止所有主管使用公司的车，除了"工会主席"自己。当我问这位我们在动乱时期的"将军",为何把他自己放在例外情况时,他说他作为代表需要用这辆车出席活动。

"好吧!"我说道。如果说谁有能力买自己的车,那个人就是他。

我在谈判中扮演的角色令人沮丧,因为我不能坐在谈判桌旁:我既不是二楼办公室的高管,也不是劳资委员会的成员。我不得不尝试从外部影响谈判,希望双方的立场能靠近些,这样就能避免罢工。但是这招并不奏效:大家都支持罢工。我召集我的团队来我的办公室讨论我们应当采取怎样的立场。弗吉尼亚和"二把手",像白天和黑夜一般截然不同的两个人,终于在这件事上达成了一致:他俩都认为我们应当支持罢工。理查德·基尔和"艺术家"也表示同意。评论部的主编佩德罗·库尔坦戈则垂头丧气,凝视着办公室的某个角落。他是报社的知识分子,通过数千篇评论将《世界报》的思想留在了报纸上。面对这种情况,他的表情显示出了他身体上的痛苦。

"你是总编,如果你要求我上班的话,我会这么做的,"他说道,"但如果第二天我们违背编辑部员工的意愿行事的话,我就会提出辞职。我无法再次面对同事的脸。"

"我们明天都得来,"我说道,"但我不会指示你们接管编辑的工作。我们只有在有足够的员工来制作像样的产品时才会把报纸投放出去。如果人们不来上班,《世界报》就不会投放。"

这一决定无异于把我自己也拉入了罢工运动中，因为我知道没人会来。"秘书"发现了我们刚刚举行的会议，他神色不安地来找我，让我对此做出解释。我告诉他总编随时都可以召见自己的团队成员，他见我心情不好就放松了下来。

"告诉我你明天会投放报纸的。"

"这不是我能决定的。"

"上面的人说……"

"我他妈完全不在乎上面的人说了什么。让他们自己下楼来编辑文章。你可以用我的名义对他们说这些话。"

罢工当天，示威者在圣路易斯街的入口进行守卫。他们摇晃着我的汽车，喊着"工贼下车"。他们开始向我扔西红柿。编辑部成了一片荒漠，里面全是处于关机状态的电脑、空荡荡的座位，以及堆满纸张、笔记本和文件的办公桌，仿佛它刚经历了什么紧急灾难被废弃了。所有领导班子的人都来了，"红衣主教"最喜欢的那位女记者开心地说她有了"副工贼"的称号，而我们的文化主管，他从几年前开始就不在乎别人对他的看法了。伊雷内穿着她那条五彩缤纷的裙子来到了编辑部，她的热情和我们刚在社会新闻部工作时没什么区别。她有着能看到那些其他人看不到的新闻的本能，她还有着写这些新闻的沉着和获得它们的决心。几个月前，希腊的银行纷纷倒闭，克西斯·齐普拉斯政府对布鲁塞尔方面实施的紧缩计划采取了不信任的态度，希腊威胁将破坏整个欧元区。当时我把她派去雅典，任务是获得采访任性的财政部长扬尼斯·瓦鲁法基斯的机会。所有媒体都渴望采访他,伊雷内是唯一一个成功的人。她前往部长位于雅典卫城郊外的家附近，然后在他家门口塞进了一张便条，恳请采访他几分钟。瓦鲁法基斯在他的客厅里接待了她，部长的讲话出现在了《世界报》的头条:《他们对希腊做的事有一个称呼：恐怖主义》,同样的内容还出现在了世界各大国际媒体上。

"那么，现在要做什么？"伊雷内问道。

我之前已经警告过她，今天不会有任何人来上班的，她最好还是待在家里，以免和同事的关系变得复杂。

"我命令过你不要来。难道我没有作为总编的任何权威吗？"

"我要扔下你一个人吗？不可能！"

我们等了一会儿，想看看是否还会来更多的人，但是没人再来了。我们的人手屈指可数。我将弗吉尼亚和伊雷内带到维吉塔餐厅吃饭，在那儿遇见了由"工会主席"和"端庄女士"领导的一支小分队。他们穿着制服，拿着横幅，脖子上挂着口哨。马拉瓦与他们在一起，他也许是最能代表"贵族"们对报社造成损害的人了。他每天都在报社走廊上抱怨他的痛苦，要么在批评同事做的事，要么喋喋不休地对新闻行业发表自己嘈杂的见解，他认为新闻行业已经结束了，而我们还在通过民意测验和选举结果的无聊报道来拯救它。他就是"端庄女士"的一个翻版，但又没有后者的个性和天分。

"什么?"马拉瓦在看到我们时问道,"明天会发行报纸吗?"

"不会,"我说道,"明天《世界报》不会发行。"

马拉瓦听到这个消息,便拿起手机通过推特发送了这条消息,这是他这么多年来发送的第一条"独家新闻"。

连腐败首相和金融巨鳄、广告限制和财政危机都没做到的事,我们自己做到了。我们的日报在无中断地连续出版二十七年后,与我们的读者失约了。时间一点一点流逝,七点左右我让那些来上班的人回家了,一个人待在寂静的编辑部里,一个记者也没有,只剩我这个一无所有的总编。我们刚刚度过了报社历史上除了得知我们三位同事因公殉职的那几天之外最悲惨的一天。

第十八章　葬礼

我们的专栏作家何塞·路易斯·洛佩斯·德·拉卡耶于2000年5月7日被恐怖组织"埃塔"杀害，他的头部和胸部遭到四次枪击。当时他刚买完报纸回家，离家门口只有二百五十米远。第二天早上的报纸头版上出现了一张被血迹斑斑的白布覆盖着的尸体的照片，旁边还放着他的雨伞和报纸。这篇五栏新闻的标题是《专栏作家洛佩斯·德·拉卡耶因捍卫巴斯克地区的自由而被"埃塔"组织枪杀》。

一年之后，胡利奥·富恩特斯在贾拉拉巴德到喀布尔的高速公路上遭到伏击而亡，这是在他接替我报道美国入侵阿富汗事件两周之后。消息一出，就有人打电话到我家向我家人慰问：他们听说《世界报》的特派记者去世了，以为那个记者是我。我们的头条新闻是《有人目击了驻阿富汗记者胡利奥·富恩特斯的丧生》，第一次希望有人打电话告诉我们这是条假消息。

胡利奥·安圭塔·帕拉多的经历证明了在战争中记者会在

错误的地点、错误的时间死去，而不一定是在风险最高的地方。他曾是报社驻纽约的第二任记者，但他想实现自己内心的伟大记者梦，设法在2003年的伊拉克战争中"加入"海军陆战队。尽管这是他第一次报道战争，却为报社提供了一些前所未有的优秀的战地新闻。当美军准备对巴格达进行最后的进攻时，胡利奥已经赢得了他所追寻的认可，那时他必须选择是留在基地还是加入最后进攻的突击队。他决定留下来，结果一枚炮弹落在了军营里。第二天的报纸新闻标题是《〈世界报〉记者胡利奥·安圭塔·帕拉多在巴格达南部的一次导弹袭击丧生》。

拉卡耶的去世，以及我认识的两位记者富恩特斯和安圭塔·帕拉多的去世，在我担任记者的那些年里给我留下了深刻的印象，自从我成为总编以来，这些事都变成了我沉重的回忆。国际新闻部的同事感到很奇怪，因为他们这位曾做过战地记者的新任总编比任何人都抗拒把他的记者派往前线。这也许是因为我很了解做战地记者的风险。对于战地记者来说，现在比以往任何时候都要危险。报道者不再被视为中立的见证人，像在叙利亚等地，他们会被绑架、被斩首，并成为线上传播视频的工具。我们最优秀的战地记者哈维尔·埃斯皮诺萨在叙利亚被绑架了六个月，而在此之前的某次旅途中，他差点在一次袭击中丧生，那场在霍姆斯发生的袭击杀死了《星期日泰晤士报》①的传奇记者玛丽·科尔文②。

大媒体都不愿意将自己的记者派往危险地区，驻外记者的位置就被那些从中看到成名机会的撰稿人占据了。

当著名自由记者安东尼奥·潘普利加③写信给我，表示愿意从叙利亚为我们报社进行报道时，我试图劝阻他，并和他说，我对"有人冒着生命危险为我们写报道的想法感到不自在，我们付的报酬很低，而且我们也无法为他提供安全保障"。潘普利加最后找到了一家电视节目制作公司来支付他的旅行费用，无论如何他还是出发了，同行的记者还有安赫尔·萨斯特雷以及何塞·曼努埃尔·洛佩斯。他们写信给国际组织并提供了一系列报道，此后我们就再也没有收到关于他们的消息。几天之后，"红衣主教"接到了来自国家情报中心主任费利克斯·桑兹·罗丹将军的电话，他询问我们是否有记者在叙利亚工作。"秘书"惊慌地来找我。

"我们有派任何人去叙利亚吗？"

"没有，但是有一群在叙利亚工作的西班牙人为我们提供

---

① 《星期日泰晤士报》(*The Sunday Times*)，英国一份于每周日出刊的报纸。
② 玛丽·科尔文（Marie Colvin），著名战地记者，标志性特征是"独眼女侠"，生前三十多年一直在战争的前线报道新闻。
③ 安东尼奥·潘普利加（Antonio Pampliega），一位专门报道冲突地区新闻的西班牙记者，曾被"基地组织"绑架。

报道。为什么这么问?"

"他们被绑架了。"

几周后,将军邀请我们去国家情报中心用午餐。

桑兹·罗丹,正如这个国家其他的领导人一样,都是"红衣主教"的朋友。他带我们参观了国家情报中心的设施,还带我们去了演习大厅,大厅里悬挂着被成功释放的西班牙公民的照片,其中就包括哈维尔·埃斯皮诺萨在叙利亚被释放后、儿子在机场拥抱他的经典照片。我问他潘普利加、萨斯特雷和洛佩斯的事怎么样了。

"他们没落在最坏的人手里,"他说道,"我觉得他们会获救的。"

当时机成熟时,这位间谍头子也会请我们帮他忙。他了解到,我们正准备发表亚历杭德罗·苏亚雷斯·桑切斯·奥卡尼亚写的一本书的摘要,书名为《第五要素》。这本书揭露了西班牙国家情报中心开发了一个计算机程序,该程序可以用来控制私人计算机并用破坏性的信息污染它们。"红衣主教"要我撤销这篇文章,他提醒我桑兹·罗丹在埃斯皮诺萨绑架危机中为我们做了多少事。在我看来,把这两件事联系在一起是种卑鄙的行径。当文章发表时,"红衣主教"又给我发了一条某机构主管给他发的消息:"有了这样的朋友,我不愁没有敌人。"

十个月后,潘普利加、萨斯特雷和洛佩斯被释放了,这加剧了我内心的矛盾，一方面我抗拒将记者派去前线，另一方面我又坚信我们应当继续前往战争现场报道世界上正在发生的事。自从1854年《泰晤士报》记者霍华德·罗素前往克里米亚战争现场进行报道后，每个记者以及特派记者都为结束战争做出了自己的贡献。一个世纪后的越南战争，如果不是记者们让美国社会睁开双眼，引起公共舆论转折，那么战争还会持续更长时间。如果不是记者报道萨拉热窝市场大屠杀①，拍下行人被穿越梅斯塞利莫维卡拉大道的狙击手枪杀的照片，那么南斯拉夫还会继续流血，天知道会持续多久，而欧洲政客们还会在无用的峰会上讨论不休。《世界报》从成立一开始就延续着这样的新闻道路，并将报社的记者，包括我自己在内，送往需要他们的地方，而且我们为此付出了高昂的代价。我们在圣路易斯街入口处立了一块牌匾，以纪念这些因公殉职的记者们，我们每年还会以他们的名义颁发新闻奖。

第十四届新闻奖的获得者是三位伟大的女记者，她们分别是林西·阿达里奥②、维罗妮卡·德·维格里③以及萨法赫·艾

---

① 指萨拉热窝围城战役。
② 林西·阿达里奥（Lynsey Addario），美国摄影记者，关注冲突和人权事务，特别是妇女在传统社会中扮演的角色。
③ 维罗妮卡·德·维格里（Véronique de Viguerie），法国摄影记者，因报道负责乌兹宾河谷伏击的阿富汗游击队的故事而闻名。

哈迈德①，而最佳专栏作家奖则颁给了阿图罗·佩雷斯·雷沃特②，他是极少数成功从战地记者转型为优秀作家的记者之一。我在成为总编之前并不认识雷沃特，但他得知我的任命后，曾给我发送过一条表示支持的短信，他还附加了一条我应该早点考虑的建议："当心你那些嘈杂的朋友和看不见的敌人。"

颁奖典礼在巴塞罗那的利塞乌大剧院举行，我也希望在那里向费尔南多·穆吉卡致敬，他曾是我在国际新闻部工作时的第一位领导，也是这一行业的偶像之一。穆吉卡报道并拍摄了二十世纪下半叶各个重要的冲突事件，还是1975年最后离开西贡的记者之一。但是马德里的领导们错误地将他安置在办公桌后面，费尔南多在办公桌后藏了一个相机，他拍摄着编辑部的场景，幻想着有一天能回到前线。在他离开报社前的一段时间里，他陷入了霍塔关于马德里3·11连环爆炸案的阴谋论中。新闻行业是一个没有记忆的、充满自负的行业，但穆吉卡表现得像绅士一样。我们之间只争吵过一次，当时我从喀布尔打电话给他，抱怨他没有发表我发给他的一篇关于阿富汗圣战者的报道。他对我说，如果我愿意的话，可以直接坐飞机回来取代他在编辑部办公桌旁的工作。那是在9·11事件发生后的几天，这意味着他在报社每天都焦头烂额的，与此同时还

---

① 萨法赫·艾哈迈德（Safah al-Ahmad），沙特阿拉伯电影制片人、记者。
② 阿图罗·佩雷斯·雷沃特（Arturo Pérez-Reverte），西班牙记者、作家，曾是西班牙广播电视台的战地记者。

得忍受那些确信自己所有写的文章都应当得到普利策奖待遇的记者。

"你来做编辑工作,我去前线,成交吗?"

你知道他说这话的时候是认真的,因为费尔南多就是罗伯特·卡帕①口中的那类记者,错过一次战争就像"拒绝和拉娜·特纳②约会"一样。

对于穆吉卡来说,再也不会有入侵或进攻了:他快死了。他在医院度过了人生的最后几个月,每天都在流血和化疗,忍受着病痛,并与正在从体内吞噬他的癌症做斗争。我设法与他交谈,并告诉他不要担心巴塞罗那的活动,当他好转时我们剩下的人会为他再举办一个活动。

"你做得很好,大卫,"他说道,我想这是因为他知道我们现在正经历着艰难的时刻,"不要让办公室里的那些人打败你。我们在巴塞罗那见。"

我当时已经完全排除了费尔南多出席活动的可能性,但当我准备登上利塞乌大剧院的台阶进行演讲时,我看到他正和他的女儿步行进场。他观察着周围的一切,这证明他还没有失去作为记者的嗅觉。

---

① 罗伯特·卡帕(Robert Capa,1913—1954),匈牙利裔美国籍摄影记者,20世纪最著名的战地摄影记者之一。
② 拉娜·特纳(Lana Turner,1921—1995),美国著名女影星,曾凭借《冷暖人间》获奥斯卡最佳女主角的提名。

"你觉得我会错过派对吗？"

"你是一头狮子，你知道吗？"

"一头年老的狮子。"他说道。

我们互相倾诉了对于记者行业的热情，以及对胡利奥·富恩特斯之死说不清道不明的内疚。我对当时提出让胡利奥·富恩特斯代替我的请求，从而让他去了一场他本可以避免的战争感到内疚。费尔南多则对当时没有阻止胡利奥·富恩特斯选择走贾拉拉巴德到喀布尔的那条高速公路感到内疚，因为当时我们已经在阿富汗首都安排阿方索·罗霍进行报道了。也许正是出于我对胡利奥·富恩特斯的回忆，才让我如此抗拒派遣记者前往战争现场，但是我知道费尔南多会责备我的这种担心。

"记者不是为了待在编辑部里的。难道你不可能在婚礼上吃了什么东西而死于沙门氏菌的感染吗？难道你不可能在下班开车回家的途中死于一次愚蠢的车祸吗？难道老死就更好吗？"

现在，在工会的斗争、罢工、阴谋和各种争端中，我们消耗着自己的精力和才华，我现在比以往任何时候都能理解当时费尔南多为什么想和我进行交换，让我来做编辑部的工作，把他换去喀布尔。我现在也想让某个驻外记者接替我坐上总编办公室里的那个位子，这样我就可以前往那些最混蛋的战场了，在那里记者们最多只会为了晋升而做坏事，而且你更清楚子弹是从哪个方向打来的。

《世界报》罢工的成功举行激怒了我们意大利的主人，他们看到自己在谈判中的地位被削弱了。公司稍稍改变了他们的立场，为员工们提出了更优渥的条件。谈判有了进展，现在双方可能就激励性休假、提早退休以及提高遣散费等事务达成一致。在我看来，公司已经采取了足够的举措以避免原定在下周二进行的罢工，因为这将造成不必要的损害。然而"工会主席"认为罢工还得继续。我无法理解他的立场。

"你是一个不负责任的人，"当我在报社走廊遇到他时，对他说道，"你已经举行你的罢工了，报纸也没有被投放出去，你还想要什么？你知不知道第二次不发行报纸意味着什么？你正在将我们所有人推入危险之中，那些你声称要捍卫的职位也将处在危险之中。"

"这不是我的决定，是整个委员会的决定。其他两家报纸都发行了（《马卡报》和《拓展报》发行了限量版）。"

"这是他们的问题。我们的报纸没有发行。谈判有了进展，如果再进行罢工，一切都会搞砸的。你必须停止所有这一切。"

我从意大利方面得到消息，劳拉·乔利将在第二次没有报纸发行的情况下做出回应，她会推翻谈判桌上的一切，解雇最初提议的九十四名员工，并支付法律要求的最低赔偿金额。这是一条没法共享的消息，而且看上去也没有必要：与我交谈过的所有同事都同意，一旦编辑部显示出可以让报纸瘫痪的能力，编辑们就可以重新获得主动权，并利用再次停工的威胁来获得谈判中的一席之地。

在接下来的几天里，我一直致力于说服那些与我持反对意见的人，在即将到来的关于投票决定是否维持罢工的大会上投上反对票。我寻找着那些持怀疑态度的人，说服他们同意我的看法，我在咖啡机周围不停徘徊，一边组织着反对罢工的论点，我利用了人们喜欢取悦权力层的天性，并且比以往任何时候都更能理解，为什么政治家认为有必要在选举活动中与婴儿合影、和祖母们拥抱。我得到的回应是如此积极，我的盟友们表现得如此坚定，以至于我忘记了网球场上的规则：在比赛结束之前是永远不知道输赢的，即使你已经在球网上方握住了对方的手。在骚乱的大会上，道理输给了情感，温和派被激进分子恐吓，吵闹让理智没了声响。编辑部投票赞成举行新的罢工，但是我这次决心要破坏这个计划。我决定即使只剩我一个人，也要发布那天的报纸。我认为新的罢工将对报纸的形象造成无法弥补的损害，这也会让我们的工作岗位面临更高的危险。我召集了我的团队成员，告诉他们我们在一条阵线上。

"如果罢工可以挽救三十个员工的岗位的话，我会这么做的。但是情况恰恰相反。这样做的风险是让意大利人从谈判桌上撤下，而裁员将在二十天内执行。此外，这件事对报纸形象的损害是不可逆转的。我们的订阅量已经受到了第一次罢工的影响。我们的网站花了一周时间才恢复正常的阅读量。我们不能允许这样的事再次发生。"

我列出了大约五十名告诉我会来上班的员工名单，这些员工足够我们更新网站并发布限量版报纸。在这些挺身而出的人当中，包括了"死亡诗社"几乎所有的成员、至少五位部门主编以及几位报社老人。"记者"告诉我他那天会来上班。但是随着罢工日的临近，他们的意志渐渐消退了，他们一个接一个地低着头来找我，告诉我他们改变了主意。

当"记者"走进我的办公室时，他的神情仿佛刚在赌场里赌输了一切。

"对不起，"他说道，"我真的很抱歉。"

自我们相识以来，彼此之间第一次陷入了尴尬的沉默。

"我原以为我们俩都同意这次罢工是一个错误。这违背了我们想要实现的目标。如果罢工成功举行的话，可能会让更多人失去工作。"

"请你理解我得和这些人待在一起。"

"其他人呢？"

"我认为不会有人来。"

我可以理解那些错误地认为第二次罢工会赢得公司更多让步的人。我也可以理解那些多年来对二楼高管心怀不满的人，现在他们除了渴望解决钱的问题外，其他什么都不奢求了。我也理解那些总是寻求让事情变糟的编辑部的老鼠，他们对自己能够从废墟中脱身而出，并在混乱中飞黄腾达充满了信心。我

287

还理解那些真诚地认为自己这么做是在关键时刻保卫报社的员工。我难以接受的是那些认为来上班才是正确的选择、但因为恐惧而选择不来的人。恐惧，难道还有比恐惧更能让人暴露自己本性的情绪吗？

在罢工日的前一晚，其他那些宣称会来上班的人也决定不来了。

"我们都希望你有能力将报纸发布出去。"好几位"死亡诗社"的成员在罢工日前夕与我告别时这么说道。

这些鼓励的话语非但没能安慰到我，反而让我更难以接受他们的决定。

伊雷内过来告诉我她又决定来上班了。

"我把你从巴黎通讯社转到编辑部来已经很过分了。你还想让你的同事恨你吗？"

现在的一切都是如此困难，我担心她会为一件与她无关的事而牺牲自己。

"你是唯一一个我没法请求你来上班的人。"

但是伊雷内太忠诚了，她拥有如此坚定的原则，以至于听不进去我的话。第二天她和弗吉尼亚一起出现在了编辑部，两个人脸上都挂着微笑，准备完成一个看上去不可能完成的任务：在没有记者的情况下办一份报纸。我们的团队成员非常有限，只有三位编辑和一位部门主编。而"二把手"完成了他的最后一次背叛行为，当天待在了家里。我将他们全部召集到了替者占据着：一个记者正在冒充总编。我可以毫不费力地再次完成驻外记者的工作，写下关于印度或朝鲜的报道，编辑文章，校对每一页，并像我在实习期间做的那样，从打印机中取出文章的复印件。

我们从系统中选择照片，将旧版页面的布局运用到当日的报纸排版中。我们写下了有史以来最糟糕的足球新闻，编辑了一篇有关人民党腐败案的最新报道、一篇关于美国国家航空航天局最新发现的1200颗行星的报道，以及一篇关于工人社会党和"我们能"党争夺左派霸权的分析文章。我们一刻不停地工作，一边还得面对截稿的压力和在门口抗议的纠察小队的骚扰。夜幕降临时，所有人都筋疲力尽。我把我承诺过的四十页报纸发送到了印刷机。这是一份不完美的、可以改进的报纸，但还算体面。我们几个"工贼"在一些罢工者的秘密帮助下将报纸发布了出来，这几个罢工者在最后一刻感到内疚，向我们发送了几篇文章以表支持。

第二天早上，强硬派愤怒地抓住了我们的一个错误，试图让大家都来反对我们，但他们没意识到大多数人私底下都松了一口气，并向我们表示祝贺。自报社成立以来，我们报纸的头版上都会刊登一句作家、哲学家、政治家或思想家的名言。这份紧急版报纸上刊登的名言似乎是我们有意为之："即使世界灭亡，正义也要实现。"

"他们想让《世界报》灭亡！""端庄女士"喊道，她全身心我的办公室，告诉他们我们得更新网站，编辑四十页的报纸，我安排了每个人的工作，并对他们说，我相信我们一定能做成这件事，一定能让读者第二天在报刊亭里买到我们的报纸，他们的行为不仅证明了他们对自己的忠诚，也是一种对那些没来上班的同事的忠诚。

"红衣主教"早上出现在了编辑部，他的脸色前所未有的难看，大惊失色地喊道：

"太耻辱了！太耻辱了！他们在入口不停地晃动我的车。我刚要下车……"

我告诉他我们正准备编辑报纸。他环顾四周，只有空空的办公桌和处在关机状态的电脑。

"什么？"

"这是我的事情。但是明天《世界报》会出现在报刊亭的。"

弗吉尼亚和伊雷内开始在网站上更新了两三条新闻。当罢工者发现网站更新了时，他们感到非常愤怒，并开始通过社交网络骚扰我们，称我们为叛徒，并称我们正和公司联手准备解雇他们的同事。实际上，我们准备做的事与之恰恰相反。

我让团队成员开始做那些通常情况下他们吩咐下属做的事。他们中的一些人已经好几年没有写过简讯、编辑过文本或调整过标题了，我感觉在所有的领导中我是最适应这种情况的人，这得归因于不久之前我还在做着记者的工作。或许还因为我从来都没有停止过记者的身份，总编办公室正被一个冒名顶地扮演着新闻界"圣女贞德"①的角色。

"耻辱!"愤怒的人们反复喊道。

"这是一个无心的失误。"我们尝试解释道。

由于我们没有排版师,所以"艺术家"随机选择了一张旧头版,我们把所有东西都更换了,除了这句名言。"工会主席"指责我们不仅抵制罢工,还嘲弄他们。我认为前一天的工作还没有完成,因此亲自撰写了一份勘误表,并要求报社第二天发表它。我不由得为那四十页由大家在空荡荡的、沉默的编辑部中完成的报纸感到自豪。我作为新总编出现在编辑部时许下的诺言,从来没像这次一样充分地完成过:我忠于我的读者,也忠于我手下的记者,尽管大部分人不理解这点。

5月12日,罢工失败的两天后,费尔南多·穆吉卡去世。和他一起消逝的还有他理解新闻的方式。凭借他整洁的金色胡须、蓝色的眼睛和沉稳的嗓音,他肯定会在拉娜·特纳黄金时代的电影里脱颖而出。我已经去过殡仪馆送别他了,但没法参加他的宗教葬礼,因为他的葬礼恰好和《世界报》一年里最重要的商业活动在同一天,我们那天会举办一场"汽车宴会",款待我们的汽车广告商公司的各位总裁和领导。经济部长路易斯·德·金多斯将主持这次活动,按照计划我会发表演讲并颁

---

① 圣女贞德(1412—1431),法国民族英雄。

发奖项。还剩两个小时这两场活动都要开始了，是去参加皇宫酒店举行的晚宴还是费尔南多的葬礼，我开始犹豫了起来。

那天下午阿梅利亚还待在她的工作岗位上，直到最后一天她也一直在我身边。

"这不是很荒谬吗？"我问她，"选择去那个愚蠢的宴会，而不是费尔南多的葬礼？"

阿梅利亚没法告诉她的总编别去晚宴，但我猜测她在用眼神告诉我：

"你当然应该去参加葬礼。"

我怎么还会对这件事犹豫呢？我到底怎么了？也许总编这个职位正在开始一点点改变我。我打电话给"红衣主教"，告诉他我没法和他一起去参加宴会了，因为我必须得去费尔南多的告别葬礼。

"我理解。"他说道。

当"红衣主教"前往皇宫酒店代替我发表演讲时，我乘出租车前往马德里的圣费尔明·德洛斯·纳瓦罗斯教堂。教堂里全是人。我看到了那些曾在报社成立早期和我们一起工作过的、但此后再也没有联系的人。我的前任总编们都在现场，佩德罗·霍塔和卡西米罗·加西亚·阿巴迪洛。"端庄女士"和一些"贵族"以及"二把手"站在教堂的后侧，我们互相打了招呼，却什么也没说。我再次碰到了我早期的领导以及那些在内部斗争中被解雇或被清除的同事，他们中的一些人曾为《世界报》做出过巨大的贡献。为了送别我们中的一员,我们暂停了阴谋诡计,暂停了谩骂,达成了暂时的休战。

退休的编辑部秘书玛丽·卡门也出现在了那里,她在过去的二十年里一直都是报社的灵魂人物:清点账目、评估自由记者的报道,并鼓励新手放手一搏。

"大卫,你不值得耗在编辑部里,尽你所能地去远方吧!"

我们过去的一切早已是沧海桑田,我们曾经做过的那些事如今我们早已放弃,报社的历史,报社的伟大和苦难,都在那个看上去像费尔南多有意组织的聚会上重现,他也许是在责怪我们不知道如何维持过去的黄金岁月。当弥撒结束时,我慌忙道别,借口说我必须得按时赶到"汽车宴会"的现场,但实际上我在逃离那个笼罩着怀旧之情的氛围,并且我确信,无论我做什么也无法复刻旧日的时光了。

第十九章 背叛

不会再有第三个罢工日了。经过数天艰难的谈判，公司和工会正要签署协议，以减少公司十二个分支下的裁员人数。最初公司提议在《世界报》解雇九十四名员工，现在减为解雇五十八名。我们将会开启自愿离职和提前退休计划，对于被迫离职的员工，我们会支付给他们"每工作一年就支付其三十七天工资"的补偿金。战争之所以荒谬，是因为战争总是以和平条约的形式结束，而我们最近几周所经历的一切，罢工、对抗和紧张局势都是不必要的。我们只需要一开始就在谈判桌上摆出和现在一样的提议，那么一切都会变得不同。当编辑部的员工舔舐着在最近一次的生存之战中造成的伤口时，"红衣主教"正努力在众人面前为自己在这次危机结束前的表现邀功，而我终于能在这几周的时间里第一次松口气了。

我急于重启我的计划，这个计划在宣布裁员以来就一直处于停滞状态，我召集了"红衣主教""硅谷先生"以及"秘书"，计划向他们介绍我的计划。我拿出我的电脑，开始向他们展示图表，关于多媒体编辑部、人员重组、工作流程、削减领导层以简化管理流程、新的质量控制委员会，以及成立编辑纸质报纸的专门小组。"红衣主教"打断我时,我才解释到一半。他向"秘书"打了一个手势,于是他的副官从外套口袋里拿出了一张纸。

"大卫,我们不想让你生气,这和私人无关,但是公司认为这是我们所需要做的。"

"秘书"把计划书放到桌上,是手写的。阿兰胡埃斯计划不仅没有消亡,在我背后他们还成立了一个平行团队来开发这个计划。"红衣主教"召集了一批抵抗改革最起劲的记者以及领导层里最重要的成员,共同致力于这个项目,一个将会把我们的报纸带往与世界主流报纸发展方向相反的项目。这个计划包括将赌注放在纸质报纸上、对我们旧有等级制度的维持,以及创建一个"工厂",该"工厂"将会在"秘书"的命令下负责所有非日常内容的制作。

"这他妈是什么?"我的嗓音不断提高,我从没对任何一个我的记者用这么大的嗓音说过话。如果我仔细想一下的话,今年也只对"二把手"和正站在我面前的这三个人吼过。

"我们希望你看一下这些想法,并将这些想法加入你的项目中。仅此而已!"

"阿兰胡埃斯的计划?你们真是一群婊子养的,一群真正的婊子养的。"

"你不要这样。""红衣主教"试图让我平静下来。

"我不要这样?我是这家报社的总编,除了我说的以外,我们不会进行其他任何计划。我用了好几个月来准备这个计划。要么实施我的计划,要么什么计划都别做,我对你们没有别的话可说。"

第二天起床的时候,我有了离开报社的想法,但是"红衣主教"坚持让我留下来,我们双方试图达成理解。我无数次捍卫我认为能够保证我们未来长期发展的唯一可行的项目。我和他们说我愿意接受"工厂",但是这个"工厂"只能制造限定版报纸,这样就可以统一我们团队报纸的编辑制作,这其中包括我们的女性增刊《我,唐娜》,但不包括《世界报》的主要增刊。其余的条款都是不可商量的,包括《就业调整计划》的执行,所有人员的离职都由我来决定,公司不能对此进行干预。我们将不会重复之前的裁员计划:这次我们会尽可能挽救那些擅长数字化的人才,以及可以做出原创内容的记者。大约二十多位领导,包括我自己团队里的大多数人,都将离开公司,这可以让新一代已经准备好迈出这一步的记者踏上管理层的位置。其余的裁员名额将由报社的"贵族"们填补,他们多年来为了维护自己的特权阻碍了报纸的现代化发展。六名"贵族"必须离开,他们中的大部分人都担任着要职并拿着领导层的工资。

"你不是想要一场革命吗?"我对"红衣主教"说道,"这就是革命。"

我请阿梅利亚询问编辑部成员的空档期,想召集他们去礼堂听我给他们介绍我的计划。

当我完成了头版的修改准备下班时,"沉默者"神色不安地来找我。

"大卫,我得和你说一件事。"他说道。

"好的,你说。"

"我希望这件事只有我们俩知道。我认为我做了一件……一件错误的事。"

"无论如何,你都可以和我谈谈。"

"他们要我写一封信。"

"一封信?"

"一封对'红衣主教'的管理表示支持的信。他们告诉我,他们需要用这封信来减少裁员的人数,他们会把这封信带去意大利,然后靠着我们所有人在背后的力量,他们可以……我向你保证,我没写任何关于你的坏话。我一直都很忠诚。但我害怕他们会用这封信来反对你。"

在接下来的四十八小时内,又有十几个人来告诉我,"秘书"以"红衣主教"的名义要求他们提供类似的信件,看来"红衣主教"再次遵循了马萨林的阴谋手册:"只要你可以让你的下属代替你去执行你的计划,给别人施加压力或是进行惩罚,那就去做吧!你得保留自己去完成更重要的任务。"

第二天,"红衣主教"召集全体员工前往礼堂,他自称是二十多个岗位的救星,并以家长式的口吻宣布了公司的前途将会非常光明。"红衣主教"发表完讲话后,我看到他在门口和"端庄女士"交谈,我在他们注意到我之前走向他们,我听到"端庄女士"正在对他说她花了多少工夫才写好"信"。我经过了他们继续走向我的办公室。她也会这样做吗?我不明白她为什么会加入这场阴谋。在我们的第一次会面之后,她消除了最初对我的怀疑态度,成了我在报社内最大的支持者。我们的关系是有所冷淡,但只要有机会,她还是会宣布无条件地支持我。我听了一千遍她咒骂"红衣主教"的话,以及她对媒体高管们出于对权力和金钱的野心而毁了新闻界的批判。就在几天前,她才给我打电话说她刚给我发送了最近写的一篇评论文章:这篇文章严厉地批评了公司和领导层,指责他们毁掉了编辑部,对整个新闻行业也是冷漠对待。

"如果你不发布这篇文章的话,我会理解的。"她对我说道。

"这篇文章会一个标点都不改地出现在报纸上。"我回答道。

对于二楼的高管来说,这篇文章的发布是我选择站队的明确信号,这使我陷入了更加微妙的境地。我没想让"端庄女士"为此感谢我,但我无法想象她会和"红衣主教"联手来打击我。无知不能成为她的借口。如果有谁能知道这些信背后的目的,那就只有我们的政治记者了。没有人能比她写出更多更好的关于权力阴谋和内部斗争的文章。她在预测谁将成为失败者时总是很有天赋。她是否已经得出结论，我将成为这些失败者中的一员，而她没有必要在这场必输的战斗中浪费自己的精力呢？她是否已经排除了和我一起她能成为副总编的可能性，而她现在终于可以正式使用她早已在暗中获得的权力呢？也有可能她已经改变了对我的看法，她突然意识到我不是报社所需要的总编。但是，即使这样，难道把报社交给一个正竭尽全力毁掉报纸独立性的人会更好吗？也许"端庄女士"只是在做她自己而已。她可以为人民党政府工作，返回报社时变成捍卫新闻客观性的保护者；她可以早上在报社的大门外率领大家进行反抗"红衣主教"的示威游行，而下午就给后者写一封支持信；她可以前一天将我介绍为"新闻界的阿道弗·苏亚雷斯"，后一天就加入反对我的队伍。"不要忘了你的朋友，小心那些拍马屁的人，"安娜·罗梅罗曾在皇宫这么警告过我，而与此同时我的女伴正把我介绍给她皇室的朋友们，"有一天他们会反对你的。"

"红衣主教"耐心地将那些会在改革中损失惨重的人组成一个联盟，他将这些人团结起来，联手罢免一位拒绝将报纸的编辑控制权交给他的总编。突然，他所有零碎的动作都有了解释。他通过午餐计划测试了记者们的忠诚度。我们的读者数据则受到了人为操控，这些数据忽略了网页版读者人数的上升，却夸大了我在纸质报纸的崩溃中应该负起的责任，尽管后者的崩溃是由来已久的事实。他致力于抹黑我的形象，将我的私人信息泄露给"私密小报"，并设下内部圈套——要杀死总编，首先要毁掉他的声誉。他利用《就业调整计划》和员工们对于裁员的恐惧削弱我在编辑部的地位。他通过玩弄"二把手"的野心来迫使他做肮脏的工作，同时开始培养他期望中的总编继承者。他再次利用合适的时机欺骗了所有人，其中既包括他的对手，也包括他的盟友，他总是能够找到阴谋迷宫的出口，而其他人则迷失其中。

"死亡诗社"的成员拒绝写这封信，那些了解事因并为我感到不平的人也表示了拒绝，他们决定不参与这场阴谋。一群同事不安地来找我。当他们向我提出破解这场阴谋的办法时，我保持了沉默。他们想出的办法是，我应该乘坐最近一班前往米兰的航班，向公司的董事们介绍自己，并告诉他们报社正在发生的事情，同时我也应当向他们提供我正在受到审查压力的证据，我还应该向他们解释清楚所谓的"重量级人物"的反对到底是什么，这群人实际上是在试图阻止可能会威胁到报社"贵族"利益的项目的实施。有人向我建议可以给"端庄女士"提供她所渴求的副总编的位子，以尽快获得她的支持。其他人则建议我向"领导班子"成员承诺可以保留他们的职位，这样就可以让他们站在我这一边。最激进的那批人让我上楼去和"红衣主教"对峙，威胁他我会公开他对我进行的压迫和他企图操纵别人的行为。

但我不会这么做。

我这么想有一个纯粹实际的原因：我对抗不忠、阴谋和虚伪的能力，永远也比不上一个花了一辈子时间琢磨这些本事的对手。就算我取得了假设性的、不太可能的胜利，从此保留住了我可观的工资，继续拥有高级餐厅的保留座位，即使我说的事不重要也还能继续享受被人重视的令人陶醉的感觉，我会在总编办公室里变得越来越强势，在那里我不仅拥有接近权贵的特权，而且还能知晓权贵是如何待人处事的。只是这些"胜利"的补偿对我来说不值一提，相反，我看到了失败后能获得的个人好处。如果一切都结束了，那么我会再次被"提升"为记者，这样我就能重获现在已经失去的那种生活：我的旅行、我的家人、我的书本和我的时间。我再也不用犹豫是去宴会上招待汽车广告商还是去参加朋友的葬礼。我愿意用一个我从来没有野心获得的职位来换取我一直以来寻找的自由，因为这个原因我二十年前曾尽可能地远离了报社，前往远方。这不是在接受我认输的命运：我愿意继续为我的位置、为我创建的项目不惜一切代价地去抗争。

"红衣主教"从来没有理解这一点：《世界报》对于我来说不是一份工作，不是一个享受特权的跳板，也不是实现更高目标的平台。当我还是一个新闻专业的年轻学生时，当我第一次造访普拉迪洛街编辑部时，这个地方就让我感到目眩神迷：在这里，我感觉我是团队的一分子，我还结识了那些能经受住时间考验的朋友；在这里，他们给了我认识世界的机会，而且我认为我选择了一份可以改变周遭世界的职业，只要我能抵挡住那些意欲改变我自己的诱惑就行。如果他们现在成功地让我也投身于阴谋和背叛之中，让我用肮脏的手段牺牲他人来拯救自己，就算我可以辩称我只干这么一次，就算我是在拯救报纸，假如我越过了这条线，假如我说服了自己可以往回走（这可能吗？），假如我成了他们中的一分子，那么一切都非常明了。

他们已经赢了。

结局来临前，我一扫过去几个月的紧张，当我现在能清楚地看到地平线时，一种奇怪的平静抓住了我。我会继续捍卫我们的报纸，直到最后一天，最后一张头版，最后一位编辑。如果我输了，我也会抬着头回家。

我上楼去见了"红衣主教"，面对面地给了他最后一次机会，正如我几个月前要求他做的那样。我告诉他，我知道他正在让人给他写支持信，但他生气地否认了这件事。当我向他提供明显的证据时，他承认他收到了一些邮件，但这始终是发件人主动提及的，他并没有要求他们这么做。我除了感谢他还能做什么呢。他开始和我讨论未来，好像他毫不怀疑我会成为未来的一部分一样。他说，尽管我们对项目持有不同的看法，但他有信心能解决这个分歧，因为我是公司的人，也是公司未来的关键。我改革国内新闻部门和清理报社"贵族"的计划（已经被他泄漏给了那些受影响的人），表明他并没有看错人。

"我们终于有了一个敢于做报社所需之事的总编。一直都没人敢做这件事。"

第二天,他带着那些他收集到的信前往意大利。他说总编已经失去了对编辑部的控制,并向他们展示了编辑部员工与他看法一致的证据。

意大利方面索要了我的人头。

通过"二把手"办公室的玻璃门,我看到他正在收拾东西。我走近他,他和我说一切都结束了,他要离开报社。"红衣主教"一直都在戏弄他,操纵他的野心,利用他不耐烦的心态,实际上,"红衣主教"从来没想让他当总编。"二把手"一直在争分夺秒地试图建立起自己作为总编替代者的角色,并不断为自己添加支持者,但他并未意识到编辑部的大部分成员其实都不愿意和他一起去 Pop & Roll 酒吧参加派对。与我们的米兰代理人不同,我的这位副手缺乏机智以及阴谋诡计,很容易被情绪牵着走,因此他总是会提前暴露自己的想法。他的粗鲁行事只会招募到被恐吓的盟友、机会主义者和无法信赖的人,他们纷纷前来告诉我"二把手"的不忠行为,因为他们怀疑他这样性格的人是注定不会成为总编的。"二把手"现在就在那辆他曾把我派去的印度火车的车顶上,当时我们还彼此信任:一旦上去了,他没有可以抓住的东西,那么结果就是在我们到站之前摔下来。也许这就是发生在我们俩身上的事。

"那么多背叛都白费了。"我们分开时,我这么想着。

他说:"总有一天我们会笑着回头看这些事的。"

"当然,"我说道,"一定会的。"

编辑部比往常更寂静。下午两三点大家几乎都不怎么工作,人们开始八卦,我被紧急辞退的消息会出现在政客的办公室、大公司的董事会、对手的新闻编辑部以及西班牙的电视节目里。我的朋友们直接来问我,我是否真的已经是一个活死人了?他们以为正在询问这条消息最核心的人物,但他们不知道,"丈夫是最后一个知道自己被骗的人。"

我去找"秘书"核实情况,因为他没有他老板那样的伪装能力。"秘书"没有透露任何事,但在我们交谈的某个时刻,他告诉我他知道过去的几个月非常艰难,公司对我并不公平。

"或许我们没能给你提供你所需要的支持。"

他用一种虚伪的礼貌对我说道。按照最初的计划,他们确实会提供给我他们承诺过的时间和资源,但是情况的紧迫将一切都断送了。

"看看现在,发生了各种阴谋、问题、裁员和内斗,所有这些都是你必须得经历的事……而现在……我想你现在已经准备好成为一名总编了……"

在一片寂静中,他那句没能从口中说出的话悬在了半空中:

"糟糕的是，已经太晚了。"

我停在了国际新闻部，由于我过去担任过驻外记者，这个部门对我一直很友好。该部门的领导，我到任不久后就升了他的职，让我看一下电脑屏幕。"我们将会发布一条关于总编的决定。"公司劳资委员会发送的一条消息上这么写道。

"我不敢相信他们会这么做，"他说道，"我不相信他们会再次这么做。"

"一切都会好起来的，不用担心。"

我像往常一样继续巡视各个部门，询问他们当天的新闻以及可以放上头版的选题。当回到办公室时，我遇到了"记者"。

"你读到那条新闻了吗？"他问道。

"哪条新闻？"

"炸糕铺关门了。"他说道。

"我们去过的那家吗？"我问道，"'十九世纪'炸糕铺？真的假的？这真是条坏新闻。炸糕铺关门了，报纸还在苟延残喘，总编快被他们解雇了。什么都不像以前那样了。"

"我早就和你说过，你太像记者了，你还不够混蛋来做这份工作。"

"你还相信这个吗？我们的友谊把你蒙蔽住了。我们在某些事上做得很好，另一些事则不怎么样。但是他们不能说我们没有尝试过，对吗？"

我们互相拥抱了一下。

我让阿梅利亚召集大家来开头版会议。没什么重要的新闻。政府最近采取了一系列手段阻止腐败案。"斯塔斯基和哈奇"调查了一起小型腐败案。政客之间互相指控。还是有一条好消息：数百名难民被救，他们坐船靠近意大利海岸时，船因漏水而沉没。我们为头版选择的照片捕捉到了船体沉没、非洲难民跳入海中自救的瞬间。

下午晚些时候，评论发来了。我做了一些更正，将文章发到了评论部。我走近了要闻部，让他们改一下开头，调整了一些标题格式。截稿的桌子上已经放上了第一页报纸，这是我担任总编以来的第366号报纸。我让他们打印一份给我，我要把它带回家。我在等红灯时浏览了一下这份报纸。我不想让它成为我在任的最后一份报纸的头版。头版没有任何问题，但也没什么特别。它并不能使曾写下"准则"的总编感到骄傲。

第二十章　总编

阿梅利亚给了我一个可以放东西的袋子。我的抽屉里没多少东西：一些未曾使用的皇马包厢门票，成堆的请愿者名片，那位怒气冲冲的读者的信件，每份周日版增刊的头版都被他撕成了碎片。我估计那位读者会很高兴听到我被解雇的消息。不久后，我们就放弃了大开本，开始重新使用传统大小的头版。

我还是没装修好总编办公室。

"我最后还是没听你的话。"我对阿梅利亚说道。她的眼睛里泛着泪光。

"是，你没听我的话，你看……"

"对，你已经和我说过一千次了。"

编辑们集中在我的办公室门口，但这次他们是来向我道别的。我和他们说，能和他们一起共事是我最大的荣幸，并且我认为我最终信守了自己的诺言：我一直都忠于他们。离开时，我的背包和我来的时候一样轻。我不欠任何人好处，也没有人欠我。我请求他们不要屈服于那些公司内外想要让《世界报》消声的人。我也请求他们不要成为一头被驯服的野兽。大家为我鼓掌，我朝着门的方向走去，在那儿我看到"阿根廷女士"

正走近我。她刚刚上楼就我被辞退一事与"硅谷先生"吵了一架。她手里拿着我第一天要求她完成的总编通讯的打印样本。

"我终于拿到了,"她一边说一边擦着眼泪,"他们刚刚完成。"

我们都笑了起来。

我朝着出口走去,与一年前我到达的那天不同,门卫并未试图阻止我离开。

人力资源部门的领导两天后给我打电话,他和我说,"红衣主教"为公司做事的方式感到非常难过(我通过"私密小报"才得知我被辞退的消息,我在公司工作二十年了,他们甚至没给我打个电话),他想见我一面。他认为我是公司的宝贵财富,愿意支付给我合同中写的全部赔偿金,另外,他还可以让我在全世界挑选任何一个城市来担任驻外记者。

"当然了,你可以享有你在亚洲时所享受到的所有便利条件。你只需要选择地点就可以了。"

我们的"传教士"依旧保持了他与生俱来的能估算出每个人价值的能力(要改变这些人的原则需要花费多少钱),他也总能向你提供你无法拒绝的报价。而我呢,他能用什么样的东西收买我呢?金钱是不错的,非常不错,但他认为这还不够,因此他为我献上了驻外记者这颗糖果。重返记者生活,又能享受到"贵族"的待遇——那里是一个"新闻大使馆",我可以忘记担任总编时的种种糟糕时刻，甚至不需要忍受"红衣主教"本人。我的两位前任，霍塔和卡西米罗，都接受了他经济上的补偿，并在创建自己的新闻项目前继续在公司工作了一段时间。对于"红衣主教"来说，向他的受害者提供所有这些赔偿从来都不是一个问题：这些钱属于公司，他用这些钱来弥补他的错误并维护自己的形象。他办公室的壁橱里已经塞满了高薪的、做了防腐处理的尸体。他为什么不把我也变成他们中的一个呢？

在接下来的几天里，几乎所有人都认为我应该接受他提供给我的这份协议。只有一个问题：我无法签下自己的名字。我因为做自己的工作、捍卫报纸的独立性、反对大规模裁员以及促进那些可以保证公司未来的改革而被解雇。他们曾向我保证过提供资源，结果我获得的却是裁员的消息；他们曾向我保证过给予支持，我却收到了阴谋诡计；他们曾向我保证过有充足的时间，而现在，我通过"红衣主教"身边的人了解到，在我任职不到三个月时，他就开始进行反对我的活动，因为我破坏了他在《拓展报》周年纪念日与拉霍伊政府的和解尝试。如果我屈服了，接受他为了让我沉默而提出的条件，那么我不就等于承认了他对所发生事件的描述版本？所有的这些战斗，难道最后我就只是投降而已？这不就成了他最后的伟大胜利，他像曾对其他人做的那样，最后也收买了我？

我预约了克鲁兹·桑切斯·德·拉拉律师，她是一位战斗力很强的律师，曾在其他场合对这家公司提起过诉讼。三天后，我提出了诉讼，指控"红衣主教"为了报复我而选择解雇我，因为我拒绝利用日报为他的私人利益服务。我不仅控诉他们解雇我的不正当性，还要求他们将解雇视为无效程序，应当重新恢复我报社总编的职位。我是第一个利用《宪法》的"良心条款"来捍卫自己的大型报纸的总编，该条款可以保护新闻工作者免受那些强迫他们改变道义原则的活动。我收集了证据，给克鲁兹讲了我的故事，并决定作为西班牙政治、经济和媒体势力的证人坐在被告席上：西班牙电信公司的总裁塞萨尔·阿里尔塔，"红衣主教"为了保护他在未经我授权的情况下叫停了印刷机；部长何塞·曼努埃尔·索里亚，在我们公布他在泽西岛活动的文件后被迫辞职；《马卡报》的前任总编奥斯卡·坎皮略，因弗洛伦蒂诺·佩雷斯给他施加的压力而被辞退；还有《世界报》的前任总编佩德罗·霍塔·拉米雷斯和卡西米罗·加西亚·阿巴迪洛的离职。

"在我们开始之前，你还有什么想告诉我的吗？"克鲁兹问道。

"没有了。"

"你和女实习生之间存在风流韵事吗？"

"什么？"

"他们会查看所有的一切，会竭尽所能地针对你。他们会尝试摧毁你。"

在我被解雇后不久,《世界报》公布了一组数据,克鲁兹把它看成是一份礼物,而我则认为这又是一个我的前公司办事愚蠢的证据。数据表明,《世界报》是"自一月以来"表现最佳的报纸,这是我在任的最后六个月。该数据还表明道,自一月以来我们报纸的数字用户增长了9%,广告收入已经超过了市场平均水平。没有任何数据可以证明我被解雇的理由是正当的,也没有任何一个女实习生控诉我在咖啡机旁骚扰了她,于是公司开始用恐吓来避免被审判。我收到了来自A3M公司管理层的电话,我与他们的媒体签订了合作合同。他们告诉我,我的诉讼已经成了一个问题,如果我坚决不撤诉的话,我的职位将处于危险之中。"红衣主教"还向"黑暗王子"毛里西奥·卡萨尔斯要我的人头,后者答应了:我被第三电视台和零波电台解雇了。这位"红衣主教"还走动起来抵制我在论坛和大学中公开露面。之后,他开始在编辑部搜寻那些愿意为他进行辩护并为破坏我声誉而工作的人。

"拉斯普京",他在不知疲倦地为高层服务后成了评论部的领导,自愿为"红衣主教"服务。我们的关系从一开始就很糟糕,因为我认为他无法胜任这个职位,因此在我上任几天后就让佩德罗·加西亚·库尔坦戈取代了他的位置。在我离开后库尔坦戈被任命为新的总编。我的决定使得"拉斯普京"远离了那些对他来说有致命吸引力的办公室。他在我的副手不在时,总是占据他的办公室(据他所说,他需要一个私密的地方来和他的线人进行通话），在我离任之后，他又开始对总编办公室情有独钟，因为库尔坦戈不喜欢待在办公室里，他感觉办公室会缩短占据这个空间的人的职业生涯。"拉斯普京"全心全意地保护着他的这位新"教父"，写了一篇反对我的诉讼要求的文章，并将其张贴在了圣路易斯街编辑部进出的人最多的卫生间旁的公告栏上：

《世界报》的编辑部成员有义务回应前任总编提出的诉讼要求，他指控公司违反了所谓的良心条款，这一要求本身严重损害了公司以及公司员工的信誉。在不预判我们经理可能承担的责任的前提下（编辑部成员并不知晓经理犯了什么错），《世界报》总编在上任时就理应承受相应的压力。自报社于1989年成立以来，我们报纸大胆辛辣的新闻风格就导致了外界对我们施加的压力正在不断增大，而在大卫·希梅内斯任职期间，这种情况急剧恶化。然而，不同寻常的是，在他领导报社期间，他从第一天起就拒绝履行总编应该履行的义务，也没有像他的前任总编那样用领导力和决心做出应对压力的任何举措。在他和我们一起工作期间，他从未应对过我们编辑部人员众所周知的问题。相反，他的所作所为是一位《世界报》总编绝对不应该做的：总是把压力转移给他的记者们，让他们在写文章时降低语气，或者直接删除那些批评权贵的文章，他还会仅仅因为某个报社领导或是他的某个推特粉丝敢于指责他做的事感到不耐烦。在所有这些情况下，编辑部成员都用应有的专业精神和勇气做出了回应，但是由于总编怯懦的编辑路线，我们陷入了如此悲惨的境遇。这在2015年5月前是不可想象的事。

该文章还附上了让员工集体签名的请求（公司还有几天就要宣布最近一波的裁员名单了）。这是我们报社历史上最低潮同时也是最高潮的时刻，大家犹豫是否要在这张纸上签名，以使自己免于承担巨大的压力。编辑部成员拒绝了。报社的大多数记者都不愿意在这篇他们明知全是谎言的文章上签下自己的名字。尽管这篇文章在公告栏上贴了三周，而"秘书"也竭尽所能地动员大家去签名，最后三百多个员工中只有十六个人签了名。"端庄女士"第一个签名，我认为她想完成她和"红衣主教"的结盟也很合理。在她之后，一些"贵族"签了名，"工会主席"（他当时正在商量关于提前退休的遣散费问题）、一些排版师和一个在截稿办公桌工作的与我一直相处得不错的人也签了名。他几天后给我打电话，为他的所做所为道歉。他身上背负着贷款，而且还有孩子。如果他们把他踢出公司，他还能去哪儿呢？我告诉他不要在意：我曾经看过很多人出于恐惧做的事情，你这还不算是最糟糕的。

"拉斯普京"写的文章把他带到了事业的最高点。几个月以后，他获得了他在报社有史以来最大的晋升，成了报社副总编。尽管有人认为"红衣主教"做得太过分了（他本来可以只给"拉斯普京"一个中层领导的位置），但是没人怀疑这位新的"二把手"在阴谋诡计方面已经"毕业"了。

他再也不用霸占任何人的办公室了。

他们三度迫使我离职，试图让我在公共场合消声，阻止我去其他媒体工作，并四处散布那封嘲讽我的公共形象的信（这些都证明"红衣主教"不认为他能在法庭上为他自己所认为的真相进行辩护）。在这些之后，公司认为我变得理智些了，已经准备好了与他们进行协商。于是，公司派了一名特使来与我商量重新恢复协议的可能性，他们可以提高财务方面的待遇，但加了一条保密条款：我不能做出任何可能影响公司声誉的事情。我说我们在法庭上见。

"如果让一个记者成为总编是个错误，那么无故解雇他就更是一个大错。"

在总编办公室待了一年后，我的新闻理想主义严重受损，但是现在我又重新找回了力量，来进行我觉得是公正且必要的诉讼。我认为司法程序是一场马拉松，谎言一开始会占上风，但真相会在到达终点前逐渐浮出水面。在接下来的几个月里，我尽量避免回复那些公司内外质疑我为自己进行辩护的人，好像出于某种奇怪的原因，我没有这项权利似的；我也不让其他人炮制他们所认为的我当总编这一年的故事了,他们其实并不清楚我们做了什么,我们又被阻止做了什么,我们捍卫了什么,以及我们花了多少力气才做成这些事;我无视那些警告我这将是我职业生涯末端的人,仿佛我很渴望再次占据某个办公室一样;我在那些认为我做的决定背后别有用心的人面前保持着沉默。

我徒劳地等待着同事或新闻界的支持。除了几个朋友外,我只收到了批评。《世界报》的同事们,甚至是那些无法忍受把报纸交到"红衣主教"手上的人,都要求我撤回诉讼,以免损害报纸的形象。西班牙记者联合会是新闻界最主要的组织之一,在此之后不久组织了一系列会议,他们拿着银行的赞助,会议的口号却是"回归新闻业是我们行业未来的关键"。受邀前去发表讲话的人当中包括了"红衣主教"和卡门·马丁内斯·卡斯特罗——这位西班牙传播事务秘书长不知疲倦地限制她手下媒体的自由,开除了很多言辞激烈的电视节目嘉宾,并向各个报社总编发送煽动性的消息。卡斯特罗对西班牙新闻工作者受到的恐吓表示关注,并感激他们在最近的加泰罗尼亚独立危机时表现出的"支持"。很难有第二个更能反映新闻业屈服于权力的场景了。然而,权力的胜利只会是暂时的。

当我等待审判到来之时,在政府机构已经瘫痪了数月之后,西班牙新一轮的选举开始了。人民党再次获胜,他们这次挽回了一些票数,但因未取得绝对多数的投票而组成了多党政府，这个政府只维系了不到两年时间，在人民党被判处腐败罪后就突然终止了。这一判决使人们怀疑，此前首相声称自己不知道平行小金库的存在是谎言。《世界报》发布的新闻开始被法官所认可。尽管真相对我们中的一些人来说已经太晚了，但这件事的胜利为从事新闻行业的后辈留下了宝贵的一课：时间总是站在新闻这边的。

佩德罗·库尔坦戈，我总编位置的接替者，在他被任命后的第一周就提出了请辞，因为他也证实了"红衣主教"有意让报纸为他的私人利益服务。这位从米兰来的"主教"开始惊慌失措，哭泣着乞求库尔坦戈再考虑一下请辞的事，再给他一次机会。他担心这次意大利方面会察觉出西班牙公司幕后的统治者是谁。库尔坦戈人太好了，他没法不给"红衣主教"第二次机会，继续留在了总编的位子上，几个月后，他在发布了由我担任总编时发起的"足球解密"事件的调查后被解雇了。弗洛伦蒂诺·佩雷斯要求"红衣主教"停止发布对他的足球明星克里斯蒂亚诺·罗纳尔多造成负面影响的报道。"红衣主教"将该指示传达给了总编。总编拒绝了。一切又重复了一遍。人情买卖的游戏必须继续下去。你要么参与，要么把你的位置留给下一个人。

在库尔坦戈被辞退后不久，我在一家欧尚超市里遇见了他。我曾和他开玩笑说我们比比看谁在任的时间更短，最后我得承认我比他要少上几天，因此我拒绝把这个殊荣让给他，这可是得靠美德才能赢得的荣誉。他告诉我"红衣主教"是如何背叛他的，以及现在他不得不放弃工作了三十年的地方是多么艰难。当我倾听他讲话时，我能充分理解他，因为我们俩都是被圣路易斯街编辑部舍弃的棋子。我还想着那些"秘密小报"会如何炒作我们的会面，他们估计会给这次会面起个标题《〈世界报〉前总编们于鱼摊举行峰会》。公司已经摆脱了最后的道德约束：他们完全破坏了普拉迪洛街编辑部的精神气质。

"红衣主教"选择让"少爷"来担任《世界报》的第五任总编，合同为四年。我们这位前安达卢西亚的总编，曾为了避免通知他的编辑裁员的消息而逃离塞维利亚，他身上具有这个新时代所需要的全部素质。与他竞争谁最恭顺的"秘书"则得到了"工厂"作为安慰奖，这是一个平行编辑部，负责编辑报社所有的增刊。在可以同时拥有两位看门人的情况下，"红衣主教"怎么会只选择一个呢？这些事和"端庄女士"在几个月前预测的一样，当时她来到我的办公室要求我选择辞职，而不是接受公司的《就业调整计划》。

"现在让我离开？然后让报社落入他的打手手上？"

"无论是编辑部的人还是我，都不会接受他们这两个人的。"她曾经这么说过。

在"少爷"和"秘书"掌管报社后，报社的内容都按照"红衣主教"的要求进行了调整，与此同时，我们中最好的记者则在这些人对项目的最后攻击中努力维系着报纸的尊严。报社内部的"贵族"们增强了他们的势力，奴性十足的人得到了嘉奖，"红衣主教"最喜欢的女记者得到了她的专栏，"钱先生"得到了副主编的位子，"拉斯普京"得到了他的专属办公室，而"秘书"则在最近一波裁员后买了一辆崭新的捷豹豪华轿车。这次的裁员重复了此前裁员时出现的弊端：领导之间互相纠缠以挽救自己的门徒，他们还惩罚那些敢于出格或提倡改革、因此触及他们财产和利益的人。不少"软木"存活了下来，这些人以每次沉船后仍能继续漂浮在水面上的能力著称，而报社再次失去了对未来极其重要的人才。我们科学新闻部的主编巴勃罗·雅鲁吉在得知我被解雇之后接受了另一份工作。对我严苛的标题格式感到绝望的编辑卡门·塞纳在"贵族"们的要求下被列入了斩首名单，他们摆脱了又一个为数不多的敢于面对他们的人。他们解雇了弗吉尼亚，她在我任职期间推动《世界报》成为西班牙媒体中数字化平台增长最快的媒体，而且是在所有指标上。伊雷内决定接受《就业调整计划》上的条件，从外部与报社进行合作。大清洗扩大到了那些拥有数字化或创新型背景的员工身上。我是所有名单上第一个被解雇的人，这被视为人工成本的节约，也确实挽救了数位记者的离职。谁知道呢，也许这些记者中间就有未来的总编，有一天会把我们过去的辉煌重新带回报社。

几个月过去了,我的司法程序还在令人打瞌睡的官僚主义中缓慢进行。经过八个月的等待,当开庭日期日渐接近时,我的律师却打电话给我,劝我放弃诉讼。起初克鲁兹不想告诉我为什么,我有点担心,与她一开始坚持认为的相反,她现在开始相信我的案件会败诉。几天后我得知,事实上,她曾与《世界报》的创始人,同时也是我们联系过的、让其在听证会上出席作证的证人佩德罗·霍塔有过一段浪漫关系。我的律师发誓说,当她接我的案件时,她的这段浪漫关系尚未开始,尽管她的说法仅能说服那些仍相信成年后会突然陷入青春期爱情的人,但现在已经没有时间调查此事了。我急需另一名律师。我儿时的一位好友米格尔曾在一家国际律师事务所工作,我对与公司达成协议的抗拒态度让他感到绝望,他向我推荐了伊格纳西奥·希梅内斯·博雅多,他是一位高效快速且经验丰富的律师,可以立刻介入此案。他们俩都告诉我,在这场代表着审判的战争全面打响之前,还有一件事需要我去做:

"与'红衣主教'见面。"

我自从被解雇以来,再也没有见过他,而且我不确定自己想不想再见到他。尽管我的愤怒随着时间的流逝逐渐消退,而且我感觉与报社越来越遥远了,但我仍对他感到愤恨。这种感觉并非源于他在纽约时对我的欺骗和背叛、在我提出诉讼后他所进行的肮脏活动,以及是他让我错过了完成"准则"的最佳机会,让我没法原谅他、让我无法翻过这一页的是,我感觉他偷走了我二十年前第一次踏上普拉迪洛街编辑部时怀揣的那种理想主义。我作为驻外记者的那几年，竭尽全力地阻止犬儒主义的恶魔吞噬我的理想主义，做总编时我也一直在孤独中捍卫它，直到最后一刻。

在漫长的法庭斗争中，我曾相信如果我走到了最后，即使在最后一刻才得到真相，我还是有机会再次成为那个在第一天上任总编时被门卫拦下的记者。然而，能否把记者的信念归还给我，并不取决于"红衣主教"，与之恰恰相反：我只有在与他彻底决裂，并与他所代表的一切彻底决裂的情况下，才能挽回我作为记者的信念。我的诉讼要求已经不再是我想要的东西了：再次作为总编回到报社，并主导一个并非我理想中的项目。被解雇后我内心产生的挫败感随着时间的流逝现在已经转变成了胜利的感觉。我一直抵抗到了最后一天，捍卫了报纸的独立性和编辑控制权。无论是总编办公室还是总编拥有的特权都没有改变我。我没有因为想要保留自己微不足道的权力而出卖任何人。我也没有成为他们中的一员。《世界报》给予了我二十年迷人的、充满了冒险的生活，它让我得以从事我梦想中的新闻业，并给予了我丰厚的回报。现在是离开的时候了。

我对米格尔和我的新律师说，我会去见"红衣主教"的。

我们的见面定在了周五，即开庭前的最后一个工作日。我和律师约在停顿酒吧见面，该酒吧就在我们进行会面的办公室的旁边。看到我出现，希梅内斯·博雅多从他的公文包里拿出

了一张纸,对我说道:

"我们有了!"

"有了什么?"我问道。

"我们正在等待的证据。"

这份文件证明来自二楼办公室的一条命令阻止了员工发布关于塞萨尔·阿里尔塔的文章,这重新证实了我们受到的压迫。

酒吧的电视里正在播放拉斐尔·纳达尔[①]对阵格里戈尔·季米特洛夫[②]的澳网公开赛。

"到时间了。"我的律师说道。

"等一下,他们正在抢第七局。"

"你已经等了好几个月来解决这个问题,你的未来危在旦夕,你却想留下来看比赛?"

"正因为我已经等了好几个月了,可以再等几分钟。"

纳达尔赢了。我们走进办公室的大楼,被带到了一个房间,在那里公司的律师、人力资源主管和"红衣主教"正在等我们。卡门那天晚上问我,再次见他我感觉怎样。

"什么感觉都没有。"我回答道。

我既没有不满的感觉,也没有愤怒或渴望找他算账的感觉。一切都消失了。我走近他,看到了一个疲惫不堪的老人。

---

① 拉斐尔·纳达尔(Rafael Nadal),西班牙职业男子网球运动员。
② 格里戈尔·季米特洛夫(Grigor Dimitrov),保加利亚职业网球运动员。

我开玩笑说：

"你的总编们让你的日子变得真煎熬啊。"

我亲切的语气让他放松了下来。他承认自己过得很辛苦，而且由于我的诉讼，他的声誉受到了损害。我对他有一丝抱歉，正如曾经他跑来我的办公室抱怨他从"私密小报"上读到人们对他的批评时那样。他说他已经极力说服意大利的新主人支付赔偿金了，并且他对最终的数字略低于我们商定的数额感到抱歉。

"如果有必要，我打算从自己的口袋里掏钱来弥补差额。"

"你可以留着你的钱，"我说道，"我不会为了钱而上法庭的。但是为了我的言论自由，我会一直走到最后，我们周一法庭见。"

"这对任何人都不好。"

"这对报纸也不好，但我无意伤害它。"

开庭前的这个晚上，公司的律师试图让我签下一份协议。他们向我提出了一些条件，但由于公司坚持让我签下我认为不可接受的保密条款，因此我还是拒绝了他们的条件。我在保守可能会让我们的竞争对手受益的商业机密方面没有任何问题，但我不能签下一份其唯一目的就在于掩盖我一生中最重要的阶段之一、并使我完全失去表达自由的文件，而我起诉的目的就是为了这个。如果我接受了他们的协议，我就是在把自己记者的身份交给他们。

我的律师提出了一个我可以接受的解决方案。保密协议中加入一句话，他们会保证我"宪法上承认的言论自由"，这句话能让我摆脱他们想要强塞在我嘴里的那团纸。"红衣主教"看着他的律师，点了点头，接受了补充条款。

其余细节则是现场起草的。公司承认我的解雇是不合理的（没有任何客观原因，我已经履行了我的职责），公司同意支付给我赔偿金，因为我在报社工作了二十年之久。我们互相握了握手。我从椅子上站了起来，"红衣主教"走近我时松了一口气。他问我他是否可以在后面的几天里邀请我吃午餐，以便让我们放下曾经发生的事。而就在刚才我已经放下了。

"这不是个好主意，"我说道，"以后再说吧。"

在我离开时，我想我再也不会遇到一个用如此优雅的方式无情背叛我的人了。他彬彬有礼地消灭着他的对手，还担心别人会看到他真实的内心。他的恐惧、恶意、阴谋、纠结……他把这些东西都藏在了他的伪装下，这成了他的第二层皮肤。他永远没法摘去他的面具。他不能够，因为在他的面具背后什么也没有。

在本来安排庭审的那一天，我们在法庭上举行了和解仪式。我最后一次浏览了协议，并停在了让这一切变得可能的那十个字的每一个字上（"宪法上承认的言论自由"）。我想，从某种意义上说，这十个字是我作为总编下令发布的最后十个字。我无法想象还有比这更好的对我的报纸说再见的方式了。

323